Robert Musil

Erzählungen
Nebst Skizzen einer Autobiographie

I0651778

Musil, Robert: Erzählungen. Nebst Skizzen einer Autobiographie
Hamburg, SEVERUS Verlag 2013

ISBN: 978-3-86347-694-6
Druck: SEVERUS Verlag, Hamburg, 2013

Der SEVERUS Verlag ist ein Imprint der Diplomica Verlag
GmbH.

Bibliografische Information der Deutschen Nationalbibliothek:
Die Deutsche Nationalbibliothek verzeichnet diese Publikation in
der Deutschen Nationalbibliografie; detaillierte bibliografische
Daten sind im Internet über http://dnb.d-nb.de abrufbar.

Robert Musil

Erzählungen

Nebst Skizzen einer Autobiographie

SEVERUS

Inhalt

Die Vollendung der Liebe

„Kannst du wirklich nicht mitfahren?"

„Es ist unmöglich; du weißt, ich muß trachten, jetzt rasch zu Ende zu kommen."

„Aber Lilli würde sich so freuen ..."

„Gewiß, gewiß, aber es kann nicht sein."

„Und ich habe gar keine Lust ohne dich zu reisen ..." Seine Frau sagte das, während sie den Tee einschenkte, und sie sah dabei zu ihm herüber, der in der Ecke des Zimmers in dem hellgeblümten Lehnstuhl saß und an einer Zigarette rauchte. Es war Abend und die dunkelgrünen Jalousien blickten außen auf die Straße, in einer langen Reihe anderer dunkelgrüner Jalousien, von denen sie nichts unterschied. Wie ein Paar dunkel und gleichmütig herabgelassener Lider verbargen sie den Glanz dieses Zimmers, in dem der Tee aus einer matten silbernen Kanne jetzt in die Tassen fiel, mit einem leisen Klingen aufschlug und dann im Strahle stillzustehen schien, wie eine gedrehte, durchsichtige Säule aus strohbraunem, leichtem Topas ... In den etwas eingebogenen Flächen der Kanne lagen Schatten von grünen und grauen Farben, auch blaue und gelbe; sie lagen ganz still, wie wenn sie dort zusammengeflossen wären und nicht weiter könnten. Der Arm der Frau aber ragte von der Kanne weg und der Blick, mit dem sie nach ihrem Manne sah, bildete mit ihm einen starren, steifen Winkel.

Gewiß einen Winkel, wie man sehen konnte; aber jenes andere, beinahe Körperliche konnten nur diese beiden Menschen in ihm fühlen, denen es vorkam, als spannte er sich zwischen ihnen wie eine Strebe aus härtestem Metall und hielte sie auf ihren Plätzen fest und verbände sie doch, trotzdem sie so weit auseinander waren, zu einer Einheit, die man fast mit den Sinnen empfinden konnte; ... es stützte sich auf ihre Herzgruben und sie spürten dort den Druck, ... er richtete sie steif an den Lehnen ihrer Sitze in die Höhe, mit unbewegten Gesichtern und unverwandten Blicken, und doch fühlten sie dort, wo er sie traf, eine zärtliche Bewegtheit, etwas ganz Leichtes, als ob ihre Herzen wie zwei Schwärme kleiner Schmetterlinge ineinanderflatterten ...

An diesem dünnen, kaum wirklichen und doch so wahrnehmbaren Gefühl hing, wie an einer leise zitternden Achse, das ganze Zimmer und dann an den beiden Menschen, auf die sie sich stützte: Die Gegenstände hielten umher den Atem an, das Licht an der Wand erstarrte zu goldenen Spitzen, ... es schwieg alles und wartete und war ihretwegen da; ... die Zeit, die wie ein endlos glitzernder Faden durch die Welt läuft, schien mitten durch dieses Zimmer zu gehen und schien mitten durch diese Menschen zu gehen und schien plötzlich einzuhalten und steif zu werden, ganz steif und still und glitzernd, ... und die Gegenstände rückten ein wenig aneinander. Es war jenes Stillstehen und dann leise Senken, wie wenn sich plötzlich Flächen ordnen und ein Kristall sich bildet ... Um diese beiden Menschen, durch die seine Mitte lief und die sich mit einemmal durch dieses Atemanhalten und Wölben und Um-sie-Lehnen wie durch Tausende spiegelnder Flächen ansahen und wieder so ansahen, als ob sie einander zum erstenmal erblickten ...

Die Frau setzte den Tee ab, ihre Hand legte sich auf den Tisch; wie erschöpft von der Schwere ihres Glücks, sank ein jedes in seine Kissen zurück, und während sie sich mit den Augen aneinander festhielten, lächelten sie wie verloren und hatten das Bedürfnis nichts vor sich zu sprechen; sie sprachen wieder von dem Kranken, von einem Kranken eines Buches, das sie gelesen hatten, und sie begannen gleich mit einer ganz bestimmten Stelle und Frage, als ob sie daran gedacht hätten, obwohl das nicht wahr war, denn sie nahmen damit nur ein Gespräch wieder auf, das sie schon durch Tage in einer sonderbaren Weise festgehalten hatte, so als ob es sein Gesicht verbürge und, während es von dem Buche handelte, eigentlich anderswohin sähe; nach einer Weile waren ihre Gedanken dann auch ganz merklich über diesen unbewußten Vorwand wieder zu ihnen selbst zurückgekehrt.

„Wie mag ein solcher Mensch wie dieser G. sich wohl selbst sehen?" fragte die Frau und sprach – in Nachdenken versunken, fast nur wie für sich allein – weiter. „Er verführt Kinder, er verleitet junge Frauen, sich selbst zu schänden; und dann steht er da und lächelt und starrt gebannt auf das bißchen Erotik, das irgendwo wie ein schwacher Schein in ihm wetterleuchtet. Glaubst du, daß er unrecht zu handeln meint?"

„Ob er es meint? ... Vielleicht; vielleicht nicht", antwortete der Mann, „vielleicht darf man bei solchen Gefühlen gar nicht so fragen."

„Ich glaube aber", sagte die Frau, und jetzt zeigte sich darin, daß sie gar nicht von diesem einen zufälligen Menschen sprach, sondern von irgend etwas Bestimmtem, das für sie bereits hinter ihm dämmerte, „ich glaube, er meint gut zu handeln."

Die Gedanken liefen nun eine Weile lautlos Seite an Seite, dann tauchten sie – weit draußen in den Worten wieder auf; es war trotzdem, als hielten sie einander noch schweigend bei den Händen und wäre schon alles gesagt. „... er tut seinen Opfern schlecht, weh, er muß wissen, daß er sie demoralisiert, ihre Sinnlichkeit verstört und in eine Bewegung bringt, die nie mehr an einem Ziel wird ruhen können; ... und dennoch, es ist, als ob man ihn dabei lächeln sähe, ...

ganz weich und bleich im Gesicht, ganz wehmütig und doch entschlossen, voll Zärtlichkeit; ... mit einem Lächeln, das voll Zärtlichkeit über ihm und seinem Opfer schwebt, ... wie ein Regentag über dem Land, der Himmel schickt ihn, es ist nicht zu fassen, in seiner Wehmut liegt alle Entschuldigung, in dem Fühlen, mit dem er die Zerstörung begleitet ... Ist nicht jedes Gehirn etwas Einsames und Alleiniges? ..."

„Ja, ist nicht jedes Gehirn etwas Einsames?" Diese beiden Menschen, die jetzt wieder schwiegen, dachten gemeinsam an jenen Dritten, Unbekannten, an diesen einen von den vielen Dritten, als ob sie miteinander durch eine Landschaft gingen: ... Bäume, Wiesen, ein Himmel und plötzlich ein Nichtwissen, warum alles hier blau und dort voll Wolken ist; ... sie fühlten alle diese Dritten um sich stehen, wie jene große Kugel, die uns einschließt und uns manchmal fremd und gläsern ansieht und frieren macht, wenn der Flug eines Vogels eine unverständlich taumelnde Linie in sie hineinritzt. Es war in dem abendlichen Zimmer mit einemmal ein kaltes, weites, mittaghelles Alleinsein.

Da sagte einer von ihnen, und es war, wie wenn man leise eine Geige anstriche: „... er ist wie ein Haus mit verschlossenen Türen. In ihm ist, was er getan hat, vielleicht wie eine weiche Musik, aber wer kann sie hören? Es würde durch sie vielleicht alles zu sanfter Wehmut ..."

Und der andere antwortete: „... vielleicht ist er immer wieder mit tastenden Händen durch sich gegangen, um ein Tor zu finden, und steht endlich still und legt nur mehr sein Gesicht an die verdichteten Scheiben und sieht von fern die geliebten Opfer und lächelt ..."

Sonst sprachen sie nichts, aber in ihrem selig verschlungenen Schweigen klang es höher und weiter. „... Nur dieses Lächeln holt sie ein und schwebt über ihnen und noch aus der zuckenden Häßlichkeit ihrer verblutenden Gebärden flicht es einen dünnstengligen Strauß ... Und zögert zärtlich, ob sie ihn fühlen, und läßt ihn fallen und steigt entschlossen, von dem Geheimnis seines Alleinseins mit bebenden Flügeln getragen, wie ein fremdes Tier in die Wunder volle Leere des Raums."

Auf dieser Einsamkeit fühlten sie das Geheimnis ihres Zuzweienseins ruhen. Es war ein dunkles Gefühl der Welt um sie, das sie aneinanderschmiegte, es war ein traumhaftes Gefühl der Kälte von allen Seiten bis auf eine, wo sie aneinanderlehnten, sich entlasteten, deckten, wie zwei wunderbar aneinandergepaßte Hälften, die, zusammengefügt, ihre Grenze nach außen verringern, während ihr Inneres größer ineinanderflutet. Sie waren manchmal unglücklich, weil sie nicht alles bis ins letzte einander gemeinsam machen konnten.

„Erinnerst du dich", sagte plötzlich die Frau, „als du mich vor einigen Abenden küßtest, wußtest du, daß da etwas zwischen uns war? Es war mir etwas eingefallen, im gleichen Augenblick, etwas ganz Gleichgültiges, aber es war nicht du und es tat mir plötzlich weh, daß es nicht du sein mußte. Und ich konnte es dir nicht sagen und mußte erst über dich lächeln, weil du es nicht wußtest und mir ganz nah zu sein glaubtest, und wollte es dir dann nicht mehr sagen und wurde böse auf dich, weil du es nicht selbst fühltest, und deine Zärtlichkeiten fanden mich nicht mehr. Und ich traute mich nicht, dich zu bitten, daß du mich lassen solltest, denn in Wirklichkeit war es ja nichts, ich war dir ja nah in Wirklichkeit, und doch war es, wie ein undeutlicher Schatten war es zugleich, als könnte ich fern von dir und ohne dich sein. Kennst du dieses Gefühl, es stehen manchmal alle Dinge plötzlich zweimal da, voll und deutlich, wie man sie weiß, und dann noch einmal, blaß, dämmernd und erschreckt, als ob sie heimlich und schon fremd der andere anblickte? Ich hätte dich nehmen mögen und in mich zurückreißen ... und dann wieder dich wegstoßen und mich auf die Erde werfen, weil es möglich gewesen war ..."

„War das damals ...?"

„Ja, das war damals, als ich dann plötzlich unter dir zu weinen begann; wie du glaubtest, aus Übermaß der Sehnsucht, mit meinem Fühlen noch tiefer in deines zu dringen. Sei mir nicht bös, ich mußte es dir sagen und weiß nicht warum, es ist ja nur eine Einbildung gewesen, aber sie schmerzte mich so, ich glaube, nur deswegen mußte ich an diesen G. denken. Du ...?"

Der Mann im Sessel hatte die Zigarette weggelegt und war aufgestanden. Ihre Blicke klammerten sich aneinander fest, mit jenem gespannten Schwanken der Körper zweier Menschen, die auf einem Seil nebeneinanderstehn. Dann sagten sie nichts, sondern zogen die Läden hoch und sahen auf die Straße hinaus; ihnen war, als lauschten sie auf ein Knistern von Spannungen in sich, die etwas wieder neu formten und zur Ruhe legten. Sie fühlten, daß sie ohneeinander nicht leben konnten und nur zusammen, wie ein kunstvoll in sich gestütztes System, das zu tragen vermochten, was sie wollten. Wenn sie aneinander dachten, erschien es ihnen fast krank und schmerzhaft, so zart und gewagt und unerfaßbar fühlten sie in seiner Empfindlichkeit gegen die kleinste Unsicherheit in seinem Innern ihr Verhältnis.

Nach einer Weile, als sie im Anblick der fremden Welt draußen wieder sicher geworden waren, wurden sie müde und wünschten nebeneinander einzuschlafen. Sie fühlten nichts als einander und doch war es – schon ganz klein und im Dunkel verschwindend – noch ein Gefühl wie nach allen vier Weiten des Himmels.

*

Am nächsten Morgen fuhr Claudine nach der kleinen Stadt, wo das Institut war, in dem ihre dreizehnjährige Tochter Lilli erzogen wurde. Dieses Kind stammte aus ihrer ersten Ehe, aber sein Vater war ein amerikanischer Zahnarzt, den Claudine – während eines Landaufenthaltes von Schmerzen gepeinigt – aufgesucht hatte. Sie hatte damals vergeblich auf den Besuch eines Freundes gewartet, dessen Eintreffen sich über alle Geduld hinaus verzögerte, und in einer eigentümlichen Trunkenheit von Ärger, Schmerzen, Äther und dem runden weißen Gesicht des Dentisten, das sie durch Tage beständig über dem ihren schweben sah, war es geschehen. Es erwachte niemals das Gewissen in ihr wegen dieses Vorfalls, noch wegen irgendeines jenes ersten, verlorenen Teils ihres Lebens; als sie nach mehreren Wochen noch einmal zur Nachbehandlung kommen mußte, ließ sie sich von ihrem Stubenmädchen begleiten, und damit war das Erlebnis für sie beendet; es blieb nichts davon als die Erinnerung an eine sonderbare Wolke von Empfindungen, die sie eine Weile wie ein plötzlich über den Kopf geworfener Mantel verwirrt und erregt hatte und dann rasch zu Boden geglitten war.

Denn es blieb ein Merkwürdiges in all ihrem damaligen Tun und Erleben. Es kam vor, daß sie kein so schnelles und gehaltenes Ende fand wie jenes eine Mal und lange scheinbar ganz unter der Herrschaft irgendwelcher Männer stand, für die sie dann bis zur Selbstaufopferung und vollen Willenlosigkeit alles tun konnte, was sie von ihr verlangten, aber es geschah nie, daß sie nachher das Gefühl starker oder wichtiger Ereignisse hatte; sie beging und erlitt Handlungen von einer Stärke der Leidenschaft bis zur Demütigung und verlor doch nie ein Bewußtsein, daß alles, was sie tat, sie im Grunde nicht berühre und im Wesentlichen nichts mit ihr zu tun habe. Wie ein Bach rauschte dieses Treiben einer unglücklichen, alltäglichen, untreuen Frau von ihr fort, und sie hatte doch nur das Gefühl, reglos und in Gedanken daran zu sitzen.

Es war ein niemals deutliches Bewußtsein einer fern begleitenden Innerlichkeit, das diese letzte Zurückhaltung und Sicherheit in ihr bedenkenloses Sich-den-Menschen-Ausliefern brachte. Hinter allen Verknüpfungen der wirklichen Erlebnisse lief etwas unaufgefunden dahin, und obwohl sie diese verborgene Wesenheit ihres Lebens nie noch ergriffen hatte und vielleicht sogar glaubte, daß sie niemals bis zu ihr hin werde dringen können, hatte sie doch bei allem, was geschah, davon ein Gefühl wie ein Gast, der ein fremdes Haus nur ein einziges Mal betritt und sich unbedenklich und ein wenig gelangweilt allem überläßt, was ihm dort begegnet.

Und dann war alles, was sie tat und litt, für sie in dem Augenblick versunken, wo sie ihren jetzigen Mann kennengelernt hatte. Sie war von da in eine Stille und Einsamkeit getreten, es kam nicht mehr darauf an, was vordem gewesen war, sondern nur auf das, was jetzt daraus wurde, und alles schien nur dazu dagewesen zu sein, daß sie einander stärker fühlten, oder war überhaupt vergessen. Ein betäubendes Empfinden des Wachsens hob sich wie Berge von Blüten um sie, und nur ganz fern blieb ein Gefühl von ausgestandner Not, ein Hintergrund, von dem sich alles löste, wie in der Wärme schlaftrunken Bewegungen aus hartem Frost erwachen.

Nur ein einziges lief vielleicht, dünn, blaß und kaum wahrnehmbar, von ihrem damaligen Leben in das jetzige hinein. Und daß sie gerade heute wieder an alles denken mußte, konnte durch Zufall gekommen sein oder weil sie zu ihrem Kinde fuhr oder wegen irgendeines Gleichgültigen sonst, es war aber erst am Bahnhof aufgetaucht, als sie dort – unter den vielen Menschen, und von ihnen bedrückt und beunruhigt – plötzlich leise von einem Gefühl berührt wurde, das sie, wie es so halb und verschwindend vorbeitrieb, dunkel und fern und doch in fast leibhafter Gleichheit an jenen beinahe vergessenen Lebensabschnitt erinnerte.

14

Ihr Mann hatte keine Zeit gehabt, Claudine zur Bahn zu begleiten, sie wartete allein auf den Zug, um sie drängte und stieß sich die Menge und schob sie langsam hin und her wie eine große, schwere Woge von Spülicht. Die Gefühle, die ringsum auf den morgendlich geöffneten, bleichen Gesichtern lagen, schwammen auf ihnen durch den dunklen Raum wie Laich auf fahlen Wasserflächen. Es ekelte ihr. Sie empfand den Wunsch, was sich hier trieb und schob, mit einer nachlässigen Gebärde von ihrem Weg zu scheuchen, aber – war es die körperliche Überlegenheit um sie, was sie entsetzte, oder nur dieses trübe, gleichmäßige, gleichgültige Licht unter einem riesigen Dach von schmutzigem Glas und wirren eisernen Streben – während sie scheinbar gleichmütig und höflich unter den Menschen ging, fühlte sie, daß sie es tun mußte, und erlitt es im Innersten wie eine Demütigung. Sie suchte vergeblich in sich einen Schutz; es war, als hätte sie sich, langsam und wiegend, in dem Gedränge verloren, ihre Augen fanden sich nicht mehr zurecht, sie konnte sich auch nicht auf sich besinnen, und wenn sie sich mühte, spannte sich ein dünner weicher Kopfschmerz vor ihre Gedanken.

Sie lehnten sich hinein und suchten das Gestern zu erreichen; aber Claudine gewann davon bloß ein Bewußtsein, als trüge sie heimlich etwas Kostbares und Zartes. Und sie durfte es nicht verraten, weil die andern Menschen es nicht verstehen konnten und sie schwächer war und sich nicht zu verteidigen vermochte und sich fürchtete. Schmal und eingezogen ging sie zwischen ihnen, voll Hochmut, und zuckte zusammen, wenn ihr jemand zu nahe kam, und verbarg sich hinter einer bescheidenen Miene. Und fühlte dabei, heimlich entzückt, ihr Glück, wie es schöner wurde, wenn sie nachgab und sich dieser leise wirren Angst überließ.

Und daran erkannte sie es. Denn so war es damals; ihr kam plötzlich vor: einst, als sei sie lange anderswo und doch nie fern gewesen. Es war ein Dämmerndes um sie und Ungewisses wie das ängstliche Verbergen von Leidenschaften Kranker, ihr Tun riß sich in Stücken von ihr los und wurde von den Gedächtnissen fremder Menschen davongetragen, nichts hatte jenen Ansatz zur Frucht in ihr zurückgelassen, der eine Seele leise zu schwellen anfängt, wenn die andern glauben sie völlig entblättert zu haben und sich satt von ihr abwenden; ... und doch lag blaß bei allem, was sie litt, ein Schimmer wie von einer Krone, und in dem dumpfen, summenden Weh, das ihr Leben begleitete, zitterte ein Glanz. Zuweilen war ihr dann, als brennten ihre Schmerzen wie kleine Flammen in ihr, und irgend etwas trieb sie, ruhelos neue zu entzünden; sie glaubte dabei, einen schneidenden Reif um die Stirn zu fühlen, so unsichtbar und unwirklich wie aus Traum und Glas, und manchmal war es nur ein fernes kreisendes Singen in ihrem Kopf ...

Claudine saß reglos, während der Zug mit leisem Schütteln durch die Landschaft fuhr. Ihre Mitreisenden unterhielten sich, sie hörte es nur wie ein Rauschen. Und während sie jetzt an ihren Mann dachte und ihre Gedanken von einem weichen, müden Glück umschlossen waren wie von Schneeluft, war es doch bei aller Weichheit etwas, das fast am Bewegen hinderte oder wie wenn ein genesender, an das Zimmer gewöhnter Körper die ersten Schritte im Freien tun soll, ein Glück, das still stehen macht und beinahe weh tut; ... und dahinter rief noch immer dieser unbestimmt schwankende Ton, den sie nicht fassen konnte, fern, vergessen, wie ein Kinderlied, wie ein Schmerz, wie sie, ... in weiten schwankenden Kreisen zog er ihre Gedanken nach sich und sie konnten ihm nicht ins Gesicht sehn.

Sie lehnte sich zurück und blickte zum Fenster hinaus. Es erschöpfte sie, länger daran zu denken; ihre Sinne waren ganz wach und empfindlich, aber etwas hinter den Sinnen wollte still sein, sich dehnen, die Welt über sich hingleiten lassen ... Telegraphenstangen fielen schief vorbei, die Felder mit ihren schneefreien, dunkelbraunen Furchen wanden sich ab, Sträucher standen wie auf dem Kopf mit Hunderten gespreizter Beinchen da, an denen Tausende kleiner Glöckchen von Wasser hingen und fielen, liefen, blitzten und glitzerten, ... es war etwas Lustiges und Leichtes, ein Weitwerden, wie wenn Wände sich auftun, etwas Gelöstes und Entlastetes und ganz Zärtliches. Selbst von ihrem Körper hob sich die sanfte Schwere, in den Ohren ließ sie ein Gefühl wie von tauendem Schnee und allmählich nichts als ein beständiges lockeres Klingeln. Ihr war, als lebte sie mit ihrem Mann in der Welt wie in einer schäumenden Kugel voll Perlen und Blasen und federleichter, rauschender Wölkchen. Sie schloß die Augen und gab sich dem hin.

Aber nach einer Weile begann sie wieder zu denken. Das leichte, gleichmäßige Schwanken des Zugs, das Aufgelockerte, Tauende der Natur draußen, – es war als hätte sich ein Druck von Claudine gehoben, es fiel ihr plötzlich ein, daß sie allein war. Sie sah unwillkürlich auf; um ihre Sinne trieb es noch immer in leise rauschenden Wirbeln dahin; es war, wie wenn man eine Tür, deren man sich nie anders als geschlossen entsinnt, einmal offen findet. Vielleicht hatte sie den Wunsch danach schon lang empfunden, vielleicht hatte verborgen etwas hin und her geschwungen in der Liebe zwischen ihr und ihrem Mann, aber sie hatte nichts gewußt, als daß es sie immer fester wieder aneinanderzog, nun war ihr plötzlich, als hätte es heimlich etwas lange Geschlossenes in ihr zersprengt; es stiegen langsam wie aus einer kaum sichtbaren, aber bis an irgendeine Tiefe reichenden Wunde, in kleinen, unaufhörlichen Tropfen, daraus Gedanken und Gefühle empor und weiteten die Stelle.

Es gibt so viele Fragen in dem Verhältnis zu geliebten Menschen, über die der Bau des gemeinsamen Lebens hinausgeführt werden muß, bevor sie zu Ende gedacht sind, und später läßt das Gewordene keine Kraft mehr frei, um es sich anders auch nur vorzustellen. Dann steht wohl irgendwo am Weg ein sonderbarer Pfahl, ein Gesicht, säumt ein Duft, verläuft in Gras und Steinen ein nie betretener Pfad, man weiß, man müßte zurückkehren, sehen, aber alles drängt vorwärts, nur wie Spinnwebfaden, Träume, ein raschelnder Ast zögert etwas am Schritt und von einem nicht gewordenen Gedanken strahlt eine stille Lähmung aus. In der letzten Zeit, manchmal, vielleicht etwas häufiger, war dieses Zurücksehen, ein stärkeres Sichzurückbiegen nach der Vergangenheit. Claudinens Treue lehnte sich dagegen auf, gerade weil sie keine Ruhe, sondern ein Kräftefreimachen war, ein gegenseitiges Einanderstützen, ein Gleichgewicht durch die beständige Bewegung nach vorwärts. Ein Hand in Hand laufen, aber manchmal kam, mitten darin, doch, plötzlich, diese Versuchung stehenzubleiben, ganz allein stehenzubleiben und um sich zu sehn. Sie fühlte dann ihre Leidenschaft wie etwas Zwingendes, Nötigendes, Fortreißendes; und noch wenn es überwunden war und sie Reue fühlte und das Bewußtsein von der Schönheit ihrer Liebe sie von neuem überkam, war das starr und schwer wie ein Rausch und sie begriff entzückt und ängstlich jede ihrer Bewegungen so groß und steif darin wie in goldenen Brokat verschnürt; irgendwo aber lockte etwas und lag still und bleich wie Märzsonnenschatten auf frühlingswunder Erde.

Claudine wurde auch in ihrem Glück zuweilen von dem Bewußtsein einer bloßen Tatsächlichkeit, fast seines Zufalls befallen; sie dachte manchmal, es müßte noch eine andere, ferne Art des Lebens für sie bestimmt sein. Es war das vielleicht nur die Form eines Gedankens, die von früher in ihr zurückgeblieben war, nicht ein wirklich gemeinter Gedanke, sondern nur ein Gefühl, wie es ihn einst begleitet haben mochte, eine leere, unaufhörliche Bewegung des Spähens und Hinaussehens, die – zurückweichend und nie zu erfüllend – ihren Inhalt längst verloren hatte und wie die Öffnung eines dunklen Gangs in ihren Träumen lag.

Vielleicht war es aber ein einsames Glück, viel wunderbarer als alles. Etwas Lockeres, Bewegliches und dunkel Empfindsames an einer Stelle ihres Verhältnisses, wo in der Liebe anderer Menschen nur knöchern und seelenlos das feste Traggerüst liegt. Eine leise Unruhe war in ihr, ein fast krankhaftes Sich-nach-äußerster- Gespanntheit-Sehnen, die Ahnung einer letzten Steigerung. Und manchmal war es, als sei sie einem ungekannten Liebesleid bestimmt.

Zuweilen wenn sie Musik hörte, berührte diese Ahnung ihre Seele, heimlich, weit draußen, irgendwo ...; sie erschrak dann darüber, dort, im Unkenntlichen plötzlich noch ihre Seele zu spüren. Jedes Jahr aber kam eine Zeit, in der Winterwende, wo sie sich diesen äußersten Grenzen näher fühlte als sonst. In diesen nackten, entkräftet zwischen Leben und Tod hängenden Tagen empfand sie eine Wehmut, die nicht die des gewöhnlichen Verlangens nach Liebe sein konnte, sondern fast eine Sehnsucht, diese große Liebe, die sie besaß, zu verlassen, als dämmerte vor ihr der Weg einer letzten Verkettung und führte sie nicht mehr zum Geliebten hin, sondern fort und schutzlos in die weiche, trockene Welkheit einer schmerzhaften Weite. Und sie merkte, daß das von einer fernen Stelle kam, wo ihre Liebe nicht mehr bloß etwas zwischen ihnen allein war, sondern in blassen Wurzeln unsicher an der Welt hing.

Wenn sie zusammen gingen, waren ihre Schatten nur ganz dünn gefärbt und hingen so locker an ihrem Schritt, als vermöchten sie ihn nicht an die Erde zu binden, und der Klang des harten Bodens unter ihren Füßen war so kurz und versinkend und kahle Sträucher starrten so in den Himmel, daß es in diesen von einer ungeheuren Sichtbarkeit durchschauerten Stunden war, als ob sich mit einemmal die stummen, folgsamen Dinge von ihnen losgemacht hätten und seltsam würden, und sie waren hoch und aufgerichtet in dem halben Licht, wie Abenteurer, wie Fremde, wie Unwirkliche, von ihrem Verhallen ergriffen, voll Stücken eines Unbegreiflichen in sich, dem nichts antwortete, das von allen Gegenständen abgeschüttelt wurde und von dem ein zerbrochener Schein in die Welt fiel, der verworfen und ohne Zusammenhang da in einem Ding, dort in einem entschwindenden Gedanken aufleuchtete.

Dann vermochte sie zu denken, daß sie einem andern gehören könnte, und es erschien ihr nicht wie Untreue, sondern wie eine letzte Vermählung, irgendwo wo sie nicht waren, wo sie nur wie Musik waren, wo sie eine von niemandem gehörte und von nichts widerhallte Musik waren. Denn dann fühlte sie ihr Dasein nur wie eine knirschende Linie, die sie eingrub, um sich in dem wirren Schweigen zu hören, wie etwas, wo ein Augenblick den nächsten fordert und sie das wurde, was sie tat, – unaufhaltsam und belanglos – und doch etwas blieb, was sie nie tun konnte. Und während ihr plötzlich war, als möchte es sein, daß sie einander erst mit der Lautheit des einen leisen, fast wahnsinnig innigen, schmerzlichen Ton Nichthörenwollens liebten, ahnten ihr die tieferen Verwicklungen und ungeheuren Verschlingungen, die in den Pausen geschahen, den Lautlosigkeiten, den Augenblicken des aus dem Tosen in die uferlose Tatsache Aufwachens, unter bewußtlosen Geschehnissen mit einem Gefühl dazustehn; und mit dem Schmerz des einsamen nebeneinander Dahineinragens, – vor dem alles andere Handeln nur ein Betäuben und Verschließen und mit Lärm Sicheinschläfern war, – liebte sie ihn, wenn sie dachte, ihm das letzte erdschwere Weh zu tun.

Noch Wochen danach blieb ihrer Liebe diese Farbe; dann verging es. Aber oft, wenn sie die Nähe eines andern

Menschen fühlte, kehrte es schwächer wieder. Es genügte ein gleichgültiger Mensch, der etwas Gleichgültiges sprach, und sie empfand sich wie von dorther angesehen ... erstaunt ... warum bist du noch hier? Es geschah nie, daß sie nach solchen fremden Geschöpfen verlangte; es war ihr schmerzhaft an sie zu denken; es ekelte ihr. Aber es war mit einemmal das körperlose Schwanken der Stille um sie; und sie wußte dann nicht, ob sie sich hob oder sank.

Claudine sah jetzt hinaus. Es war draußen alles noch so wie vorher. Aber – ob es nun eine Folge ihrer Gedanken war oder warum sonst – schal und unnachgiebig lag ein Widerstand darüber, als sähe sie durch eine dünne, milchige Widrigkeit hindurch. Jene unruhige, überleichte, tausendbeinige Lustigkeit war unerträglich gespannt geworden; es trippelte und floß, überreizt und äffend, wie von zwergenhaften Schritten darinnen etwas allzu Lebhaftes und blieb für sie doch stumm und tot; da, dort warf es sich wie ein leeres Klappern empor, schliff wie mit einer ungeheuren Reibung dahin.

Es tat ihr körperlich weh, in diese Bewegung zu schauen, in der ihr Empfinden nicht mehr war. Dieses Leben, das kurz vorher noch in sie hineingedrungen und Gefühl geworden war, sah sie noch da, draußen, voll von sich und benommen, aber sobald sie es an sich zu ziehen suchte, bröckelten die Dinge ab und zerfielen unter ihrem Ansehn. Es entstand eine Häßlichkeit, die seltsam in den Augen bohrte, als beugte sich dort ihre Seele hinaus, weit und gespannt, und langte nach etwas und griffe ins Leere ...

Und mit einemmal fiel ihr ein, daß auch sie – genauso wie all dies – in sich gefangen und auf einen Platz gebunden dahinlebte, in einer bestimmten Stadt, in einem Hause darin, einer Wohnung und einem Gefühl von sich, durch Jahre auf diesem winzigen Platz, und da war ihr, als ob auch ihr Glück, wenn sie einen Augenblick stehenbliebe und wartete, wie solch ein Haufen grölender Dinge davonziehen könnte.

Aber es erschien ihr nicht bloß als ein zufälliger Gedanke, sondern es war etwas darin von dieser sich grenzenlos aufrichtenden Öde, in der ihr Gefühl vergeblich einen Halt suchte, und es rührte sie ganz leise etwas an, wie es einen Kletterer an einer Wand faßt, und es kam ein ganz kalter, stiller Augenblick, wo sie sich selbst hörte wie ein kleines, unverständliches Geräusch an der ungeheuren Fläche und dann an einem plötzlichen Verstummen merkte, wie leise sie gesickert war und wie groß und voll grauenhaft vergessener Geräusche dagegen die steinerne Stirn der Leere.

Und während sie sich davor einzog wie eine dünne Haut und die lautlose Angst, an sich zu denken, in den Fingerspitzen spürte und ihre Empfindungen wie kleine Körnchen an ihr klebten und ihre Gefühle wie Sand rieselten, hörte sie wieder den eigentümlichen Ton; wie ein Punkt, ein Vogel schien er in der Leere zu schweben.

Und da empfand sie plötzlich alles wie ein Schicksal. Daß sie gereist war, daß die Natur vor ihr zurückwich, daß sie sich gleich zu Beginn dieser Fahrt so scheu geduckt und gefürchtet hatte, vor sich, vor den anderen, vor ihrem Glück, und ihre Vergangenheit erschien ihr mit einemmal wie ein unvollkommener Ausdruck von etwas, das erst geschehen mußte.

Sie sah ängstlich noch immer hinaus. Aber es begann allmählich unter dem Druck des ungeheuer Fremden ihr Geist sich aller Abwehr und bezwingenwollenden Kräfte zu schämen, und ihr war, als besänne er sich, und es ergriff ihn leise jene feinste, letzte, geschehenlassende Kraft der Schwäche, und er wurde dünner und schmaler als ein Kind und weicher als ein Blatt verblichener Seide; und nur mehr mit einem sanft heraufdämmernden Entzücken empfand sie dieses tiefste, abschiedhaft menschliche Glück der Fremdheit in der Welt, mit dem Gefühl, nicht in sie eindringen zu können, zwischen ihren Entscheidungen keine für sich bestimmt zu finden und, mitten unter ihnen an den Rand des Lebens gedrängt, den Augenblick vor dem Sturz in die blinde Riesenhaftigkeit eines leeren Raums zu fühlen.

Und sie begann, sich mit einemmal ganz dunkel nach ihrem früheren, von fremden Menschen mißbrauchten und ausgenützten Leben zu sehnen, wie nach dem blassen, schwachen Wachsein in einer Krankheit, wenn im Haus die Geräusche von einer Wohnung zur andern wanderten und sie nirgends mehr hingehörte und, von dem Druck des seelischen Eigengewichts entlastet, noch ein irgendwo schwebendes Leben führte.

Draußen tobte lautlos die Landschaft. Ihre Gedanken fühlten die Menschen so groß und laut und sicher werden, und sie schlüpfte davor in sich hinein und hatte nichts als ihr Nichtssein, ihre Schwerlosigkeit, ein Treiben auf irgend etwas. Und allmählich begann der Zug ganz still, in weichen, langen Schwingungen durch eine Gegend zu fahren, die noch in tiefem Schnee lag, der Himmel wurde immer niedriger, und es dauerte nicht lange, so fing er schon auf wenige Schritte an, in dunklen, grauen Vorhängen von langsam dahintreibenden Flocken auf der Erde zu schleifen. In den Wagen wurde es dämmrig und gelb, die Umrisse ihrer Mitreisenden hoben sich nur mehr ungewiß vor Claudine ab, sie schwankten langsam und unwirklich hin und her. Sie wußte nicht mehr, was sie dachte, nur ganz still faßte sie eine Lust am Alleinsein mit fremden Erlebnissen; es war wie ein Spiel leichtester, unfaßbarster Trübungen und großer, danach tastender, schattenhafter Bewegungen der Seele. Sie suchte sich ihres Mannes zu erinnern, aber sie fand von ihrer fast vergangenen Liebe nur eine wunderliche Vorstellung wie von einem Zimmer mit lange geschlossenen Fenstern. Sie mühte sich, das abzuschütteln, aber es wich nur ganz wenig und blieb irgendwo in der Nähe wieder liegen. Und die Welt war so angenehm kühl wie ein Bett, in dem man allein zurückbleibt ... Da war ihr, als stünde ihr eine Entscheidung bevor, und sie wußte nicht, warum sie es so empfand, und sie war nicht glücklich und nicht entrüstet, sie fühlte bloß, daß sie nichts tun und nichts hindern wollte, und ihre Gedanken wanderten langsam draußen in den Schnee hinein, ohne zurückzusehen, immer weiter und weiter, wie wenn man zu müd ist um umzukehren und geht und geht.

*

Gegen Ende der Fahrt hatte der Herr gesagt: „Ein Idyll, eine verzauberte Insel, eine schöne Frau im Mittelpunkt eines Märchens von weißen Dessous und Spitzen ..." und er machte eine Bewegung gegen die Landschaft. „Wie albern", dachte Claudine, aber sie fand nicht gleich die rechte Antwort.

Es war, wie wenn einer angepocht hat und ein dunkles, großes Gesicht hinter blassen Scheiben schwimmt. Sie wußte nicht, wer dieser Mensch war; es war ihr gleichgültig, wer dieser Mensch war; sie fühlte nur, daß er dastand und etwas wollte. Und daß jetzt etwas begann wirklich zu werden.

Wie wenn zwischen Wolken sich ein leiser Wind erhebt und sie in eine Reihe ordnet und langsam davonzieht, spürte sie in das reglos weiche Gewölk ihrer Gefühle die Bewegung dieses Wirklichwerdens geraten, ohne Grund in ihr, an ihr vorbei ... Und sie liebte wie manche empfindsame Menschen in dem unverständlichen Ziehen von Tatsachen das Nichtgeistige, das Nicht-sie-Sein, die Ohnmacht und die Schande und das Leid ihres Geistes, wie man ein Schwaches aus Zärtlichkeit schlägt, ein Kind, eine Frau, und dann das Kleid sein möchte, das im Dunkeln allein um seine Schmerzen ist.

So kamen sie an, am späten Nachmittag, in einem entleerten Zug, einzeln sickerten die Menschen aus den Wagen;

Station um Station hatte sie aus den andern herausgesiebt und nun fegte sie etwas mit raschen Griffen zusammen, denn zu der einstündigen Fahrt von der Bahn in den Ort standen nur drei Schlitten bereit, und man mußte teilen. Als Claudine wieder zu überlegen begann, fand sie sich schon mit vier anderen Menschen in einem der kleinen Gefährte. Von vorn kam der fremde Geruch der in der Kälte dampfenden Tiere und Wellen verstreuten Lichts, das aus den Laternen zurückfiel, zuweilen aber flutete die Finsternis bis an den Schlitten heran und durch ihn hindurch; dann sah Claudine, daß sie zwischen zwei Reihen hoher Bäume fuhren wie in einem dunklen Gang, der gegen ein Ziel zu immer enger wurde.

Sie saß wegen der Kälte mit dem Rücken dagegen, vor ihr war jener Mensch, groß, breit und in seinen Pelz gehüllt. Er versperrte ihren Gedanken den Weg, die zurück wollten. Wie wenn ein Tor zugefallen wäre, fand plötzlich jeder Blick seine dunkle Figur vor sich. Es fiel ihr auf, daß sie ihn einige Male anblickte, um zu wissen, wie er aussah, in einer Weise, als handelte es sich nur mehr darum und alles andere sei schon bestimmt. Aber sie fühlte mit Lust, daß er ganz ungewiß blieb, ein Beliebiger, nur eine dunkle Breite von Fremdheit. Und manchmal schien die ihr näherzukommen, wie ein wandernder Wald mit einem Gewirr von Stämmen. Und auf ihr zu lasten.

Wie ein Netz spannte sich inzwischen das Gespräch um die Menschen in dem kleinen Schlitten. Auch er beteiligte sich daran und gab alltäglich kluge Antworten, wie sie manche geben, mit etwas jener Würze, die wie ein scharfer, sicherer Geruch den Mann vor der Frau umkleidet. Sie wurde in diesen Augenblicken wie selbstverständlichen männlichen Herrschaftsanspruchs verlegen und erinnerte sich mit Scham, daß sie seine Anspielungen nicht strenger zurückgewiesen hatte. Und wenn sie dann sprechen mußte, schien ihr, daß es zu bereitwillig geschah, und sie hatte plötzlich von sich ein kraftloses, abgebrochenes, wie ein Armstumpf fuchtelndes Gefühl.

Dann bemerkte sie wohl, wie sie willenlos hin und her geschleudert wurde und bei jeder Krümmung des Wegs bald an den Armen berührt, bald an den Knien, manchmal mit dem ganzen Oberkörper an einem fremden lehnend, und sie empfand es durch irgendeine entfernte Ähnlichkeit, wie wenn dieser kleine Schlitten ein verfinstertes Zimmer wäre und diese Menschen heiß und drängend um sie säßen und sie ängstlich Schamlosigkeiten ertrüge, lächelnd, als ob sie es nicht merke, und die Augen gradaus von sich weggerichtet.

Aber alles das war, wie wenn man im Halbschlaf einen schweren Traum empfindet, dessen Unwirklichkeit man stets ein wenig bewußt bleibt, und sie wunderte sich nur, ihn so stark zu fühlen, bis der Mensch sich einmal hinausbeugte, zum Himmel hinaufsah und sagte: „Wir werden eingeschneit werden."

Da sprangen ihre Gedanken wie mit einem Schlage ins ganz Wache hinüber. Sie sah auf, die Leute scherzten heiter und harmlos, wie wenn man am Ende einer Dunkelheit Licht und kleine Gestalten sieht. Und sie hatte mit einemmal ein merkwürdig gleichgültiges, nüchternes Bewußtsein von Wirklichkeit. Sie merkte mit Verwunderung, daß sie sich trotzdem berührt empfand und es stark fühlte. Es ängstigte sie beinahe, denn es war eine bleiche, fast überklare Bewußtseinshelle, in der nichts in das bloß Ungefähre von Träumen versinken konnte, durch die sich kein Gedanke bewegte und in der doch die Menschen zuweilen zackig und maßlos groß wie Hügel wurden, als glitten sie plötzlich durch einen unsichtbaren Nebel, in dem das Wirkliche zu einem riesigen schattenhaften zweiten Umriß wuchs. Sie fühlte dann beinahe Demut und Furcht vor ihnen und verlor doch nie vollkommen die Empfindung, daß diese Schwäche nur ein seltsames Vermögen sei; es war, als hätten sich die Grenzen ihres Seins unsichtbar und empfindsam über sie hinausgeschoben, und alles stieß leis daran und machte sie zittern. Und sie erschrak zum erstenmal vor diesem sonderbaren Tag, dessen Einsamkeit mit ihr wie ein unterirdischer Weg allmählich in das wirre Flüstern innerer Dämmerungen versunken war und nun in ferner Gegend sich plötzlich in unnachgiebig wahrhaftes Geschehen emporhob und sie mit einer weiten, fremden, ungewollten Wirklichkeit allein ließ.

Sie sah heimlich zu dem Fremden hinüber. Er zündete in diesem Augenblick ein Streichholz an; sein Bart, ein Auge leuchteten auf: sie fühlte auch dieses nichtssagende Handeln mit einemmal so merkwürdig, sie empfand plötzlich die Festigkeit in diesem Geschehen, wie selbstverständlich sich eins ans andere schloß und da war, dumm und ruhig und doch wie eine einfache, ungeheure, steinern gefügte Gewalt. Sie dachte daran, daß es gewiß nur ein alltäglicher Mensch sei. Und da befiel sie allmählich ein leises, verwehtes, ungreifbares Gefühl von sich; aufgelöst und zerfetzt, wie blasser, flockender Schaum glaubte sie in der Dunkelheit vor ihm zu schwimmen. Es bereitete ihr jetzt einen wunderlichen Reiz, ihm freundlich zu antworten; sie sah dabei machtlos, mit regloser Seele ihren eigenen Handlungen nach und fühlte einen zwischen Lust und Erleiden zerspaltenen Genuß an sich, wie in dem plötzlich vertieften Innenraum einer großen Erschöpfung kauernd.

Einmal aber fiel ihr ein, daß es früher manchmal in solcher Weise begonnen hatte. Da streifte sie, bei dem Gedanken solcher Wiederkehr, einen Augenblick lang ein schwirrendes, willenlos begehrliches Entsetzen wie vor einer noch namenlosen Sünde; sie dachte plötzlich, ob er bemerkt haben mochte, daß sie ihn ansah, und es füllte sich ihr Körper mit einer leisen, fast unterwürfigen Sinnlichkeit wie ein dunkles Versteck um die Heimlichkeit seiner Seele. Der Fremde jedoch saß groß und ruhig in der Finsternis und lächelte bloß manchmal oder auch das schien ihr nur so.

So fuhren sie nah voreinander in der tiefen Dämmerung dahin. Und allmählich begann in ihre Gedanken wieder jene leise vorwärtsdrängende Unruhe zu kommen. Sie versuchte, sich zu sagen, daß alles nur die bis zur Täuschung verwirrte innere Stille dieser plötzlichen einsamen Reise unter fremden Menschen sei, und manchmal wieder glaubte sie, daß es der Wind war, in dessen steife, glühende Kälte gewickelt sie starr und willenlos wurde, zuweilen aber war ihr ganz sonderbar, als sei ihr Mann ihr jetzt wieder ganz nahe und diese Schwäche und Sinnlichkeit ein wunderseliges Gefühl in ihrer Liebe. Und einmal, – als sie gerade wieder zu dem Unbekannten hinübergesehen hatte und diese schattenhafte Preisgabe ihres Willens, ihrer Härte und Unantastbarkeit empfand, – stand plötzlich, hell über ihrer Vergangenheit ein Schein wie über einer unsagbaren, fremd geordneten Weite; es war ein sonderbares Zukunftsgefühl, als ob dieses längst Verflossene noch lebte. Im nächsten Augenblick aber war es nur mehr ein verlöschender Streif des Verstehens im Dunkel und nur in ihrem Innern schwang etwas nach, irgendwie als ob es die noch nie gesehne Landschaft ihrer Liebe gewesen wäre, von riesigen Dingen erfüllt und leise sausend, verwirrt und fremd, sie wußte nicht mehr wie und fühlte sich zagend und weich in sich gehüllt, voll sonderbarer, noch nicht faßbarer, von dorther kommender Entschlüsse.

Und sie mußte an seltsam von den übrigen abgeschnittene Tage denken, die wie eine Flucht abseits liegender Zimmer einer in den andern mündend vor ihr lagen, und hörte dazwischen jeden Huftritt der Pferde, der sie – hilflos in das belanglos Gegenwärtige der durch die Umstände bedingten Nachbarschaft in diesem Schlitten geschlagen – dem näher trug, und fügte sich mit übereiltem Lachen in irgendein Gespräch und war in ihrem Innern groß und verästelt und vor Unübersehbarkeit machtlos wie mit lautlosem Tuch überspannt.

In der Nacht dann war sie aufgewacht; wie von Schellengeklingel. Sie fühlte plötzlich, daß es schneite. Sie sah gegen das Fenster; weich und schwer wie eine Mauer stand es in der Luft. Sie schlich auf den Zehen, mit bloßen Füßen hin. Es geschah alles rasch hintereinander, dunkel kam ihr dabei vor, daß sie ihre nackten Füße wie ein Tier auf den Boden setzte. Dann starrte sie, nah und stumpf, in das dicke Gegitter der Flocken. Sie tat dies alles, wie man im Schlaf auffährt, mit dem engen Raum eines Bewußtseins, das wie eine kleine unbewohnte Insel herauftaucht. Es war ihr, als stünde sie sehr weit fort von sich. Und mit einemmal fiel ihr ein und die Betonung fiel ihr ein, mit der er gesagt hatte: wir werden hier eingeschneit werden.

Da versuchte sie sich zu besinnen und kehrte sich um. Eng lag das Zimmer hinter ihr und es war noch etwas Sonderbares in dieser Enge, wie ein Käfig oder wie Geschlagenwerden. Claudine zündete eine Kerze an und leuchtete über die Dinge; es begann langsam der Schlaf von ihnen abzufließen und sie waren noch, als hätten sie nicht genau in sich zurückgefunden, – Schrank, Kasten, Bett und doch etwas zuviel oder zuwenig, ein Nichts, ein rauhes, rieselndes Nichts; blind und eingefallen standen sie in der kahlen Dämmerung des flackernden Lichts, auf Tisch und Wänden lag noch ein endloses Gefühl von Staub und wie Barfuß-darüber-gehen- Müssen. Das Zimmer mündete auf einen schmalen, holzgedielten, weißgetünchten Gang; sie wußte, wo die Stiege heraufkam, hing in einem Ring aus Draht eine trübe Lampe, sie warf fünf helle, schwankende Kreise an die

Decke, dann verrann ihr Licht wie Spuren schmierig tastender Hände auf dem Kalk der Wände. Wie eine Wache vor einer sonderbar erregten Leere waren diese fünf hellen, sinnlos schwankenden Kreise ... Ringsum schliefen fremde Menschen. Claudine fühlte eine plötzliche phantastische Hitze. Sie hätte leise schreien mögen, wie Katzen schreien vor Angst und Begierde, wie sie so dastand, aufgewacht in der Nacht, während lautlos er letzte Schatten ihres seltsam empfundenen Tuns in die schon wieder glatten Wände ihres Innern schlüpfte. Und plötzlich dachte sie: wenn er nun käme und einfach zu tun versuchte, was er doch sicher wollte ...

Sie wußte nicht, wie sie erschrak. Wie eine heiße Kugel rollte etwas über sie hin; minutenlang war nichts als dieses seltsame Erschrecken und dahinter jene peitschengerade, schweigsame Enge. Dann machte sie den Versuch, sich den Menschen vorzustellen. Aber es gelang nicht; sie fühlte bloß den vorsichtig vorgedehnten, tierhaften Schritt ihrer Gedanken. Nur zuweilen sah sie etwas von ihm, wie es in Wirklichkeit war, seinen Bart, sein eines leuchtendes Auge ... Dann empfand sie Ekel. Sie fühlte, daß sie niemals mehr einem fremden Menschen gehören könnte. Und gerade da, gerade zugleich mit diesem Abscheu ihres, geheimnisvoll nur nach dem einen sehnsüchtigen, Körpers vor jedem andern, fühlte sie – wie in einer zweiten, tiefern Ebene – ein Hinabbeugen, ein Schwindeln, vielleicht eine Ahnung von menschlicher Unsicherheit, vielleicht ein Bangen vor sich, vielleicht nur ein unfaßbares, sinnloses, versuchendes dennoch jenen andern Herbeiwünschen und es floß ihre Angst durch sie wie die sengende Kälte, die eine zerstörende Lust nah vor sich hertreibt.

Gleichmütig begann einstweilen eine Uhr mit sich selbst irgendwo zu sprechen, Schritte gingen unter ihrem Fenster vorbei und verklangen, ruhige Stimmen ... Es war kühl im

Zimmer, von ihrer Haut hob sich die Wärme des Schlafs, unbestimmt und widerstandslos schwang sie mit ihr wie in einer Wolke von Schwäche durch die Finsternis hin und her ... Sie schämte sich vor den Dingen, die hart und aufgerichtet und längst schon wieder belanglos und sich gleich rings um sie vor sich hinstarrten, während ihr wirr vor Bewußtsein war, daß sie dastand und auf einen Unbekannten wartete. Und doch begriff sie dunkel, daß es nicht jener Fremde war, der sie lockte, sondern nur dieses Dastehn und Warten, eine feinzahnige, wilde, preisgegebene Seligkeit, sie zu sein, Mensch, in ihrem Erwachen zwischen den leblosen Dingen aufgesprungen wie eine Wunde. Und während sie ihr Herz schlagen fühlte, als trüge sie ein Tier in der Brust, – verstört, irgendwoher in sie verflogen, – hob sich seltsam ihr Leib in seinem stillen Schwanken und schloß sich wie eine große, fremde, nickende Blume darum, durch die plötzlich der in unsichtbare Weiten gespannte Rausch einer geheimnisvollen Vereinigung schaudert, und sie hörte leise das ferne Herz des Geliebten wandern, unstet, ruhelos, heimatlos in die Stille klingend wie ein Ton einer über Grenzen verwehten, fremdher wie Sternlicht flackernden Musik, von der unheimlichen Einsamkeit dieses sie suchenden Gleichklangs wie von einer ungeheuren Verschlingung ergriffen, weit über alles Wohnland der Seelen hinaus.

Da fühlte sie, daß hier sich etwas vollenden sollte, und wurde nicht gewahr, wie lange sie so stand; Viertelstunden, Stunden ... die Zeit lag reglos, von unsichtbaren Quellen gespeist, wie ein uferloser See ohne Mündung und Abfluß um sie. Nur einmal, irgendwann, glitt irgendwo von diesem unbegrenzten Horizont her etwas Dunkles durch ihr Bewußtsein, ein Gedanke, ein Einfall, ... und wie es an ihr vorbeizog, erkannte sie die Erinnerung darin an lang versunkene Träume ihres früheren Lebens – sie glaubte sich von Feinden gefangen und war gezwungen, demütige Dienste zu tun – und währenddessen begann es schon zu entschwinden und schrumpfte ein und aus der dunstigen Unklarheit der Weite hob sich ein letztesmal, wie gespenstisch klar geknotetes Stangen- und Tauwerk eins nach dem andern darüber hinaus, und es fiel ihr ein, wie sie sich nie wehren gekonnt, wie sie aus dem Schlaf schrie, wie sie schwer und dumpf gekämpft, bis ihr die Kraft und die Sinne schwanden, dieses ganze maßlose, formlose Elend ihres Lebens, ... und dann war es vorbei und in der wieder zusammenfließenden Stille war nur ein Leuchten, eine veratmend zurückstreichende Welle, als wäre ein Unsagbares gewesen, ... und da kam es jetzt plötzlich von dort über sie – wie einstens diese schreckliche Wehrlosigkeit ihres Daseins hinter den Träumen, fern, unfaßbar, im Imaginären, noch ein zweitesmal lebte – eine Verheißung, ein Sehnsuchtsschimmer, eine niemals gefühlte Weichheit, ein Ichgefühl, das – von der fürchterlichen Unwiderruflichkeit ihres Schicksals nackt, ausgezogen, seiner selbst entkleidet – während es taumelnd nach immer tieferen Entkräftungen verlangte, sie dabei seltsam wie der in sie verirrte, mit zielloser Zärtlichkeit seine Vollendung suchende Teil einer Liebe verwirrte, für die es in der Sprache des Tags und des harten, aufrechten Ganges noch kein Wort gab.

In diesem Augenblick wußte sie nicht mehr, ob sie nicht eben erst vor ihrem Erwachen zum letztenmal diesen Traum geträumt hatte. Seit Jahren hatte sie ihn vergessen geglaubt und mit einemmal schien seine Zeit ganz nahe hinter ihr zu stehn, wie wenn man sich umkehrt und plötzlich in ein Antlitz starrt. Und ihr wurde so seltsam, als ob in diesem einsam abgesonderten Zimmer ihr Leben in sich selbst zurückliefe wie Spuren in eine verworrene Fläche. Hinter Claudinens Rücken brannte das kleine Licht, das sie angesteckt hatte,

ihr Gesicht hielt sie ins Dunkel; und allmählich fühlte sie
nicht mehr, wie sie aussah, wie ein absonderliches Loch im
Finstern, im Gegenwärtigen erschien ihr ihr Umriß. Und
ganz langsam wurde ihr, als sei sie in Wirklichkeit gar nicht
hier, wie wenn nur irgend etwas von ihr gewandert und
gewandert wäre, durch Raum und Jahre, und wachte nun
auf, fern von ihr selbst und verstiegen, und sie stünde in
Wirklichkeit immer noch bei jenem versunkenen Traumge-
fühl, ... irgendwo, ... eine Wohnung tauchte auf, ... Menschen, ... eine gräßliche, verstrickte Angst ... Und dann ein
Erröten, ein Weichwerden der Lippen ... und plötzlich das
Bewußtsein, es wird wieder einer kommen, und ein anderes,
vergangenes Gefühl von ihrem gelösten Haar, von ihren
Armen, als wäre sie noch mit all dem untreu ... Und da, mit
einemmal, – mitten in dem ängstlich sich festklammernden
Wunsch, sich dem Geliebten zu wahren, ihre bittend geho-
benen Hände langsam ermüdend, – der Gedanke: wir waren
einander untreu, bevor wir einander kannte ... Es war nur ein
in stillem Halbsein leuchtender Gedanke, fast nur ein Gefühl; eine wundersam liebliche Bitterkeit, wie im Wind, der
sich vom Meer hebt, manchmal ein verwehender herber
Atem säumt; fast nur der Gedanke, wir liebten einander,
bevor wir einander kannten, – als dehnte sich plötzlich in ihr
die unendliche Spannung ihrer Liebe weit über das Gegenwärtige in die Untreue hinaus, aus der sie einst zu ihnen
beiden gekommen war wie aus einer früheren Form ihres
ewigen Zwischenihnenseins.

Und sie ließ sich sinken und fühlte wie betäubt lange
nichts, als daß sie auf einem kahlen Stuhl vor einem kahlen
Tisch saß. Und dann war es wohl jener G., der ihr einfiel, und
das Gespräch vor der Reise mit seinen verhüllten Worten; und
niemals gesprochene Worte. Und dann, irgendeinmal, kam
von einem Spalt des Fensters die feuchte, milde Luft der

verschneiten Nacht und strich schweigsam und zärtlich an ihren nackten Schultern herab. Und da begann sie, ganz weh und ferne, wie ein Wind über regenschwarze Felder kommt, begann sie zu denken, daß es eine regenleise, wie ein Himmel eine Landschaft überspannende Lust sein müßte, untreu zu sein, eine geheimnisvoll das Leben schließende Lust ...

Vom nächsten Morgen ab lag eine eigentümliche Luft von Vergangenheit über allem.

Claudine wollte ins Institut gehen; ihr Erwachen war früh und wie aus klarem, schwerem Wasser; sie erinnerte nichts mehr von dem, was sie während der Nacht bewegt hatte; sie hatte den Spiegel vors Fenster gerückt und steckte ihr Haar auf; im Zimmer war es noch dunkel. Aber als sie sich so – mit angestrengtem Schauen vor einem blinden kleinen Spiegel – frisierte, kam ihr ein Gefühl von sich wie von einem Landmädchen, das sich für den Sonntagsausgang schön macht, und sie empfand ganz stark, daß das für die Lehrer geschah, die sie sehen würde, oder vielleicht für den Fremden, und konnte von da an diese sinnlose Vorstellung nicht wieder los werden. Sie hatte innerlich wohl nichts mit ihr zu tun, aber sie haftete an allem, was Claudine tat, und jede Bewegung erhielt etwas von einer dummsinnlichen, breitbeinigen Geziertheit, die langsam, widerwärtig und unaufhaltsam von der Oberfläche in die Tiefe sickerte. Nach einer Weile ließ sie wirklich die Arme ruhn; aber schließlich war all das zu unvernünftig, um das, was notwendig geschehen mußte, länger zu hindern, und während es bloß so blieb und schwang und mit einem ungreifbaren Gefühl von Nicht-tun sollen und Gewolltem und Ungewolltem in einer anderen, nebelhafteren, unfesteren Kette als der der wirklichen Entscheidungen das Geschehen begleitete und während Claudinens Hände in ihr weiches Haar griffen und die Ärmel ihres Morgenkleides an den weißen Armen hinaufglitten, schien ihr das nun wieder irgendwann – einstens, immer – so gewesen zu sein und es wurde ihr mit einemmal sonderbar, daß jetzt im Wachen, in der Leere des Morgens, ihre Hände auf und nieder gingen, als gehörten sie nicht zu ihrem Willen, sondern zu irgendeiner gleichgültigen fremden Macht. Und da begann sich langsam die Stimmung der Nacht um sie zu heben, Erinnerungen stiegen bis zu halber Höhe und sanken wieder, eine Spannung war vor diesen kaum vergessenen Erlebnissen wie ein zitternder Vorhang. Vor den Fenstern wurde es hell und ängstlich, Claudine fühlte, wenn sie in dieses gleichmäßige, blinde Licht sah, eine Bewegung wie ein freiwilliges Lösen der Hand und ein langsames, lockendes Abwärtsgleiten zwischen silbern leuchtenden Blasen und fremden, mit großen Augen stehenden Fischen; der Tag begann.

Sie nahm ein Blatt Papier und schrieb Worte an ihren Mann: „... Alles ist sonderbar. Es wird nur wenige Tage dauern, aber mir ist, als sei ich hoch über mir verschlungen in etwas. Unsere Liebe, sag mir, was sie ist? Hilf mir, ich muß dich hören. Ich weiß, sie ist wie ein Turm, aber mir ist, als fühlte ich nur das Zittern rings um eine schlanke Höhe ...“

Als sie diesen Brief aufgeben wollte, sagte ihr jedoch der Beamte, daß die Verbindung unterbrochen sei.

Sie ging darauf vor den Ort. Weit, weiß wie ein Meer lag es um die kleine Stadt. Manchmal flog eine Krähe hindurch, manchmal hob sich schwarz ein Strauch heraus. Erst tief unten am Rand, in kleinen, dunklen, zusammenhanglosen Pünktchen, begann wieder das Leben.

Sie kehrte zurück und ging durch die Straßen des Orts, unruhig, vielleicht eine Stunde lang. Sie bog in alle Gassen, kam nach einiger Zeit das gleiche Stück Wegs in entgegengesetzter Richtung, verließ es dann wieder – nun nach der anderen Seite –, kreuzte Plätze, wo sie noch fühlte, wie sie

vor wenigen Minuten geschritten war; überall glitt das weiße Schattenspiel der fieberhaft leeren Weite durch diese
kleine von der Wirklichkeit abgeschnittene Stadt. Vor den
Häusern lagen hohe Wälle aus Schnee; die Luft war klar und
trocken; es schneite zwar noch immer, aber nur mehr spärlich und in flachen, fast verdorrten, glitzernden Plättchen,
als ob es bald enden wollte. Zuweilen schauten über verschlossenen Türen die Fenster der Häuser ganz hellblau und
gläsern auf die Straße und auch unter den Füßen klang es
wie Glas. Manchmal aber polterte ein Stück hartgefrornen
Schnees eine Traufe hinunter; dann war es noch minutenlang, als starrte ein zackiges Loch, das es in die Stille geris-
sen hatte. Und plötzlich begann irgendwo eine Hauswand
rosarot aufzuleuchten oder zartgelb wie ein Kanarienvogel
... Was sie tat, erschien ihr dann seltsam, in überlebendiger
Stärke; in der lautlosen Stille schien für einen Augenblick
alles Sichtbare in irgendeinem andern Sichtbaren sich wie
ein Echo zu wiederholen. Danach sank alles wieder ringsum
in sich zusammen; die Häuser standen in unverständlichen
Gassen um sie, wie Pilze im Wald beieinanderstehn oder
eine Gruppe Sträucher geduckt auf einer weiten Fläche, und
ihr war noch ganz groß und schwindlig. Es war etwas wie
ein Feuer in ihr, wie eine brennend bittere Flüssigkeit, und
während sie ging und dachte, kam sie sich wie ein ungeheures, geheimnisvolles Gefäß durch die Straßen getragen vor,
ganz dünnwandig und flammend.

Da zerriß sie den Brief und sprach bis Mittag im Institut
mit den Lehrern.

In den Zimmern war es still; wenn sie irgendwo von ihrem Platz aus durch die düstern, tiefen Wölbungen ins Freie
blickte, erschien es ihr weit, gedämpft, wie mit grauem
Schneelicht verhangen. Dann sahen die Menschen sonderbar
körperhaft aus, wuchtig und lastend auf betonten Konturen.

Sie sprach mit ihnen nur die unpersönlichsten Dinge und hörte nur solche, aber zuweilen war selbst das fast wie eine Hingabe. Sie wunderte sich, denn diese Menschen gefielen ihr nicht, an keinem bemerkte sie auch nur eine Einzelheit, die sie anzog, jeder stieß sie eigentlich durch die Eigenschaften seiner geringeren Lebensschicht bloß ab, und trotzdem fühlte sie das Männliche, Andersgeschlechtliche an ihnen mit einer, wie ihr schien, niemals zuvor erlebten oder doch seit langen Zeiten vergessenen Deutlichkeit. Sie gewahrte, daß es das im Halblicht Gesteigerte des Gesichtseindrucks war, dieses dumpf Gewöhnliche und doch durch seine Häßlichkeit kaum begreifbar Überhöhte, was wie Witterung riesiger, plumper Höhlentiere ungewiß um diese Menschen floß. Und allmählich begann sie jenes alte Gefühl von Schutzlosigkeit auch hier zu erkennen, das sie seit ihrem Alleinsein immer wieder empfand, und es fing ein eigentümliches Empfinden von Unterwürfigkeit an, sie in allen Einzelheiten zu verfolgen, in kleinen Wendungen des Gesprächs, in der Aufmerksamkeit, mit der sie zuhören mußte, allein schon darin, daß sie überhaupt dasaß und sprach.

Da wurde Claudine unwillig, fand, daß sie schon zu lange hier säumte, und empfand die Luft und das Halbdunkel der Zimmer eng und verwirrend. Es kam ihr plötzlich und zum erstenmal der Gedanke, daß sie, die sich bloß noch nie von ihrem Manne getrennt hatte, kaum da sie allein war, vielleicht schon wirklich begonnen haben könnte, wieder in ihre Vergangenheit zurückzusinken.

Was sie jetzt empfand, war nicht mehr bloß unbestimmt streifend, sondern an wirkliche Menschen geknüpft. Und dennoch war es nicht Angst vor ihnen, sondern davor, daß sie sie empfinden konnte, als ob sich, während die Reden dieser Menschen sie einhüllten, heimlich in ihr etwas bewegt und leise gerüttelt hätte; kein einzelnes Gefühl, sondern irgendein

Grund, in dem die alle ruhen, – wie wenn man manchmal durch Wohnungen geht, die einen anwidern, aber man spürt ganz sacht allmählich eine Vorstellung, wie Menschen hier glücklich sein können, und mit einemmal kommt ein Augenblick, wo es einen umfängt, als ob man sie wäre, man möchte zurückspringen und fühlt erstarrt von allen Seiten die Welt geschlossen und ruhig auch um diesen Mittelpunkt stehn ...

In dem grauen Licht diese schwarzen bärtigen Menschen erschienen ihr wie Riesengebilde in dämmernden Kugeln von solchem fremden Gefühl und sie suchte sich vorzustellen, wie es sein müßte, um sich das Sichschließen zu fühlen. Und während ihre Gedanken rasch wie in einem weichen, formlos quellenden Boden versanken, hörte sie bald nur mehr eine Stimme, die vom Rauchen gerauht und deren Worte in einen Zigarettendunst gebettet waren, der beim Sprechen beständig um ihr Gesicht streifte, und eine andre, die hell war und hoch wie Blech, und sie suchte den Klang sich vorzustellen, mit dem sie in der geschlechtlichen Erregung zerbrochen in die Tiefe gleiten mußte, dann wieder zogen ungeschickte Bewegungen ihr Empfinden in seltsamen Windungen nach sich und einen olympisch Lächerlichen suchte sie wie eine Frau zu fühlen, die an ihn glaubte ... Ein Fremdes, mit dem ihr Leben nichts gemeinsam hatte, richtete sich nah und überhängend groß vor ihr auf, wie ein zottiges, einen betäubenden Geruch auströmendes Tier; ihr war, als hätte sie eben nur mit der Peitsche hineinschlagen gewollt, und gewahrte, plötzlich gehemmt und ohne es zu durchschauen, ein Spiel vertrauter Abstufungen in einem irgendwie dem ihren ähnlichen Gesicht.

Da dachte sie heimlich: „Wir, Menschen wie wir könnten vielleicht selbst mit solchen Menschen leben ...“ Es war ein eigentümlich quälender Reiz, eine dehnende Lust des Gehirns, etwas wie eine dünne gläserne Scheibe lag davor, an die sich ihre Gedanken schmerzhaft preßten, um jenseits in eine ungewisse Trübe zu starren; es freute sie, den Menschen dabei klar und unverdächtig in die Augen zu blicken. Dann versuchte sie, sich ihren Mann entfremdet, wie von dorther gesehen, vorzustellen. Es gelang ihr, sehr ruhig an ihn zu denken; es blieb ein wunderbarer, unvergleichlicher Mensch, aber ein Unwägbares, vom Verstand nicht zu Fassendes war von ihm geschwunden und er erschien ihr etwas blaß und nicht so nahe; manchmal vor dem letzten Anstieg einer Krankheit steht man in solch einer kühlen, beziehungslosen Helligkeit. Doch da fiel ihr ein, wie sonderbar es sei, daß sie ähnliches wie das, womit sie jetzt spielte, irgendwann einmal wirklich erlebt haben konnte, daß es eine Zeit gab, wo sie ihren Mann sicher und ohne von einer Frage beunruhigt zu werden so empfunden hätte, wie sie ihn sich jetzt einzubilden suchte, und es kam ihr mit einemmal alles ganz seltsam vor.

Man geht täglich zwischen bestimmten Menschen oder durch eine Landschaft, eine Stadt, ein Haus und diese Landschaft oder diese Menschen gehen immer mit, täglich, bei jedem Schritt, bei jedem Gedanken, ohne Widerstand. Aber einmal bleiben sie plötzlich mit einem leisen Ruck stehen und stehn ganz unbegreiflich starr und still, losgelöst, in einem fremden, hartnäckigen Gefühl. Und wenn man auf sich zurücksieht, steht ein Fremder bei ihnen. Dann hat man eine Vergangenheit. Aber was ist das? fragte sich Claudine und fand plötzlich nicht, was sich geändert haben konnte.

Sie wußte auch in diesem Augenblick, daß nichts einfacher ist als die Antwort, man selbst sei es, der sich geändert habe, aber sie begann einen sonderbaren Widerstand zu fühlen, die Möglichkeit dieses Vorgangs zu begreifen; und vielleicht erlebt man die großen, bestimmenden Zusammenhänge nur in einer eigentümlich verkehrten Vernunft, während sie nun bald die Leichtigkeit nicht verstand, mit der sie eine Vergangenheit, die einst so nah um sie gewesen war wie ihr eigener Leib, als fremd empfinden konnte, bald wieder die Tatsache ihr unfaßbar erschien, daß überhaupt je etwas anders gewesen sein mochte als jetzt, fiel ihr ein, wie das ist, wenn man manchmal etwas in der Ferne sieht, fremd, und dann geht man hin und an einer gewissen Stelle tritt es in den Kreis des eigenen Lebens, aber der Platz, wo man früher war, ist jetzt so eigentümlich leer, oder man braucht sich bloß vorzustellen, gestern habe ich dies oder jenes getan: irgendeine Sekunde ist immer wie ein Abgrund, vor dem ein kranker, fremder, verblassender Mensch zurückbleibt, man denkt bloß nicht daran, – und plötzlich erschien ihr in einer schlagschnellen Erhellung ihr ganzes Leben von diesem unverstehbaren, unaufhörlichen Treubruch beherrscht, mit dem man sich, während man für alle andern der gleiche bleibt, in jedem Augenblick von sich selbst loslöst, ohne zu wissen warum, dennoch darin eine letzte, nie verbrauchte bewußtseinsferne Zärtlichkeit ahnend, durch die man tiefer als mit allem, was man tut, mit sich selbst zusammenhängt.

Und während noch dieses Gefühl in seiner bloßgelegten Tiefe klar in ihr schimmerte, war ihr, als ob die Sicherheit, die oben ihr Leben trug, wie ein Kreisen um sie, mit einemmal es wieder nicht mehr trüge, und es teilte sich in hundert Möglichkeiten, schob sich wie verschiedener Leben hintereinandergelagerte Kulissen auseinander und in einem weißen, leeren, unruhigen Raum dazwischen tauchten die Lehrer wie dunkle, ungewisse Körper auf, sanken suchend, sahen sie an und stellten sich schwer auf ihren Platz. Sie fühlte eine eigentümlich traurige Lust, hier mit ihrem unnahbaren Lächeln der fremden Dame, in ihr Aussehen verschlossen, vor ihnen sitzend, bei sich selbst nur ein Zufälliges zu sein, nur durch eine wechselbare Hülle von Zufall und Tatsache, die sie umfing, von ihnen getrennt zu sein. Und während ihr das Gespräch hurtig und nichtssagend von den Lippen sprang und leblos behend wie ein Faden dahinlief, begann sie langsam der Gedanke zu verwirren, daß sie – wenn sich der Dunstkreis eines dieser Menschen um sie geschlossen haben würde – auch das, was sie dann täte, wirklich wäre, als wäre diese Wirklichkeit nur etwas Bedeutungsloses, das zuweilen durch die gleichgültig geformte Öffnung eines Augenblicks heraufschießt, unter der man, sich selbst unerreicht, in einem Strom von niemals Wirklichem dahinfließt, dessen einsamen, weltfernzärtlichen Laut keiner hört. Ihre Sicherheit, dieses in liebender Angst an jenen Einen Gcklammertsein, erschien ihr in diesem Augenblick als etwas Willkürliches Unwesentliches und bloß Oberflächliches im Vergleich mit einem vom Verstand kaum mehr zu fassenden Gefühl von unwägbarem durch dieses Einsamsein in einer letzten, geschehensleeren Innerlichkeit Zueinandergehören.

Und das war der Reiz, als ihr jetzt plötzlich der Ministerialrat einfiel. Sie begriff, daß er sie begehrte und daß bei ihm wirklich werden sollte, was hier noch ein Spiel mit Möglichkeiten war.

Einen Augenblick lang schauderte etwas in ihr und warnte sie; das Wort Sodomie fiel ihr ein; soll ich Sodomie treiben ...?! Aber dahinter war die Versuchung ihrer Liebe: damit du im Wirklichen fühlen mußt, ich, ich unter diesem Tier. Das Unvorstellbare. Damit du dort nie mehr hart und einfach an mich glauben kannst. Damit ich dir ungreifbar und versinkend wie ein Schein werde, kaum daß du mich losläßt. Nur ein Schein, das ist, du weißt, ich bin nur etwas in dir, nur etwas durch dich, nur solange du mich festhältst, sonst irgend etwas, Geliebter, so seltsam vereint ...

Und es faßte sie eine leise untreue Abenteurertraurigkeit, jene Wehmut der Handlungen, die man nicht ihrer selbst

41

halber sondern tut, um sie getan zu haben. Sie fühlte, daß der Ministerialrat jetzt irgendwo stand und auf sie wartete. Es dünkte sie, daß der eingeengte Gesichtskreis um sie sich schon mit seinem Atem füllte, und die Luft nahe bei ihr nahm seinen Geruch an. Sie wurde unruhig und begann sich zu verabschieden. Sie fühlte, daß sie auf ihn zugehen werde, und die Vorstellung des Augenblicks griff ihr kalt an den Leib, wo es geschehen sein würde. Es war, als ob sie etwas packte und zu einer Tür zerrte, und sie wußte, diese Tür wird zufallen, und wehrte sich und lauschte doch schon mit vorgestreckten Sinnen voraus.

Als sie dem Menschen begegnete, stand er für sie nicht mehr am Anfang einer Bekanntschaft, sondern unmittelbar vor dem Hereinbruch. Sie wußte, daß inzwischen auch er über sie nachgedacht und sich einen Plan zurechtgelegt hatte. Sie hörte ihn sagen: „Ich habe mich damit abgefunden, daß Sie mich zurückweisen, aber nie wird Sie ein Mensch so selbstlos verehren wie ich." Claudine antwortete nicht. Seine Worte kamen langsam, nachdrücklich; sie fühlte, wie es sein müßte, wenn sie wirken würden. Dann sagte sie: „Wissen Sie, daß wir wirklich eingeschneit sind?" Es erschien ihr alles so, wie wenn sie es schon einmal erlebt hätte; ihre Worte schienen in den Spuren von Worten steckenzubleiben, die sie früher einmal gesprochen haben mußte. Sie achtete nicht auf das, was sie tat, sondern auf den Unterschied, daß das, was sie jetzt tat, Gegenwart war und irgendein Gleiches Vergangenheit; dieses Willkürliche, diesen zufälligen, nahen Hauch von Gefühl darüber. Und sie hatte eine große, unbewegte Empfindung von sich, über der Vergangenheit und Gegenwart wie kleine Wellen sich wiederholten.

Nach einer Weile sagte der Ministerialrat plötzlich: „Ich fühle, daß etwas in Ihnen zögert. Ich kenne dieses Zögern. Jede Frau steht einmal in ihrem Leben davor. Sie schätzen

Ihren Mann und wollen ihm gewiß nicht weh tun und verschließen sich darum. Aber eigentlich müßten Sie sich wenigstens für Augenblicke davon freimachen und auch den großen Sturm erleben." Wiederum schwieg Claudine. Sie fühlte, wie er ihr Schweigen mißdeuten mußte, aber es tat ihr eigenartig wohl. Daß es etwas in ihr gab, das sich nicht in Handlungen ausdrücken ließ und von Handlungen nichts erleiden konnte, das sich nicht verteidigen konnte, weil es unter dem Bereich der Worte lag, das um verstanden zu werden geliebt werden mußte, wie es sich selbst liebte, etwas das sie nur mit ihrem Mann gemeinsam hatte, empfand sie stärker bei diesem Schweigen; so war es eine innere Vereinigung, während sie die Oberfläche ihres Wesens diesem Fremden überließ, der sie verunstaltete.

In solcher Weise gingen sie und unterhielten sich. Und in ihrem Gefühl war dabei ein Hinüberbeugen, schwindelnd, als empfände sie dann die wunderbare Unbegreiflichkeit des zu ihrem Geliebten Gehörens tiefer. Manchmal schien ihr, daß sie sich schon ihrem Begleiter anpaßte, mochte sie auch noch für einen andern scheinen, die gleiche zu sein, und es kam ihr manchmal vor, als erwachten Scherze, Einfälle und Bewegungen noch aus ihrer ersten Frauenzeit in ihr, Dinge, denen sie sich längst entwachsen glaubte; dann sagte er: gnädige Frau, Sie sind geistreich.

Wenn er so sprach und neben ihr schritt, wurde sie gewahr, daß seine Worte in einen ganz leeren Raum hinausgingen, den sie mit sich allein anfüllten. Und allmählich entstanden darin die Häuser, an denen sie vorbeischritten, um ein weniges anders und verschoben, wie sie sich in den Scheiben von Fenstern spiegeln, und die Gasse, in der sie waren, und nach einer Weile sie, auch etwas verändert und verzerrt, aber doch so, daß sie sich noch erkannte. Sie fühlte die Gewalt, die von dem alltäglichen Menschen ausging, –

es war ein unmerkliches Verschieben der Welt und Vorsich-hinrücken, eine einfache Kraft der Lebendigkeit, sie strahlte von ihm aus und bog die Dinge in ihre Oberfläche. Es verwirrte sie, daß sie auch ihr Bild in dieser spiegelhaft gleitenden Welt gewahrte; ihr war, wenn sie jetzt noch etwas nachgäbe, müßte sie plötzlich ganz dieses Bild sein. Und einmal sagte er plötzlich: „Glauben Sie mir, es ist nur Gewohnheit. Hätten Sie mit siebzehn oder achtzehn Jahren – ich weiß es nicht – einen anderen Mann kennengelernt und geheiratet, würde Ihnen heute der Versuch, sich als die Frau ihres jetzigen Gemahls zu denken, genau ebenso schwer fallen."

Sie waren vor die Kirche gelangt, groß und allein standen sie auf dem weiten Platz; Claudine sah auf, die Gebärden des Ministerialrats ragten aus ihm heraus in die Leere. Da war ihr mit einem Schlag einen Augenblick lang, als ob tausend zu ihrem Körper aneinandergefügte Kristalle sich sträubten; ein umhergeworfenes, unruhiges, zersplittert dämmerndes Licht stieg in ihrem Leib empor und der Mensch, den es traf, sah darin mit einemmal anders aus, alle seine Linien kamen auf sie zu, zuckend wie ihr Herz, alle seine Bewegungen fühlte sie von innen über ihren Körper gehn. Sie wollte sich zurufen, wer er sei, aber das Gefühl blieb wie ein wesenloser Schein ohne Gesetze, eigentümlich schwebte es in ihr, als ob es nicht zu ihr gehörte.

Im nächsten Augenblick war nur mehr ein Lichtes, Nebelndes, Entschwindendes ringsum. Sie blickte um sich; still und gerade standen die Häuser um den Platz, am Turm schlug die Uhr. Rund und metallisch sprangen die Schläge aus den Luken der vier Mauern, lösten sich im Fallen auf und flatterten über die Dächer. Claudine hatte die Vorstellung, daß sie dann weit und klingend über das Land rollen mußten, und sie fühlte mit einemmal schaudernd: Stimmen gehen durch die Welt, vieltürmig und schwer wie dröhnende Städte aus Erz, etwas, das nicht Verstand ist, ... eine unabhängige, unfaßbare Welt des Gefühls, die sich nur willkürlich, zufällig und lautlos flüchtig mit der der täglichen Vernunft verbindet, wie jene grundlos tiefen, weichen Dunkelheiten, die manchmal über einen schattenlosen, starren Himmel ziehn.

Es war, als stünde etwas um sie und sähe sie an. Sie fühlte die Erregung dieses Menschen wie etwas Brandendes in einer sinnentleerten Weite, etwas finster, einsam sich Schlagendes. Und allmählich ward ihr, es sei, was dieser Mensch von ihr begehrte, diese scheinbar stärkste Handlung, etwas ganz Unpersönliches; es war nichts als dieses Angesehenwerden, ganz dumm und stumpf, wie Punkte fremd im Raum einander ansehn, die irgend etwas Ungreifbares zu einem zufälligen Gebilde vereint. Sie schrumpfte darunter ein, es drückte sie zusammen, als wäre sie selbst solch ein Punkt. Sie empfand dabei ein sonderbares Gefühl von sich, es hatte nichts mehr mit der Geistigkeit und dem Selbstgewählten ihres Wesens zu tun und war doch noch das gleiche wie sonst. Und mit einemmal entschwand ihr das Bewußtsein, daß dieser Mensch vor ihr von häßlicher Alltäglichkeit des Geistes war. Und ihr wurde, als stünde sie weit draußen im Freien, und um sie standen die Töne in der Luft und die Wolken am Himmel still und gruben sich in ihren Platz und Augenblick hinein, und sie war auch nicht mehr etwas andres als sie, etwas Ziehendes, Hallendes, ... sie glaubte, die Liebe der Tiere verstehen zu können ... und der Wolken und Geräusche. Und fühlte die Augen des Ministerialrats die ihren suchen ... und erschrak und verlangte nach sich und spürte plötzlich ihre Kleider wie etwas um die letzte ihr von sich gebliebne Zärtlichkeit Geschloßnes und fühlte darunter ihr Blut, sie glaubte seinen scharfen, zitternden Duft zu riechen, und hatte nichts als diesen Körper, den sie preisgeben sollte, und dieses geistigste, wirklichkeitsübersehnende Gefühl von Seele als ein Gefühl von ihm – diese letzte Seligkeit – und wußte nicht, wurde in diesem Augenblick ihre Liebe zum äußersten Wagnis oder verblaßte sie schon und es öffneten sich ihre Sinne wie neugierige Fenster?

Sie saß dann im Speisezimmer. Es war Abend. Sie fühlte sich einsam. Eine Frau sprach zu ihr herüber: „Ich habe heute nachmittag Ihr Töchterchen gesehen, als es auf Sie wartete, es ist ein reizendes Kind, Sie haben gewiß viel Freude an ihm." Claudine war an diesem Tag nicht wieder im Institut gewesen, aber es war ihr unmöglich zu antworten, sie schien plötzlich nur mit irgendeinem empfindungslosen Teil von sich, mit den Haaren oder den Nägeln oder als hätte sie einen Leib aus Horn, unter diesen Menschen zu sein. Dann entgegnete sie doch irgend etwas und hatte dabei die Vorstellung, daß alles, was sie sagte, sich wie in einem Sack oder in einem Netz verstrickte; ihre eigenen Worte erschienen ihr fremd zwischen den fremden, wie Fische an den feuchtkalten Leibern anderer Fische zappelten sie in dem unausgesprochenen Gewirr der Meinungen.

Es faßte sie ein Ekel. Sie fühlte wieder, daß es nicht auf das ankam, was sie von sich sagen, mit Worten erklären konnte, sondern daß alle Rechtfertigung in etwas ganz anderem lag, – einem Lächeln, einem Verstummen, einem inneren Sichhören. Und sie empfand plötzlich eine unsagbare Sehnsucht nach jenem einzigen Menschen, der auch so einsam war, den auch niemand hier verstehen würde und der nichts hatte als jene weiche Zärtlichkeit voll gleitender Bilder, die wie ein nebliges Fieber den harten Stoß der Dinge auffängt, das alles äußere Geschehen groß, gedämpft und flächenhaft zurückläßt, während innen alles in dem ewigen, geheimnisvollen, in allen Lagen ruhenden Gleichgewicht des Beisichseins schwebt.

Während aber sonst in ähnlicher Stimmung ein solches Zimmer mit Menschen sich wie eine einzige heiße, schwere, kreisende Masse um sie schloß, war hier mitunter ein heimliches Stillstehn und Auslassen und auf seine Plätze Springen. Und mürrisch sie Abwehren. Ein Schrank, ein Tisch. Es geriet zwischen ihr und diesen gewohnten Dingen etwas in Unordnung, sie offenbarten etwas Ungewisses und Wankendes. Es war plötzlich wieder jene Häßlichkeit wie auf der Reise, keine einfache Häßlichkeit, sondern es griff ihr Gefühl gleich einer Hand durch die Dinge hindurch, wenn es sie anfassen wollte. Es taten sich Löcher auf vor ihrem Gefühl, als ob – seit jene letzte Sicherheit in ihr verträumt sich anzustarren begonnen hatte – in einer sonst nicht wahrnehmbaren Einbettung der Dinge in ihr Empfinden sich etwas gelockert hätte, und statt eines verketteten Klingens von Eindrücken wurde durch diese Unterbrechungen die Welt um sie wie ein unendliches Geräusch.

Sie fühlte, wie dadurch etwas in ihr entstand, wie wenn man am Meer geht, ein Sichuneindrückbarfühlen in dieses Tosen, das jedes Tun und jeden Gedanken bis auf den Augenblick wegreißt, und allmählich ein Unsicherwerden und ein langsames Sich-nicht-mehr-begrenzen-können und -spüren und ein Selbstverfließen, – in einen Wunsch zu schreien, eine Lust nach unglaublich maßlosen Bewegungen, in irgendeinen wurzellos aus ihr emporwachsenden Willen etwas zu tun, ohne Ende, nur um sich daran zu empfinden; es lag eine saugende, schmatzend verwüstende Kraft in diesem Verlorengehn, wo jede Sekunde wie eine wilde, abgeschnittene, verantwortungslose Einsamkeit ohne Gedächtnis blöd in die Welt starrte. Und es riß Gebärden und Worte aus ihr heraus, die irgendwoher neben ihr vorbeikamen und doch noch sie waren, und der Ministerialrat saß davor und mußte gewahren, wie es etwas, das in sich verborgen das Geliebte ihres Leibes trug, ihm näherte, und schon sah sie nichts mehr als die unaufhörliche Bewegung, mit der sein Bart auf und nieder ging, während er sprach, gleichmäßig, einschläfernd, wie der Bart einer schauerlichen, halblaute Worte kauenden Ziege.

Sie tat sich so leid; zugleich war es ein wiegend summender Schmerz, daß dies alles möglich sein konnte. Der Ministerialrat sagte: „Ich sehe es Ihnen an, daß Sie eine von jenen Frauen sind, deren Schicksal es ist, von einem Sturm hinweggerissen zu werden. Sie sind stolz und möchten es verbergen; aber glauben Sie mir, einen Kenner der Frauenseele täuscht das nicht." Es war, als sänke sie ohne Aufhören in ihre Vergangenheit hinein. Aber wenn sie um sich sah, fühlte sie bei diesem Sinken durch Seelenzeiten, die wie tiefes Wasser übereinandergeschichtet waren, die Zufälligkeit, nicht daß diese Dinge um sie jetzt so aussahen, sondern daß dieses Aussehen sich auf ihnen hielt, als ob es fest zu ihnen gehörte, widernatürlich eingekrallt wie ein Gefühl, das über seine Zeit hinaus nicht von einem Gesicht will. Und es war sonderbar, wie wenn in dem leise rinnenden Faden des Geschehens plötzlich ein Glied zersprungen und aus der Reihe heraus in die Breite gefahren wäre, es erstarrten allmählich alle Gesichter und alle Dinge in einem zufälligen, plötzlichen Ausdruck, winkelrecht quer durch eine widergewöhnliche Ordnung untereinander verbunden. Und nur sie glitt mit schwankend ausgebreiteten Sinnen zwischen diesen Gesichtern und Dingen – abwärts – dahin.

Der große, durch die Jahre geflochtene Gefühlszusammenhang ihres Daseins wurde dahinter in der Ferne einen Augenblick lang kahl für sich bemerkbar, fast wertlos. Sie dachte, man gräbt eine Linie ein, irgendeine bloß zusammenhängende Linie, um sich an sich selbst zwischen dem stumm davonragenden Dastehn der Dinge zu halten; das ist unser Leben; etwas wie wenn man ohne Aufhören spricht und sich vortäuscht, daß jedes Wort zum vorherigen gehört und das nächste fordert, weil man fürchtet, im Augenblick des abreißenden Schweigens irgendwie unvorstellbar zu taumeln und von der Stille aufgelöst zu werden; aber es ist nur Angst, nur Schwäche vor der schrecklich auseinanderklaffenden Zufälligkeit alles dessen, was man tut ...

Der Ministerialrat sagte noch: „Es ist Schicksal, es gibt Männer, deren Schicksal das Bringen der Unruhe ist, man soll sich ihr öffnen, es schützt nichts davor ..." Aber sie hörte es kaum. Ihre Gedanken gingen indessen in sonderbaren, fernen Gegensätzen. Sie wollte mit einem Satz, mit einer großen, unbedachten Gebärde sich frei machen und dem Geliebten zu Füßen stürzen; sie fühlte, daß sie es noch gekonnt hätte. Aber etwas zwang sie, vor dem Schreienden, Gewaltsamen daran einzuhalten; vor diesem Strom sein zu müssen, um nicht zu versickern, sein Leben an sich zu pressen, um es nicht zu verlieren, selbst nur zu singen, um nicht plötzlich ratlos zu verstummen. Sie wollte es nicht. Etwas Zögerndes, nachdenklich Gesprochenes schwebte ihr vor. Nicht schreien wie alle, um die Stille nicht zu spüren. Auch nicht Gesang. Nur ein Flüstern, ein Stillwerden, ... Nichts, Leere ...

Und einmal kam ein langsames, lautloses Sichvorschieben, über den Rand Beugen, der Ministerialrat sagte: „Lieben Sie nicht das Schauspiel? Ich liebe in der Kunst die Feinheit des guten Endes, die uns über das Alltägliche tröstet. Das Leben enttäuscht, bringt so oft um den Aktschluß. Aber wäre das nicht öde Natürlichkeit ...?"

Sie hörte es plötzlich ganz dicht und deutlich. Noch war irgendwo jene Hand, eine spärlich nachgeschobene Wärme, ein Bewußtsein: Du, – aber da ließ sie sich los und irgendeine Sicherheit trug sie, jetzt noch einander das Letzte sein zu können, wortlos, ungläubig, zusammengehörig wie ein Gewebe von todessüßer Leichtheit, wie eine Arabeske für einen noch nicht gefundenen Geschmack, jeder ein Klang, der nur in der Seele des andern eine Figur beschreibt, nirgends, wenn sie nicht zuhört.

Der Ministerialrat richtete sich auf, blickte sie an. Sie fühlte sich plötzlich vor ihm stehen und fern von sich jenen einen geliebten Menschen; er mochte irgend etwas denken, ihr fiel ein, daß sie es nicht wissen konnte, – in ihr selbst taumelte zu gleicher Zeit ein wegloses Empfinden, von der Dunkelheit ihres Leibs geschützt. In diesem Augenblick empfand sie ihren Körper, der alles, was er fühlte, wie eine Heimat umhegte, als eine unklare Hemmung. Sie spürte sein Gefühl von sich, das, näher als alles andere, um sie geschlossen war, mit einemmal wie eine unentrinnbare Treulosigkeit, die sie von dem Geliebten trennte, und in einem ohnmächtig auf sie niedersinkenden, noch nie gekannten Erlebnis war ihr, als verkehrte sich ihr die letzte Treue – die sie mit ihrem Körper wahrte – in einem unheimlichen innersten Grunde in ihr Widerspiel.

Vielleicht hatte sie da nichts als den Wunsch, diesen Leib ihrem Geliebten hinzugeben, aber durchzittert von der tiefen Unsicherheit der seelischen Werte faßte er sie wie das Verlangen nach jenem Fremden, und während sie in die Möglichkeit starrte, daß sie sich, noch wenn sie in ihrem Körper das sie Zerstörende erlitte, durch ihn als sie selbst empfinden würde, und vor seinem geheimnisvoll jeder seelischen Entscheidung ausweichenden Gefühl von sich wie vor etwas finster und leer sie in sich selbst Einschließendem schauderte, lockte sie bitterselig ihr Leib, ihn von sich zu stoßen, in der Wehrlosigkeit der sinnlichen Verlorenheit von einem Fremden ihn niedergestreckt und wie mit Messern aufgebrochen zu fühlen, ihn mit Grauen und Ekel und Gewalt und ungewollten Zuckungen füllen zu lassen, – um ihn in einer seltsam bis zur letzten Wahrhaftigkeit geöffneten Treue um dieses Nichts, dieses Schwankende, dieses gestaltlose Überall, diese Krankengewißheit von Seele dennoch wie den Rand einer traumhaften Wunde zu fühlen, der in den Schmerzen des endlos erneuten Zusammenwachsenwollens vergeblich den anderen sucht.

Wie ein Licht hinter zartem Geäder stieg zwischen ihren Gedanken aus dem wartenden Dunkel der Jahre, allmählich sie einhüllend, diese Sterbenssehnsucht ihrer Liebe empor. Und irgendeinmal plötzlich hörte sie sich weit weg im strahlend Ausgespannten antworten, als hätte sie aufgenommen, was der Ministerialrat sagte: „Ich weiß nicht, ob er es ertragen könnte ..."

Zum erstenmal sprach sie da von ihrem Mann; sie schrak auf, es schien nichts ins Wirkliche zu gehören; aber schon fühlte sie die unaufhaltsame Macht des ins Leben entlaufenen Worts. Rasch zufassend sagte der Ministerialrat: „Ja lieben Sie ihn denn?" Es entging ihr nicht das Lächerliche der vermeintlichen Sicherheit, mit der er zustieß, und sie sagte: „Nein; nein, ich liebe ihn ja gar nicht." Zitternd und entschlossen.

Als sie oben in ihrem Zimmer war, verstand sie es kaum noch, aber fühlte den vermummten, unbegreiflichen Reiz ihrer Lüge. Sie dachte an ihren Mann; zuweilen leuchtete etwas von ihm auf, wie wenn man von der Straße in erhellte Zimmer blickt; daran fühlte sie erst, was sie tat. Er sah schön aus, sie wollte bei ihm stehn, dann strahlte dieses Licht auch in ihr. Aber sie duckte sich in ihre Lüge zurück und dann stand sie wieder außen, auf der Straße, im Finstern. Es fror sie; daß sie lebte, tat ihr weh; jedes Ding, das sie ansah, jeder Atemzug. Wie in eine warme, strahlende Kugel konnte sie in jenes Gefühl zu ihrem Mann schlüpfen, sie war dort geschützt, die Dinge stießen nicht wie scharfe Schiffsschnäbel durch die Nacht, sie wurden weich aufgefangen, gehemmt. Und sie wollte nicht.

Sie erinnerte, daß sie schon einmal gelogen hatte. Nicht früher, denn nie war es eine Lüge damals, das war einfach sie. Aber einmal, im spätem, obwohl es die Wahrheit war, bloß als sie sagte, daß sie spazierengegangen sei, abends, zwei Stunden lang, hatte sie gelogen; sie begriff plötzlich, daß sie damals zum erstenmal gelogen hatte. So wie sie vorhin im Zimmer unten zwischen den Menschen saß, ging sie damals durch die Straßen, verloren hin und her, unruhig wie ein verlaufener Hund, und sah in die Häuser; und irgendwo öffnete irgend jemand einer Frau seine Tür, mit seiner Liebenswürdigkeit, seiner Gebärde, mit dem Aussehen seines Empfangs zufrieden; und irgendwo anders ging einer mit seiner Frau zu Besuch und war vollkommene Würde, Gatte und Gleichgewicht; und überall waren wie in einem breiten, gleichmütig alles beherbergenden Wasser kleine wirbelnde Mittelpunkte, mit einem Kreisen um sich, einer nach innen sehenden Bewegung, die irgendwo plötzlich, blind, fensterlos ans Gleichgültige grenzte; und überall innen war dieses Gehaltenwerden vom eigenen Widerhall in einem engen Raum, der jedes Wort auffängt und bis zum nächsten verlängert, damit man nicht hört, was man nicht ertragen könnte, – den Zwischenraum, den Abgrund zwischen den Stößen zweier Handlungen, in den man von dem Gefühl von sich fortsinkt, irgendwohin in das Schweigen zwischen zwei Worten, das ebensogut das Schweigen zwischen den Worten eines ganz anderen Menschen sein könnte.

Und da befiel es sie im geheimen: irgendwo unter diesen lebt ein Mensch, ein unpassender, ein anderer, aber man hätte sich ihm noch anpassen können und man würde nie etwas von dem Ich wissen, das man heute ist. Denn Gefühle leben nur in einer langen Kette anderer, einander haltend, und es kommt bloß darauf an, daß ein Punkt des Lebens sich ohne Lücke an den andern reiht, und es gibt hundert Weisen. Und da durchfuhr sie zum erstenmal seit ihrer Liebe der Gedanke: es ist Zufall; durch irgendeinen Zufall wurde es wirklich und dann hält man es fest. Und sie fühlte sich zum erstenmal undeutlich bis auf den Grund und spürte dieses letzte, die Wurzel, die Unbedingtheit zerstörende, antlitzlose Gefühl von sich in ihrer Liebe, das sie auch sonst immer wieder zu ihr selbst gemacht hätte und sie von niemandem unterschied. Und da war ihr, als müßte sie sich sinken lassen, wieder ins Treibende, ins Unverwirklichte, ins Nirgendzuhause, und sie lief durch die Traurigkeit der leeren Straßen und sah in die Häuser und wollte keine andere Gesellschaft als den Laut ihrer Absätze auf den Steinen, in dem sie sich, bis auf das bloß Lebendige eingeschränkt, laufen hörte, bald vor sich, bald hinter sich.

Aber während sie damals nur das Zerfallende begriff, den unaufhörlich bewegten Hintergrund unverwirklichter Gefühlsschatten, vor dem jede Kraft sich aneinander zu halten abglitt, die Entwertung, das Unbeweisbare, vom Verstand nicht zu Fassende des eigenen Lebens, und fast weinte, verwirrt und ermüdet von der Verschlossenheit, in die sie eintrat, – hatte sie jetzt, in dem Augenblick, wo es ihr wieder einfiel, was an Vereinigung darin war, bis zu Ende erlitten, in dieser durchscheinend, schimmernd dünnen Verletzlichkeit der lebensnotwendigen Einbildungen: das traumdunkelenge Nur-durch-den-andern-Sein, das Inseleinsame des Nichterwachendürfens, dieses wie zwischen zwei Spiegeln Gleitende der Liebe, hinter denen man das Nichts weiß, und sie fühlte hier in diesem Zimmer, von ihrem falschen Geständnis wie von einer Maske bedeckt, auf das Abenteuer eines andern Menschen in ihr wartend, das wunderbare, gefahrvolle, steigernde Wesen der Lüge und des Betrugs in der Liebe, – heimlich aus sich heraustreten, ins nicht mehr dem andern Erreichbare, ins Gemiedene, in die Auflösung des Alleinseins, um der großen Wahrhaftigkeit willen in die Leere, die zuweilen, einen Augenblick lang, sich hinter den Idealen auftut.

Und mit einemmal hörte sie verheimlichte Schritte, ein Knarren der Treppe, ein Stehenbleiben; vor ihrer Tür ein leise auf der Diele knarrendes Stehenbleiben.

Ihre Augen richteten sich gegen den Eingang; es erschien ihr sonderbar, daß hinter diesen dünnen Brettern ein Mensch stand: sie fühlte nur den Einfluß des Gleichgültigen dabei, des Zufälligen dieser Tür, an deren beiden Seiten sich Spannungen, einander unfindbar, stauten.

Sie hatte sich schon entkleidet. Auf dem Stuhl vor dem Bett lagen ihre Röcke noch so, wie sie sie eben von sich gestreift hatte. Die Luft dieses heute an den, morgen an jenen vermieteten Zimmers betastete sich mit dem Duft von ihrer Innenseite. Sie sah im Zimmer umher. Sie bemerkte ein messingnes Schloß, das schief an einer Kommode herabhing, ihre Augen weilten auf einem kleinen, zerschabten, von vielen Füßen vertretenen Teppich vor ihrem Bett. Sie dachte plötzlich an den Geruch, der von der Haut dieser Füße ausging und hineinging, in Seelen fremder Menschen hineinging, vertraut, schützend wie der Geruch des Elternhauses. Es war eine eigentümlich zwiefältig flimmernde Vorstellung, bald fremd und ekelerregend, bald unwiderstehlich, als strömte die Eigenliebe aller dieser Menschen in sie herüber und ihr bliebe nichts von sich als ein zusehendes Bemerken. Und noch immer stand jener Mensch vor ihrer Tür und regte sich nur in kleinen, unwillkürlichen Lauten.

Da packte sie eine Lust, sich auf diesen Teppich zu werfen, die ekligen Spuren dieser Füße zu küssen und wie eine schnuppernde Hündin sich an ihnen zu erregen. Aber es war nicht Sinnlichkeit, sondern nur mehr etwas, das wie ein

Wind heulte oder wie ein Kind schrie. Sie kniete sich plötzlich zur Erde, die steifen Blumen des Teppichs rankten sich größer und verständnislos vor ihren Augen, sie sah ihre schweren, frauenhaften Schenkel häßlich darüber gebeugt wie etwas ganz Sinnloses und doch mit einem unverständlichen Ernst Gespanntes, ihre Hände starrten einander auf dem Boden wie zwei fünffach gegliederte Tiere an, die Lampe draußen fiel ihr mit einemmal ein, mit ihren grauenhaft stumm an der Decke wandernden Ringen, die Wände, die kahlen Wände, die Leere und wieder der Mensch, der dort stand, manchmal bewegt, knarrend wie ein Baum in der Rinde, sein drängendes Blut wie buschiges Laubwerk im Kopf, während sie hier auf den Gliedern lag, bloß hinter einer Tür, und irgendwie trotzdem die volle Süße ihres reifen Leibs empfand, mit jenem unverlornen Rest von Seele, der noch bei zerstörenden Verletzungen reglos neben der auseinanderbrechenden Entstelltheit steht, in ein schweres, ununterbrochenes Wahrnehmen davon weggerichtet, wie neben einem gefallenen Tier.

Dann hörte sie vorsichtig den Menschen fortgehn. Und begriff plötzlich, noch herausgerissen aus sich, daß das die Untreue war; stärker bloß als die Lüge.

Sie richtete sich langsam auf den Knien empor. Sie starrte in das Unbegreifliche, daß es jetzt schon wirklich gewesen sein könnte, und zitterte, wie wenn man bloß vom Zufall, ohne eigene Kraft aus einer Gefahr befreit wurde. Und versuchte es auszudenken. Sie sah ihren Körper unter dem des Fremden liegen, mit einer Deutlichkeit der Vorstellung, die wie kleines Gerinnsel in alle Einzelheiten floß, sie fühlte ihr Blaßwerden und die errötenden Worte der Hingabe und die Augen des Menschen, niederhaltend über ihr stehend, gespreitet über ihr stehend, gesträubte Augen wie Raubvogelflügel. Und dachte fortwährend: das ist die Untreue. Und es fiel ihr ein, wenn sie von dem zu ihm zurückkäme, müßte er sagen: ich kann dich nicht von innen fühlen, und sie hatte als Antwort nur ein wehrloses Lächeln, ein Lächeln: glaub mir, es war nichts gegen uns, – und empfand trotzdem in diesem Augenblick ihr Knie sinnlos gegen den Boden gepreßt, wie ein Ding, und fühlte sich darin, unzugänglich, mit dieser wehen, ungeschützten Gebrechlichkeit der innersten Menschenmöglichkeiten, die kein Wort, keine Wiederkehr festhält und in den Zusammenhang des Lebens ordnet. Es war kein Gedanke mehr in ihr, sie wußte nicht, ob sie unrecht tat, es war alles um sie wie ein seltsamer, einsamer Schmerz. Ein Schmerz, der wie ein Raum war, ein aufgelöster, schwebender und doch wie um ein mildes Dunkel zusammenhängender, leise steigender Raum. Es blieb unter ihm allmählich ein starkes, deutliches, gleichgültiges Licht zurück, in dem sie alles sah, was sie tat, diesen stärksten, aus ihr herausgerissenen Ausdruck der Überwältigung, diese größte vermeintliche Heraufgeholtheit und Hingegebenheit ihrer Seele, ... zusammengesunken, klein, kalt, mit verlorner Beziehung, weit, weit unter ihr ...

Und nach langer Zeit war es, als ob wieder ein vorsichtig tastender Finger die Klinke suchte, und sie wußte den Fremden lauschend vor ihrer Tür. Es schwirrte schwindelnd in ihr auf, zum Eingang zu kriechen und den Riegel zu lösen.

Aber sie blieb in der Mitte des Zimmers auf der Erde liegen; es hielt sie noch einmal etwas auf, ein häßliches Gefühl von sich, ein Gefühl wie einst, wie ein Hieb durchschnitt ihre Sehnen der Gedanke, es möchte alles nur ein Rückfall in ihre Vergangenheit sein. Und plötzlich hob sie die Hände: Hilf mir, du, hilf mir! und fühlte es als Wahrheit und es war ihr doch nur ein leis zurückstreichelnder Gedanke: wir kamen aufeinander zu, geheimnisvoll durch Raum und Jahre, nun dringe ich in dich ein auf schmerzhaften Wegen.

Und dann kam die Ruhe, die Weite. Das Hereinströmen der schmerzhaft gestauten Kräfte nach dem Durchbrechen der Wände. Wie ein glänzend stiller Wasserspiegel lag ihr Leben, Vergangenheit und Zukunft, in der Höhe des Augenblicks. Es gibt Dinge, die man nie tun kann, man weiß nicht warum, es sind vielleicht die wichtigsten; man weiß, es sind die wichtigsten. Man weiß, daß eine fürchterliche Beklemmung auf dem Leben liegt, eine steife Enge wie auf Fingern im Frost. Und manchmal löst sich das, manchmal wie Eis von Wiesen, man ist nachdenklich, eine dunkle Helligkeit ist man, die sich in die Weite dehnt. Aber das Leben, das knöcherne Leben, das entscheidende Leben hakt sich achtlos anderswo Glied in Glied, man handelt nicht.

Sie erhob sich plötzlich vollends und der Gedanke es tun zu müssen trieb sie lautlos vorwärts; ihre Hände lösten den Riegel. Aber es blieb still, niemand pochte. Sie öffnete die Tür und sah hinaus; niemand, die leeren Wände starrten in dem trüben Licht der Lampe um einen leeren Raum. Sie mußte es nicht gehört haben, als er wegging.

Sie legte sich nieder. Vorwürfe gingen ihr durch den Kopf. Schon von Schlaf umrändert, empfand sie, ich tue dir weh, aber sie hatte das seltsame Gefühl, alles was ich tue, tust du. Schon im Schlaf vergessend, war ihr, wir geben alles preis, was sich preisgeben läßt, um uns mit dem, woran niemand heran kann, fester zu umschlingen. Und nur einmal, für einen Augenblick ganz wach heraufgeschleudert, dachte sie: Dieser Mensch wird über uns siegen. Aber was bedeutet Siegen? Und ihr Denken glitt schläfernd an dieser Frage wieder hinab. Sie empfand ihr schlechtes Gewissen wie eine letzte sie begleitende Zärtlichkeit. Eine große, dunkel die Welt vertiefende Eigensucht hob sich über sie wie über einen, der sterben muß, sie sah hinter ihren geschlossenen Augen Büsche, Wolken und Vögel und wurde so klein dazwischen und doch war alles nur wie für sie da. Und es kam ein Augenblick des sich Schließens und alles Fremde aus sich Ausschließens und in einer halb schon träumenden Vollendung eine große, ganz rein sie enthaltende Liebe. Ein zitterndes Auflösen aller scheinbaren Gegensätze.

Der Ministerialrat kam nicht wieder; so schlief sie ein, ruhig, bei offener Tür, wie ein Baum auf der Wiese.

Am nächsten Morgen setzte ein linder, geheimnisvoller Tag ein. Ihr Erwachen war wie hinter hellen Gardinen, die alles Wirkliche des Lichts außen zurückhalten. Sie ging spazieren, der Ministerialrat begleitete sie. Etwas Schwankendes wie eine Trunkenheit von der blauen Luft und dem weißen Schnee war in ihr. Sie kamen an den Rand des Orts, sie sahen hinaus, die weiße Fläche hatte etwas Strahlendes und Feierliches.

Sie standen an einem Zaun, der einen kleinen Feldweg sperrte, eine Bäuerin schüttete den Hühnern das Futter, ein Fleckchen gelbes Moos leuchtete ganz hell in den Himmel. „Glauben Sie ...", fragte Claudine und blickte durch die Gasse zurück in die lichtblaue Luft und führte den Satz nicht zu Ende und sagte nach einer Weile: „... wie lange mag dieser Kranz dort hängen? Ob die Luft es spürt? Wie lebt er?" Sonst sagte sie nichts und wußte auch nicht, warum sie dies sagte; der Ministerialrat lächelte. Ihr war, als stünde alles in Metall gegraben und noch zitternd von dem Druck der Stichel. Sie stand neben diesem Menschen und während sie fühlte, daß er sie ansah und was immer an ihr bemerken mochte, ordnete sich in ihrem Innern etwas und lag hell und weit wie Feld neben Feld unter den Augen eines kreisenden Vogels.

Dieses Leben blau und dunkel und mit einem kleinen, gelben Fleck ... was will es? Dieses Locken der Hühner und leise Aufschlagen der Körner, durch das es plötzlich wie der Schlag einer Stunde geht, ... zu wem spricht es? Dieses Wortlose, das sich in die Tiefe hineinfrißt und nur manchmal durch den engen Spalt weniger Sekunden in einem Vorübergehenden heraufschießt und sonst tot bleibt, ... was soll es? Sie blickte es an, mit schweigenden Augen und spürte die Dinge, ohne sie zu denken, bloß wie Hände manchmal auf einer Stirn ruhn, wenn nichts mehr sagbar ist.

Und dann hörte sie alles nur mehr mit einem Lächeln. Der Ministerialrat glaubte, die Maschen seines Gewebes sorgfältig enger um sie zu ziehn, sie ließ ihn gewähren. Es war ihr nur, während er redete, wie wenn man zwischen Häusern geht, in denen Menschen sprechen, in das Gefüge ihres Nachdenkens schob sich zuweilen ein zweites und zog ihre Gedanken mit sich, dahin, dorthin, sie folgte ihm freiwillig, tauchte dann für eine Weile wieder in sich selbst auf, halb, dämmernd, versank, so ein leise durcheinanderfließendes Gefangennehmen war es.

Dazwischen spürte sie, als ob es ihr eigenes Gefühl wäre, wie dieser Mensch sich liebte. Die Vorstellung seiner Zärtlichkeit für sich erregte sie leise sinnlich. Es war ein Stillwerden darum, wie wenn man in einen Bezirk trat, in dem stumme, andre Entscheidungen gelten. Sie fühlte sich von dem Ministerialrat gedrängt und fühlte sich nachgeben, aber es kam nicht darauf an. Es saß bloß etwas in ihr wie ein Vogel auf einem Ast und sang.

Sie aß leicht zur Nacht und ging früh schlafen. Es war alles schon ein wenig tot für sie, keine Sinnlichkeit mehr. Trotzdem wachte sie nach kurzem Schlummer auf und wußte, er sitzt unten und wartet. Sie nahm ihre Kleider und zog sich an. Stand auf und kleidete sich an, nichts sonst; kein Gefühl, kein Gedanke, nur ein fernes Bewußtsein von Unrechtem, vielleicht auch, als sie fertig war, ein nacktes, nicht genügend geschütztes Gefühl. So kam sie hinunter. Das Zimmer war leer, Tische und Stühle hatten etwas nachtwach ungefähr Ragendes. In einer Ecke saß der Ministerialrat.

Sie hatte irgend etwas im Gespräch gesagt, vielleicht: ich fühle mich allein oben; sie wußte, in welcher Weise er es mißverstehen mußte. Nach einer Weile faßte er ihre Hand; sie stand auf. Zögerte. Dann lief sie hinaus. Sie fühlte, daß sie es wie eine dumme kleine Frau tat, und es war ihr ein Reiz. Auf der Treppe hörte sie Schritte ihr folgen, die Stufen ächzten, sie dachte plötzlich irgend etwas sehr Fernes, sehr Abstraktes und ihr Körper zitterte dabei um sie wie ein Tier, das in einem Wald verfolgt wird.

Der Ministerialrat sagte dann, als er bei ihr im Zimmer saß, beiläufig dies: Nicht wahr, du liebst mich? Ich bin zwar kein Künstler oder Philosoph aber ein ganzer Mensch, ich glaube, ein ganzer Mensch. Und sie antwortete: „Was ist das, ein ganzer Mensch?" „Sonderbar fragst du", ereiferte sich der Ministerialrat, aber sie sagte: „Nicht so, ich meine, wie sonderbar, daß man einen gern hat, eben weil man ihn gern hat, seine Augen, seine Zunge, nicht die Worte, sondern den Klang ..."

Da küßte sie der Ministerialrat: „So also liebst du mich?"

Und Claudine fand noch die Kraft zu entgegnen: „Nein, ich liebe, daß ich bei Ihnen bin, die Tatsache, den Zufall, daß ich bei Ihnen bin. Man könnte bei den Eskimos sitzen. In Hosen aus Fell. Und hängende Brüste haben. Und das schön finden. Gäbe es denn nicht auch andere ganze Menschen?"

Aber der Ministerialrat sagte: „Du irrst dich. Du liebst mich. Du kannst dir bloß noch nicht Rechenschaft darüber geben und gerade das ist das Zeichen der wahren Leidenschaft."

Unwillkürlich, wie sie ihn so sich über sie breiten fühlte, zögerte etwas in ihr. Aber er bat sie: „Oh, schweig."

Und Claudine schwieg; nur noch einmal sprach sie; während sie sich entkleideten; sie begann zwecklos zu reden, unpassend, vielleicht wertlos, bloß wie ein schmerzliches Überetwashinstreicheln war es: „... es ist wie wenn man durch einen schmalen Paß tritt; Tiere, Menschen, Blumen, alles verändert; man selbst ganz anders. Man fragt, wenn ich hier von Anbeginn gelebt hätte, wie würde ich über dies denken, wie jenes fühlen? Es ist sonderbar, daß es nur eine Linie ist, die man zu überschreiten braucht. Ich möchte Sie küssen und dann rasch wieder zurückspringen und sehen; und dann wieder zu Ihnen. Und jedesmal beim Überschreiten dieser Grenze müßte ich es genauer fühlen. Ich würde immer bleicher werden; die Menschen würden sterben, nein, einschrumpfen; und die Bäume und die Tiere. Und endlich wäre alles nur ein ganz dünner Rauch ... und dann nur eine Melodie ... durch die Luft ziehend ... über einer Leere ...“

Und noch einmal sprach sie: „Bitte, gehn Sie weg“, sprach sie, „mir ekelt.“

Aber er lächelte nur. Da sagte sie: „Bitte, geh weg.“ Und er seufzte befriedigt: „Endlich, endlich, du liebe, kleine Träumerin, sagst du: Du!“

Und dann fühlte sie mit Schaudern, wie ihr Körper trotz allem sich mit Wollust füllte. Aber ihr war dabei, als ob sie an etwas dächte, das sie einmal im Frühling empfunden hatte: dieses wie für alle da sein können und doch nur wie für einen. Und ganz fern, wie Kinder von Gott sagen, er ist groß, hatte sie eine Vorstellung von ihrer Liebe.

Die Versuchung der stillen Veronika

Irgendwo muß man zwei Stimmen hören. Vielleicht liegen sie bloß wie stumm auf den Blättern eines Tagebuchs nebeneinander und ineinander, die dunkle, tiefe, plötzlich mit einem Sprung um sich selbst gestellte Stimme der Frau, wie die Seiten es fügen, von der weichen, weiten, gedehnten Stimme des Mannes umschlossen, von dieser verästelt, unfertig liegengebliebenen Stimme, zwischen der das, was sie noch nicht zu bedecken Zeit fand, hervorschaut. Vielleicht auch dies nicht. Vielleicht aber gibt es irgendwo in der Welt einen Punkt, wohin diese zwei, überall sonst aus der matten Verwirrung der alltäglichen Geräusche sich kaum heraushebenden Stimmen wie zwei Strahlen schießen und sich ineinander schlingen, irgendwo, vielleicht sollte man diesen Punkt suchen wollen, dessen Nähe man hier nur an einer Unruhe gewahrt wie die Bewegung einer Musik, die noch nicht hörbar, sich schon mit schweren unklaren Falten in dem undurchrissenen Vorhang der Ferne abdrückt. Vielleicht daß diese Stücke hier dann aneinander sprängen, aus ihrer Krankheit und Schwäche hinweg ins Klare, Tagfeste, Aufgerichtete.

*

„Kreisendes!" Nachträglich, in den Tagen einer fürchterlichen Entscheidung zwischen einer mit unsichtbarer Bestimmtheit wie ein dünner Faden gespannten Phantasie und der gewohnten Wirklichkeit, in diesen Tagen einer verzweifelten letzten Anstrengung jenes Unfaßbare in diese Wirklichkeit zu ziehen – und dann des Fallenlassens und sich in das einfach Lebendige wie in einen wirren Haufen warmer Federn Werfens sprach er es an wie einen Menschen. Er sprach in diesen Tagen stündlich mit sich selbst und sprach laut, weil er sich fürchtete. Es hatte sich etwas in ihm gesenkt, mit jener unverständlichen Unaufhaltsamkeit, mit der sich plötzlich irgendwo im Körper ein Schmerz verdichtet und zu einem entzündeten Gewebe wird und als Wirklichkeit weiter wächst und zu einer Krankheit wird, die mit dem milden, zweideutigen Lächeln der Peinigungen den Körper zu beherrschen anfängt.

„Kreisendes", flehte Johannes, „daß du doch auch außerhalb meiner wärst!" Und: „daß du ein Kleid hättest, an dessen Falten ich dich halten könnte. Daß ich mit dir sprechen könnte. Daß ich sagen könnte: du bist Gott, und ein kleines Steinchen unter der Zunge trüge, wenn ich von dir rede, um der größeren Wirklichkeit willen! Daß ich sagen könnte: dir befehl ich mich, du wirst mir helfen, du siehst mir zu, mag ich tun was ich will, etwas von mir liegt reglos und mittelpunktsstill, und das bist du."

Aber so lag er bloß mit dem Mund im Staub und einem wie ein Kind danach tastenden Herzen. Und wußte bloß, daß er es brauchte, weil er feig war, wußte es. Aber es geschah dennoch, wie um aus seiner Schwäche eine Kraft zu holen, die er ahnte und die ihn lockte, wie sonst nur in der Jugend manchmal etwas gelockt hatte, der mächtige, noch gänzlich antlitzlose Kopf einer unklaren Gewalt und man fühlt, daß man mit den Schultern unter ihn hineinwachsen und ihn sich aufsetzen könnte und mit dem eigenen Gesicht ihn durchdringen.

Und einmal hatte er zu Veronika gesagt: es ist Gott; er war furchtsam und fromm, es war lange her und war sein erster Versuch, das Unbestimmbare, das sie beide fühlten, fest zu machen; sie glitten in dem dunklen Haus aneinander vorbei; aufwärts, abwärts, aneinander vorbei. Aber wie er es aussprach, war es ein entwerteter Begriff und sagte nichts von dem, was er meinte.

Was er meinte aber, war damals vielleicht nur etwas wie jene Zeichnungen, die sich manchmal in Stein bilden, – niemand weiß, wo das lebt, worauf sie deuten, und wie es in seiner vollen Wirklichkeit sein mag, – an Mauern, in Wolken, in wirbelndem Wasser, was er meinte, war vielleicht nur das unbegreiflich Hergekommene von etwas noch Abwesendem wie jene seltenen Mienen in Gesichtern, die gar nicht mit diesen, sondern mit irgendwelchen anderen, plötzlich jenseits alles Gesehenen vermuteten Gesichtern zusammenhängen, waren kleine Melodien mitten in Geräuschen, Gefühle in Menschen, ja es gab in ihm Gefühle, die, wenn seine Worte sie suchten, noch gar keine Gefühle waren, sondern nur als hätte sich etwas in ihm verlängert, mit den Spitzen sich schon hineintauchend, benetzend, seine Furcht, seine Stille, seine Schweigsamkeit, wie die Dinge manchmal sich verlängern, an fieberhellen Frühlingstagen, wenn ihre Schatten über sie hinauskriechen und so still und nach einer Richtung bewegt stehen wie Spiegelbilder im Bach.

Und er sagte oft zu Veronika, daß es wirklich nicht Furcht sei oder Schwäche, was in ihm war, sondern nur so, wie Angst manchmal bloß das Rauschen um ein noch nie gesehenes und noch nicht gesichtetes Erlebnis ist, oder wie man manchmal ganz bestimmt und ganz unverständlich weiß, daß Angst etwas von einer Frau an sich haben oder Schwäche einmal ein Morgen in einem Landhaus sein werde, um das die Vögel schrillen. Er war in dieser seltsamen Verfassung, daß solche halbe, unausdrückbare Bildungen in ihm entstanden.

Einmal aber sah Veronika ihn an, mit ihren großen still gesträubten Augen, – sie saßen ganz allein in einem der halbdunklen Säle, – und fragte: „Also ist etwas auch in dir, das du nicht klar fühlen und verstehen kannst, und du nennst es bloß Gott, außer dir und als Wirklichkeit gedacht, von dir, als ob es dich dann bei der Hand nähme? Und es ist vielleicht das, was du nie Feigheit oder Weichheit nennen willst; als eine Gestalt gedacht, die dich unter die Falten ihres Kleides nehmen könnte? Und du bedienst dich bloß für irgendwelche Richtungen gleichsam ohne Gerichtetes, für irgendwelche Bewegungen gleichsam ohne Bewegtes, für Gesichte, die in dir nie bis zu wirklichem Leben emporsteigen, solcher Worte wie Gott, weil sie in ihren dunklen Kleidern aus einer andern Welt dahingehen mit der Sicherheit von Fremden aus einem großen, wohlgeordneten Staate, wie Lebendige? Sag, weil wie Lebendige und weil du es um jeden Preis als wirklich fühlen möchtest?"

„Dinge sind es", meinte er, „hinter dem Horizont des Bewußtseins, Dinge, die sichtbar hinter dem Horizont unseres Bewußtseins vorbeigleiten, oder eigentlich nur ein fremdgespannter, unerforschlicher, vielleicht möglicher neuer Horizont des Bewußtseins, plötzlich angedeutet, in dem noch keine Dinge stehen." Ideale seien es, meinte er schon damals, nicht Trübungen oder Zeichen irgendeiner seelischen Ungesundheit, sondern Ahnungen eines Ganzen, irgendwoher verfrüht und gelänge es, sie richtig zusammenzufügen, stünde splitternd wie von einem Schlage etwas da, von den feinsten Verästlungen der Gedanken bis außen in die Wipfel der Bäume empor, und wäre in der kleinsten der Gebärden wie der Wind in den Segeln. Und er sprang auf und machte eine große Bewegung fast körperlichen Verlangens.

Und sie sagte damals darauf eine lange Weile nichts und dann antwortete sie: „Auch in mir ist etwas, ... siehst du: Demeter ...“ und stockte und es geschah danach zum erstenmal, daß sie von Demeter sprachen.

Johannes begriff anfangs nicht, wozu es überhaupt geschah. Sie sagte, daß sie irgendeinmal an einem Fenster über einem Hühnerhof stand und dem Hahn zusah, sah zu und dachte an nichts und erst allmählich verstand Johannes, daß sie den Hühnerhof in ihrem Haus meinte. Dann kam Demeter und stellte sich neben sie. Und sie begann zu merken, daß sie doch die ganze Zeit über an etwas gedacht hatte, bloß ganz im Dunkeln, und jetzt fing sie an es zu erkennen. Und Demeters Nähe, erzählte sie, – er verstünde wohl, ganz im Dunkeln begann sie all das zu erkennen, – Demeters Nähe half ihr dabei und beengte sie zugleich. Und nach einer Weile wußte sie, daß es der Hahn gewesen war, woran sie gedacht hatte. Aber vielleicht hatte sie gar nichts gedacht, sondern immerzu nur gesehen, und was sie anblickte, war wie ein fremder harter Körper in ihr liegen geblieben, weil kein Gedanke es auflöste. Und es schien sie unbestimmbar an etwas anderes zu erinnern, das sie auch nicht finden konnte. Und je länger Demeter neben ihr stand, desto deutlicher und eigentümlich ängstlich begann sie den leeren gegenwärtigen Umriß dieses Bildes in sich zu fühlen. Und Veronika sah Johannes fragend an, ob er es verstünde. „Es war immer wieder dieses unsagbar gleichgültige Herabgleiten des Tiers“, sagte sie, was sie vor sich sah, heute noch sehe sie es so, wie etwas das ganz einfach vor sich ginge und doch gar nicht zu begreifen sei, dieses unsagbar gleichgültige Herabgleiten und plötzlich von aller Erregung ganz befreit sein und eine Weile wie blöd und empfindungslos dastehn und wie mit den Gedanken irgendwo fern, in einem schalen, verwesten Licht. Dann meinte sie: „Manchmal, an toten Nachmittagen, wenn ich mit der Tante spazierenging, lag es so über dem Leben; ich glaubte es empfinden zu können und mir war, als strahlte die Vorstellung dieses üblen Lichts von meinem Magen aus."

Es trat eine Pause ein, Veronika schluckte nach Worten.

Aber sie kam wieder auf das gleiche zurück. „Ich sah danach schon von weitem immer wieder eine solche Welle daherkommen", ergänzte sie, „und über ihn und ihn hinaufwerfen und wieder loslassen."

Und wieder entstand ein Schweigen.

Aber plötzlich schlichen ihre Worte hindurch, als müßten sie sich in dem großen, finstern Raum geheimnisvoll verbergen, ganz nahe niederkauernd bei Johannes' Gesicht. „... In solch einem Augenblick packte Demeter meinen Kopf und drückte ihn gegen die Brust hinab, sagte nichts und drückte ihn fest nach abwärts", flüsterte Veronika; und wieder war danach dieses Schweigen.

Aber Johannes war, als hätte ihn im Dunkeln eine heimliche Hand berührt, und er zitterte, als Veronika fortfuhr: „Ich weiß nicht, wie ich es nennen soll, was mir in diesem Augenblick geschah, mir ahnte plötzlich, Demeter müßte so sein wie der Hahn, in einer schrecklichen, weiten Leere lebend, aus der er plötzlich hervorschoß." Johannes fühlte, daß sie ihn ansah. Es peinigte ihn, daß sie von Demeter sprach und dabei Dinge sagte, von denen er unklar fühlte, daß sie ihn angingen. Ein unbegreiflich ängstlicher Verdacht stieg in ihm auf, daß Veronika das, was bei ihm abstrakt und an Gott bloß vorbei, wie die gleich leeren Gefühlsrahmen in der Willensunbestimmtheit schlafloser Nächte gespannten Ichgesichte war, in etwas wollen könnte, das er tun sollte. Und es schien ihm, ohne daß er sich wehren konnte, daß ihre

Stimme etwas Grausames und Mitleidiges und Lüsternes annahm, als sie fortfuhr: „Ich rief damals: Johannes würde so etwas nie tun! Aber Demeter sagte bloß: Pah Johannes, und steckte die Hände in die Tasche. Und nun – erinnerst du dich? – als du danach zum erstenmal wieder zu uns kamst, wie dich Demeter zur Rede stellte? ›Die Veronika sagt, daß du mehr bist als ich‹, höhnte er dich an, ›aber du bist ja ein Feigling!‹ Und du warst damals wohl noch so, daß du dir das nicht sagen lassen konntest, und gabst ihm zurück: ›Nun das möchte ich sehen.‹ Und darauf schlug er dich mit der Faust ins Gesicht. Und nun – nicht wahr? – da wolltest du zurückschlagen, aber wie du sein drohendes Antlitz sahst und auch den Schmerz stärker zu fühlen begannst, empfandest du plötzlich eine fürchterliche Angst vor ihm, oh ich weiß, fast eine ergebene, freundliche Angst, und mit einemmal lächeltest du, nicht wahr, du wußtest nicht warum, aber du lächeltest und lächeltest, mit einem etwas verzogenen Gesicht, das ich spürte, etwas schüchtern unter seinen zornigen Augen, und doch mit einer so warmen, in dich hineinquellenden Süße und Sicherheit, daß es plötzlich die Beleidigung ausglich und in dich einordnete ... Damals sagtest du nachher zu mir, daß du Priester werden wolltest ... Da begriff ich plötzlich: nicht Demeter, sondern du bist das Tier ..."

Johannes sprang auf. Er verstand nicht. „Wie kannst du so etwas sagen?" rief er, „woran denkst du?!"

Aber Veronika verteidigte sich enttäuscht: „Warum bist du nicht Priester geworden?! Ein Priester hat etwas von einem Tier! Diese Leere, wo andre sich selbst haben. Diese Milde, die man schon an den Kleidern riecht. Diese leere Milde, die das Geschehen einen Augenblick lang aufgehäuft hält, wie ein Sieb, das dann gleich wieder leerläuft. Man müßte aus *ihr* es zu machen suchen. Ich wurde so glücklich, als ich das erkannte ...“

Da fühlte er das Unmäßige seiner Stimme und mußte still werden und fühlte, wie er durch das Nachdenken über ihre Behauptung von sich abgebracht wurde, und es ward ihm heiß und verquollen vor Anstrengung bei der Bemühung, seine Einbildungen von der ihren, die irgendwo im Nebel ihnen glich, aber zugleich auch viel wirklicher war und eng wie eine Kammer zu zweit, nicht verwirren zu lassen.

... Als sie beide ruhiger geworden waren, sagte Veronika: „Es ist das, was ich immer noch nicht ganz zu verstehen glaube und wonach wir gemeinsam suchen sollten.“ Sie machte die Türe auf und blickte die Treppe hinunter. Sie hatten beide das Gefühl, als schauten sie, ob sie allein seien, und wie ein großer Hohlraum stand das leere dunkle Haus plötzlich über sie gestülpt. Veronika sagte: „Alles, was ich geredet habe, ist es nicht ... Ich kenne es selbst nicht ... Aber sag du mir doch, was in dir vor sich ging, sag mir, wie das ist, mit dieser lächelnden, süßen Angst ...?! Ganz unpersönlich, ganz bis auf irgendeine nackte, warme Weichheit ausgekleidet erschienst du mir damals, als dich Demeter schlug.“

Aber Johannes wußte es nicht zu sagen. Es gingen ihm so viele Möglichkeiten durch den Kopf. Es war ihm, als hörte er in einem Nebenzimmer sprechen und verstünde aus abgerissenen Stücken des Sinns, daß es von ihm war. Er fragte einmal: „Und du hast auch mit Demeter darüber gesprochen?“ „Aber das war viel später“, antwortete Veronika und zögerte und sagte: „ein einziges Mal“, und nach einer Weile: „vor einigen Tagen. Ich weiß nicht, was mich trieb.“ Johannes fühlte ... dumpf irgend etwas ... in seinem Bewußtsein war fern ein Erschrecken: so muß Eifersucht sein.

Und erst nach einer langen Weile hörte er wieder, daß Veronika sprach. Er verstand, wie sie sagte: „... es war mir so sonderbar, ich begriff die Person so gut." Und er fragte mechanisch zurück: „Die Person?" „Ja, die Bäurin oben." „So, ja, die Bäurin." „Von der sich die Burschen in den Dörfern erzählen", wiederholte Veronika, „aber kannst auch du es dir denken? Sie hatte nie mehr einen Geliebten, nur ihre zwei großen Hunde. Und es mag scheußlich sein, was sie sagen, doch denk es nur: diese zwei großen Tiere manchmal fletschend aufgerichtet, heischend, herrisch, wie wenn du ihnen gleich wärst, und du bist es irgendwie:, voll Angst vor ihrem Fell, bis auf einen ganz kleinen gebliebenen Punkt in dir, aber du weißt, im nächsten Augenblick eine Gebärde und sie sind wieder nicht, folgsam, geduckt, Tiere, – das sind nicht nur Tiere, das bist du und eine Einsamkeit, das bist du und noch einmal du, das bist du und ein leeres Zimmer von Haaren, das wünscht kein Tier, sondern irgend etwas, das ich nicht aussprechen kann, und ich weiß nicht, woher ich es dennoch so gut verstehe."

Doch Johannes bat sie: „Es ist Sünde, was du sprichst, es ist Unflat."

Aber Veronika ließ nicht ab: „Du wolltest ja Priester werden, warum?! Ich dachte mir, weil ... weil du dann für mich kein Mann bist. Hör ... hör doch: Demeter sagte ganz unvermittelt zu mir: ›Der dort wird dich nicht heiraten und der dort nicht; du wirst hier bleiben und alt werden wie die Tante ...‹ Ja verstehst du nicht, da bekam ich Angst? Ist dir denn nicht auch so? Ich hätte nie daran gedacht, daß die Tante ein Mensch sei. Sie erschien mir nie als ein Mann oder eine Frau. Jetzt erschrak ich mit einemmal darüber, daß das etwas war, was auch ich werden konnte, und fühlte, daß etwas geschehen müsse. Und mir kam plötzlich vor, daß sie durch lange Zeit nie älter geworden sei und dann mit einem

Ruck sehr alt und dann wieder geblieben. Und Demeter sagte: ›Wir dürfen machen, was wir wollen. Wir haben wenig Geld, aber wir sind die älteste Familie in der Provinz. Wir leben anders, Johannes ging nicht ins Ministerium und ich nicht zur Armee, nicht einmal Geistlicher wurde er. Sie sehen alle ein bißchen auf uns herab, weil wir nicht reich sind, aber wir brauchen das Geld nicht und wir brauchen sie nicht.‹ Und vielleicht, weil ich noch über die Tante erschrocken war, traf mich das plötzlich so geheimnisvoll – dunkel und wie eine Türe leise seufzend – und ich bekam irgendwie bei Demeters Worten ein Gefühl von unserem Haus, aber weißt du denn nicht, wie auch du es immer empfunden hast, unseren Garten und das Haus, ... o der Garten, ... ich dachte manchmal mitten im Sommer, so muß es sein, wenn man im Schnee liegt, so trostlos wohlig, ohne Boden schwebend zwischen Wärme und Kälte, man möchte aufspringen und erschlafft in ein süßes Verfließen. Wenn du an ihn denkst, fühlst du nicht diese leere, ununterbrochene Schönheit, wohl Licht, Licht in dumpfem Übermaß, wortlos machendes Licht, sinnlos wohltuend auf der Haut, und ein Ächzen und Reiben in den Rinden und ein unaufhörliches leises Sausen in den Blättern ... Ist dir nicht, als ob die Schönheit des Lebens, das da in diesem Garten bei uns endet, etwas Flaches, waagrecht Endloses wäre, das einen einschließt und abschneidet wie ein Meer, in dem man versinken würde, wenn man es betreten wollte ...?"

Und jetzt war Veronika aufgesprungen und stand vor Johannes; die Finger ihrer in irgendeinem verlornen Licht schimmernden Hände schienen die Worte ängstlich aus dem Dunkel zu holen.

„Und oft fühle ich dann unser Haus", tasteten diese Worte, „seine Finsternis mit den knarrenden Treppen und den klagenden Fenstern, den Winkeln und ragenden Schränken und manchmal irgendwo bei einem hohen, kleinen Fenster Licht, wie aus einem geneigten Eimer langsam sickernd ausgegossen, und eine Angst, als stünde einer mit einer Laterne dort. Und Demeter sagte: ›Es ist nicht meine Art, Worte zu machen, das trifft Johannes besser, aber ich versichere dir, es ist manchmal etwas sinnlos Aufgerichtetes in mir, ein Schwanken wie von einem Baum, ein fürchterlicher, ganz unmenschlicher Laut, wie eine Kinderrassel, eine Osterquarre, ... ich brauche mich bloß zu beugen, so komme ich mir wie ein Tier vor, ... ich möchte manchmal mein Gesicht bemalen ...‹ Da kam mir vor, als wäre unser Haus eine Welt, in der wir allein sind, eine trübe Welt, in der alles verkrümmt und seltsam wird wie unter Wasser, und es erschien mir beinahe natürlich, daß ich Demeters Wunsch nachgeben sollte. Er sagte: ›Es bleibt unter uns und existiert kaum wirklich, da es niemand weiß, es hat keine Beziehungen zur wirklichen Welt, um hinauszugelangen zu können ...‹ Du darfst nicht glauben, Johannes, daß ich irgend etwas für ihn fühlte. Er tat sich bloß vor mir auf wie ein großer mit Zähnen bewehrter Mund, der mich verschlingen konnte, als Mann blieb er mir so fremd wie alle, aber es war ein Hineinströmen in ihn, was ich mir plötzlich vorstellte, und zwischen den Lippen in Tropfen wieder Zurückfallen, ein Hineingeschlucktwerden wie von einem trinkenden Tier, so teilnahmslos und stumpf ... Man möchte manchmal Geschehnisse erleben, wenn man sie bloß als Handlungen tun könnte und mit niemandem und mit nichts. Aber da fielst du mir ein, und ich wußte nichts Bestimmtes, aber ich wies Demeter zurück, ... es muß deine Art geben, für das gleiche, eine gute ...«

Johannes stammelte: „Was meinst du?"

Sie sagte: „Ich habe eine unklare Vorstellung von dem, was man einander sein könnte. Man hat doch Furcht voreinander, selbst du bist, manchmal wenn du sprichst, so hart und fest wie ein Stein, der nach mir schlägt: ich meine aber eine Art, wo man sich ganz in dem auflöst, was man einander ist, und nicht außerdem noch fremd dabeisteht und zuhört ... Ich weiß es nicht zu erklären, ... das, was du manchmal Gott nennst, ist so ..."

Dann sagte sie Dinge, die Johannes völlig unklar blieben: „Er, den du meinen solltest, ist nirgends, weil er in allem ist. Er ist eine böse dicke Frau, die mich zwingt, ihre Brüste zu küssen, und ist zugleich ich, die manchmal, wenn sie allein ist, sich flach vor einem Schrank auf die Erde legt und so etwas denkt. Und du bist vielleicht so; du bist manchmal so unpersönlich und eingezogen wie eine Kerze im Dunkel, die nichts selbst ist und nur das Dunkel größer und sichtbarer macht. Seit ich dich damals dich fürchten sah, ist mir, als ob du zuweilen aus meinen Gedanken herausfielst, und nur die Furcht blieb wie ein dunkler Fleck und dann ein warmer, weicher Rand, der sie begrenzt. Und es kommt ja nur darauf an, daß man wie das Geschehen ist und nicht wie die Person, die handelt; man müßte jeder allein sein mit dem, was geschieht, und zugleich müßte man zusammen sein, stumm und geschlossen wie die Innenseite von vier fensterlosen Wänden, die einen Raum bilden, in dem alles wirklich geschehen kann und doch so ohne aus einem in den andern zu dringen, wie wenn es nur in Gedanken geschähe ..."

Und Johannes verstand nicht.

Da begann sie sich plötzlich zu verändern, wie etwas zurücksinkt, selbst die Linien ihres Gesichts wurden hier kleiner und dort größer, gewiß, sie hätte noch etwas sagen gekonnt, aber sie schien sich selbst nicht mehr die zu sein, die eben noch gesprochen hatte, und nur zögernd, wie einen weiten ungewohnten Weg kamen ihre Worte: „... was denkst du? ... ich glaube, so unpersönlich könnte überhaupt kein Mensch sein, könnte nur ein Tier ... Hilf mir doch, warum kann ich immer dabei nur an ein Tier denken ...?!"

Und Johannes versuchte, sie irgendwie zu sich zu rufen, er sprach mit einemmal, er wollte plötzlich noch hören.

Doch sie schüttelte nur den Kopf.

*

Johannes; von da an fühlte Johannes eine furchtbare Leichtigkeit, an dem, was er wollte, haarscharf noch vorbei-zugreifen. Man kennt manchmal etwas nicht, das man im Dunkeln will, aber man weiß, daß man es verfehlen wird; man lebt dann sein Leben dahin wie in einem versperrten Zimmer, in dem man sich fürchtet. Es ängstigte ihn manch-mal etwas, wie wenn er einmal plötzlich zu winseln anfan-gen könnte, auf vier Gliedern zu laufen und an Veronikas Haaren zu riechen; solche Vorstellungen fielen ihm ein. Aber nichts ereignete sich. Sie gingen aneinander vorbei; sie sahen einander an; sie wechselten belanglose oder suchende Worte – täglich.

Und einmal zwar war ihm das plötzlich wie eine Begeg-nung in der Einsamkeit, um die die wirre, regellose Nähe mit einem Schlag fest und wie gewölbt wird. Veronika kam die Treppe herunter, an der unten er wartete; so standen sie vereinzelt in der Dämmerung. Und er dachte gar nicht, daß er von ihr etwas begehren wollte, aber wie wenn sie beide, wie sie dastanden, eine Phantasie in einer Krankheit wären, so anders notwendig erschien ihm, daß er da sagte: „Komm, gehen wir zusammen fort." Doch sie antwortete etwas, wo-von er nur verstand: ... nicht lieben ... nicht heiraten ... ich kann die Tante nicht verlassen.

Und noch einmal wiederholte er seinen Versuch, er sag-te: „Veronika, ein Mensch, aber manchmal schon ein Wort, eine Wärme, ein Hauch ist wie ein Steinchen in einem Wirbel, das dir plötzlich den Mittelpunkt anzeigt, um den du dich drehst, ... wir müßten gemeinsam etwas tun, dann fänden wir es vielleicht ..." Doch ihre Stimme hatte noch mehr etwas Lüsternes als jenes Mal, da sie ihm das gleiche geantwortet hatte wie jetzt: „So unpersönlich kann wohl gar kein Mensch sein, könnte nur ein Tier ..., ja vielleicht wenn du sterben müßtest ..." Und dann sagte sie nein. Und da faßte ihn wieder dies, was eigentlich kein Entschluß war, sondern eine Vision, nichts was sich auf die Wirklichkeit bezog, sondern nur auf sich selbst wie eine Musik, er sagte: „Ich gehe fort; gewiß, vielleicht werde ich sterben." Aber auch da wußte er, daß es nicht das war, was er meinte.

Und stündlich in dieser Zeit suchte er sich Rechenschaft zu geben und fragte sich, wie sie in Wahrheit sein mußte, daß sie so viel vermochte. Er sagte manchmal: Veronika und fühlte an ihrem Namen den Schweiß, der daran haftet, das demütige, rettungslose Hinterhergehen und das feuchtkalte sich mit einer Absonderung Begnügen. Und er mußte an ihren Namen denken, sooft er die kleinen zwei Löckchen über ihrer Stirn vor sich sah, diese kleinen, sorgfältig wie etwas Fremdes an die Stirn geklebten Löckchen, oder ihr Lächeln, manchmal wenn sie bei Tisch saßen und sie die Tante bediente. Und er mußte sie ansehen, sooft Demeter sprach; aber er stieß immer wieder auf etwas, das ihn nicht verstehen ließ, wie ein Mensch gleich ihr zum Mittelpunkt seines leidenschaftlichen Entschlusses geworden sein konnte. Und wenn er nachdachte, war schon in seiner frühesten Erinnerung etwas längst Verflackertes wie der Duft verlöschter Kerzen um sie, etwas Umgangenes wie die Besuchszimmer im Haus, die reglos unter Leinenbezügen und hinter geschlossenen Vorhängen schliefen. Und nur wenn er Demeter sprechen hörte, Dinge so grauenhaft gewohnt und farblos wie diese von niemandem genützten Möbel, erschien ihm das alles wie ein Laster zu dritt.

Und trotz allem mußte er später, wenn er an sie dachte, immer nur hören, wie sie nein sagte. Dreimal sagte sie plötzlich nein und er hörte sie ganz unbekannt darin. Einmal war es nur leise und dennoch sich merkwürdig schon aus dem Vorherigen herauslösend und durch das Haus gehoben und dann, dann war es wie ein Schlag mit der Peitsche oder wie ein besinnungsloses Sichfestklammern, aber dann war es noch einmal leise, zusammengesunken und fast wie ein Schmerz über Wehtun.

Und zuweilen, jetzt schon wenn er an sie dachte, war ihm als ob sie schön wäre. Von einer höchst zusammengesetzten Schönheit, die man so leicht zu bewundern vergessen und wieder häßlich finden kann. Und er mußte denken, wenn sie vor ihm aus dem Dunkel des Hauses auftauchte, das sich hinter ihr ganz sonderbar ohne Bewegung wieder zusammenschloß, und mit ihrer machtvollen, ungewöhnlichen Sinnlichkeit – wie mit einer fremden Krankheit behaftet – an ihm vorüberglitt, er mußte dann jedesmal denken, daß sie ihn wie ein Tier empfand. Er fühlte es unbegreiflich und furchtbar in seiner größeren Wirklichkeit, als an die er zu Anfang geglaubt hatte. Und auch wenn er sie nicht sah, sah er alles mit übermäßiger Deutlichkeit vor sich, ihren hohen Wuchs und ihre breite, ein wenig flache Brust, ihre niedrige, wölbungslose Stirn mit den dicht und finster gleich über diesen fremden, sanften Löckchen zusammengeschlossenen Haaren, ihren großen, wollüstigen Mund und den leichten Flaum schwarzer Haare, der ihre Arme bedeckte. Und wie sie den Kopf gesenkt trug, als ob ihn der feine Hals nicht tragen könnte, ohne sich zu biegen, und die eigentümliche, fast schamlos gleichgültige Sanftmut, mit der sie den Leib ein wenig hervordrückte, wenn sie ging. Aber sie sprachen kaum mehr miteinander.

Veronika hatte plötzlich einen Vogel rufen gehört und einen andern ihm antworten. Und damit endete es. Mit diesem kleinen zufälligen Ereignis, wie das so manchmal geht, endete es, und es begann das, was nur mehr für sie war.

Denn dann huschte, vorsichtig, hastig, wie die Berührung einer spitzen, schnellen, weichhaarigen Zunge, der Geruch des hohen Grases und der Wiesenblumen an den Gesichtern entlang. Und das letzte Gespräch, das sich träg hingezogen hatte, wie man etwas zwischen den Fingern bewegt, an das man längst nicht mehr denkt, brach ab. Veronika war erschrocken; sie merkte erst nachträglich, wie eigentümlich sie erschrocken war, an der Röte, die ihr jetzt ins Gesicht stieg, und an einer Erinnerung, die mit einemmal, über viele Jahre hinweg, wieder da war, unvorbereitet, heiß und lebendig. Es waren in der letzten Zeit allerdings so viele Erinnerungen gekommen und es war ihr, als ob sie diesen Pfiff schon in der Nacht vorher gehört hätte und in der Nacht vor vorher und in einer Nacht vor vierzehn Tagen. Und ihr war auch, als ob sie sich irgendwann früher schon mit dieser Berührung gequält hätte, vielleicht im Schlafe. Sie fielen ihr ein in der letzten Zeit, diese sonderbaren Erinnerungen, immer wieder, sie fielen links und rechts von etwas in ihr ein, davor und dahinter, wie nach einem Ziel ziehende Schwärme, ihre ganze Kindheit, diesmal aber wußte sie mit einer fast unnatürlichen Gewißheit, daß es das Richtige selbst war. Es war eine Erinnerung, die sie mit einemmal erkannte, über viele Jahre hinweg, endlich, unzusammenhängend, heiß und noch lebendig.

Sie liebte damals die Haare eines großen Bernhardinerhundes, besonders die dort vorne, wo die breiten Brustmuskeln bei jedem Schritt über den gewölbten Knochen wie zwei Hügel hervortraten; es waren ihrer dort so übermächtig viele und so goldig braune, und das war so sehr wie unabsehbarer Reichtum und ruhig Grenzenloses, daß sich die Augen verwirrten, wenn man sie auch ganz ruhig nur auf einen Fleck gerichtet ließ. Und während sie sonst nichts empfand als ein einziges, ungegliedertes, starkes Gefühl des Gernehabens, jene zärtliche Kameradschaft eines vierzehnjährigen Mädchens und wie für eine Sache, war es hier manchmal fast wie in einer Landschaft. Wenn man geht und da ist der Wald und die Wiese und da der Berg und das Feld und in dieser großen Ordnung jedes nur wie ein Steinchen so einfach und fügsam, aber furchtbar zusammengesetzt ein jedes, wenn man es für sich anschaut, und verhalten lebendig, so daß man plötzlich in der Bewunderung Angst bekommt, wie vor einem Tier, das die Beine anzieht und reglos liegt und lauert.

Aber einmal, als sie so neben ihrem Hunde lag, war ihr eingefallen, so müßten die Riesen sein; mit Berg und Tal und Wäldern von Haaren auf der Brust und Singvögeln, die in den Haaren schaukelten, und kleinen Läusen, die auf den Singvögeln saßen, und – weiter wußte sie es nicht, aber es brauchte noch kein Ende zu haben und wieder war alles so hintereinandergefügt und eins in das andere gepreßt, daß es nur wie eingeschüchtert von soviel Gewalt und Ordnung stillzuhalten schien. Und sie dachte heimlich, wenn sie zornig würden, müßte das plötzlich in sein tausendfältiges Leben schreiend auseinanderfahren und einen mit furchtbarer Fülle überschütten, und wenn sie dann in Liebe über einen herfielen, müßte es wie von Bergen stampfen und mit Bäumen rauschen und kleine wehende Haare müßten einem am Leibe gewachsen sein und kribbelndes Ungeziefer und eine in Seligkeit über etwas ganz Unsagbares kreischende Stimme und ihr Atem müßte das alles in einen Schwarm von Tieren einhüllen und an sich reißen.

Und als sie da bemerkte, daß es ihre kleinen spitzen Brüste geradeso hob und senkte, wie dieser zottige Atem neben ihr auf und nieder ging, wollte sie es plötzlich nicht haben und hielt an sich, wie wenn sie sonst etwas heraufbeschwören könnte. Aber als sie sich nicht mehr dagegen zu stemmen vermochte und ihr Atem doch wieder so zu gehen begann, wie wenn ihn dieses andere Leben langsam an sich zöge, schloß sie die Augen und begann wieder an die Riesen zu denken, in einem unruhigen Ziehen von Bildern, aber viel näher jetzt und warm wie von niedrig dahinstreichenden Wolken.

Als sie dann lange danach die Augen wieder öffnete, war alles wie früher, nur der Hund stand jetzt neben ihr und sah sie an. Und da bemerkte sie mit einemmal, daß sich lautlos etwas Spitzes, Rotes, lustweh Gekrümmtes aus seinem meerschaumgelben Vlies hervorgeschoben hatte, und in dem Augenblick, wo sie sich jetzt aufrichten wollte, spürte sie die lauwarme zuckende Berührung seiner Zunge in ihrem Gesicht. Und da war sie so eigentümlich gelähmt gewesen, wie ... wie wenn sie selbst auch ein Tier wäre, und trotz der abscheulichen Angst, die sie empfand, duckte sich etwas ganz heiß in ihr zusammen, als ob jetzt und jetzt ... wie Vogelschreien und Flügelflattern in einer Hecke, bis es still wird und weich im Laut wie von Federn, die übereinandergleiten ...

Und das war dies von damals, gerade dieses sonderbar heiße Erschrecken war es, an dem sie jetzt plötzlich alles wiedererkannte. Denn man weiß nicht, woran man es fühlt, aber sie spürte es, daß sie jetzt, nach Jahren, in genau der gleichen Weise erschrocken war wie damals.

Und dort stand, der heute noch abreisen sollte, Johannes, und da stand sie. Das waren bis hieher an dreizehn oder vierzehn Jahre und ihre Brüste waren längst nicht mehr so spitz und neugierig rotgeschnäbelt wie damals, sie hatten sich ein ganz klein wenig gesenkt und waren ein bißchen so traurig wie zwei liegengelassene Papiermützchen auf einer weiten Fläche, denn der Brustkorb hatte sich flach in die

Breite gestreckt und das sah aus, wie wenn der Raum um sie davongewachsen wäre. Aber sie wußte das kaum, weil sie es im Spiegel sah, – wenn sie nackt war, im Bade oder beim Umkleiden, denn sie tat schon längst dabei nur mehr das, was eben zur Sache gehörte, – sondern sie spürte es bloß so am Gefühl, weil ihr manchmal vorkam, als hätte sie sich früher in ihre Kleider einschließen gekonnt, ganz fest und nach allen Seiten, während es jetzt nur war, wie wenn man sich mit ihnen bedeckte, und wenn sie sich erinnerte, wie sie sich selbst, so von innen heraus, spürte, war das früher wie ein runder, gespannter Wassertropfen und jetzt längst wie eine kleine, weichgeränderte Lache; so ganz breit und schlaff und spannungslos war dies Empfinden, daß es wohl überhaupt nichts als Trägheit und müde Lässigkeit gewesen wäre, hätte es sich nicht manchmal angefühlt, wie wenn sich etwas unvergleichlich Weiches ganz, ganz langsam in tausend zärtlich vorsichtigen Falten von innen her an sie schmiegte.

Und es mußte bloß irgendwann einmal gewesen sein, daß sie dem Leben näher stand und es deutlicher spürte, wie mit den Händen oder wie am eigenen Leibe, aber schon lange hatte sie nicht mehr gewußt, wie das war, und hatte nur gewußt, daß seither etwas gekommen sein mußte, was es verdeckte. Und hatte nicht gewußt, was es war, ob ein Traum oder eine Angst im Wachen, und ob sie vor etwas erschrocken war, das sie gesehen hatte, oder vor ihren eigenen Augen; bis heute. Denn inzwischen hatte sich ihr schwaches alltägliches Leben über diese Eindrücke gelegt und hatte sie verwischt wie ein matter, dauernder Wind Spuren im Sand; nur mehr seine Eintönigkeit hatte in ihrer Seele geklungen, wie ein leise auf und ab schwellendes Summen. Sie kannte keine starken Freuden mehr und kein starkes Leid, nichts, das sich merklich oder bleibend aus dem übrigen herausgehoben hätte, und allmählich war ihr

ihr Leben immer undeutlicher geworden. Die Tage gingen einer wie der andere dahin und eines gleich dem anderen kamen die Jahre; sie fühlte wohl noch, daß ein jedes ein wenig hinwegnahm und etwas hinzutat und daß sie sich langsam in ihnen änderte, aber nirgends setzte sich eines klar von dem anderen ab; sie hatte ein unklares, fließendes Gefühl von sich selbst, und wenn sie sich innerlich betastete, fand sie nur den Wechsel ungefährer und verhüllter Formen, wie man unter einer Decke etwas sich bewegen fühlt, ohne den Sinn zu erraten. Es war allmählich, wie wenn sie unter einem weichen Tuche lebte, geworden oder unter einer Glocke von dünnge-schliffenem Horn, die immer undurchsichtiger wurde. Die Dinge traten weiter und weiter zurück und verloren ihr Ge-sicht und auch ihr Gefühl von sich selbst sank immer tiefer in die Ferne. Es blieb ein leerer, ungeheurer Raum dazwischen und in diesem lebte ihr Körper; er sah die Dinge um sich, er lächelte, er lebte, aber alles geschah so beziehungslos und häufig kroch lautlos ein zäher Ekel durch diese Welt, der alle Gefühle wie mit einer Teermaske verschmierte.

Und nur als diese seltsame Bewegung in ihr entstand, die sich heute erfüllte, hatte sie daran gedacht, ob es nun nicht vielleicht wieder wie vordem werden könnte. Und später hatte sie wohl auch daran gedacht, ob es nicht Liebe sei; Liebe? lange schon wäre die gekommen und langsam; lang-sam wäre sie gekommen. Und doch für das Zeitmaß ihres Lebens zu rasch, das Zeitmaß ihres Lebens war noch lang-samer, es war ganz langsam, es war damals nur mehr wie ein langsames Öffnen und wieder Schließen der Augen und dazwischen wie ein Blick, der sich an den Dingen nicht halten kann, abgeleitet, langsam, unberührt vorbeigleitet. Mit diesem Blick hatte sie es kommen gesehen und konnte darum nicht glauben, daß es Liebe sei; sie verabscheute ihn so dunkel wie alles Fremde, ohne Haß, ohne Schärfe, nur

wie ein fernes Land jenseits der Grenze, wo weich und trostlos das eigene mit dem Himmel zusammenfließt. Aber sie
wußte seither, daß ihr Leben freudlos geworden war, weil
etwas sie zwang, alles Fremde zu verabscheuen, und während ihr sonst nur war wie jemandem, der den Sinn seines
Tuns nicht weiß, dünkte sie jetzt manchmal, daß sie ihn bloß
vergessen haben und sich vielleicht erinnern könnte. Und es
quälte sie etwas Wunderbares, das dann sein müßte, wie die
nahe unter dem Bewußtsein treibende Erinnerung an eine
wichtige vergessene Sache. Und es begann dies alles damals, als Johannes zurückkehrte und ihr gleich im ersten
Augenblick einfiel, ohne daß sie wußte wozu, wie Demeter
ihn einst schlug und Johannes gelächelt hatte.

Es war ihr seither, als sei einer gekommen, der das besaß, was ihr fehlte, und ginge damit still durch die verdämmernde Einöde ihres Lebens. Es war nur, daß er ging und
die Dinge vor ihren Augen sich zögernd zu ordnen begann-
nen, wenn er daraufsah; es kam ihr vor, manchmal wenn er
über sich erschrocken lächelte, als ob er die Welt einatmen
und im Leibe halten und von innen spüren könnte, und wenn
er sie dann wieder ganz sacht und vorsichtig vor sich hinstellte, erschien er ihr wie ein Künstler, der einsam für sich
mit fliegenden Reifen arbeitet; es war nicht mehr. Es tat ihr
bloß weh, mit einer blinden Eindringlichkeit der Vorstellung, wie schön alles in seinen Augen vielleicht war, sie war
eifersüchtig auf etwas, das er bloß vielleicht fühlte. Denn
obgleich unter ihren Blicken jede Ordnung wieder zerfiel
und sie zu den Dingen nur die gierige Liebe einer Mutter für
ein Kind hatte, das zu leiten sie zu gering ist, begann ihre
müde Lässigkeit jetzt manchmal zu schwingen wie ein Ton,
wie ein Ton, der im Ohr klingt und irgendwo in der Welt
einen Raum wölbt und ein Licht entzündet, ... ein Licht und
Menschen, deren Gebärden aus verlängerter Sehnsucht be-

stehen, wie aus Linien, die über sich hinaus verlängert sich erst weit, weit, fast erst im Unendlichen treffen. Er sagte, es sind Ideale, und da bekam sie Mut, daß es wirklich werden könnte. Und es war vielleicht nur, daß sie sich schon in die Höhe zu richten versuchte, aber es schmerzte sie noch, wie wenn ihr Körper krank wäre und sie nicht tragen könnte.

Und damals geschah es auch, daß ihr alle andern Erinnerungen einzufallen begannen bis auf die eine. Sie kamen alle und sie wußte nicht warum und fühlte nur an irgend etwas, daß eine noch fehlte und daß es nur diese eine war, um deretwillen alle andern kamen. Und es bildete sich in ihr die Vorstellung, daß Johannes ihr dazu helfen könnte und daß ihr ganzes Leben davon abhinge, daß sie diese eine gewinne. Und sie wußte auch, daß es nicht eine Kraft war, was sie so fühlte, sondern seine Stille, seine Schwäche, diese stille, unverwundbare Schwäche, die wie ein weiter Raum hinter ihm lag, in dem er mit allem, was ihm geschah, allein war. Aber weiter konnte sie es nicht finden und es beunruhigte sie und sie litt, weil ihr immer, wenn sie schon nahe daran zu sein glaubte, davor wieder ein Tier einfiel; es fielen ihr häufig Tiere ein oder Demeter, wenn sie an Johannes dachte, und ihr ahnte, daß sie einen gemeinsamen Feind und Versucher hatten, Demeter, dessen Vorstellung wie ein großes wucherndes Gewächs vor ihrer Erinnerung lag und deren Kräfte an sich sog. Und sie wußte nicht, ob das alles in dieser Erinnerung seinen Grund hatte, die sie nicht mehr kannte, oder in einem Sinn, der sich vor ihr erst bilden sollte. War das Liebe? Es war ein Wandern in ihr, ein Ziehen. Sie wußte es selbst nicht. Es war wie Gehen auf einem Weg, scheinbar einem Ziel zu, mit einer langsam die Schritte zögern lassenden Erwartung, vorher, irgendeinmal, plötzlich einen ganz andern zu finden und zu erkennen.

Und da verstand er sie nicht und wußte nicht, wie schwer es war, dieses schwankende Gefühl von einem Leben, das sich auf etwas, das sie noch gar nicht kannte, für ihn und sie aufbauen sollte, und begehrte sie mit einer ganz einfachen Wirklichkeit, zur Frau oder irgendwie. Sie konnte es nicht fassen, es erschien ihr sinnlos und im Augenblick fast gemein. Sie hatte niemals ein geradehinzielendes Begehren gespürt, aber nie so sehr wie damals erschienen ihr die Männer nur als ein Vorwand, bei dem selbst man sich nicht aufhalten soll, für etwas anderes, das sich in ihnen nur ungenau verkörpern konnte. Und sie sank plötzlich wieder in sich zurück und kauerte in ihrer Finsternis und starrte ihn an und erstaunt empfand sie dieses Sich-in-sich-Verschließen zum erstenmal wie eine sinnliche Berührung, der sie sich lüstern vor Bewußtsein hingab, es ganz nahe seinen Augen und doch ihm unerreichbar zu tun. Es sträubte sich etwas in ihr wie ein weiches knisterndes Katzenfell gegen ihn, und als sähe sie einer kleinen, glitzernden Kugel nach, ließ sie ihr Nein aus ihrem Versteck heraus und vor seine Füße rollen ... Und dann schrie sie, als er es zertreten wollte.

Und da nun, jetzt, als der Abschied schon unwiderruflich zwischen ihnen aufgerichtet stand und mit zwischen ihnen den letzten Weg ging, war es geschehen, daß plötzlich, mit voller Bestimmtheit, in Veronika auch diese verlorenste Erinnerung emporsprang. Sie fühlte nur, daß sie es sei, und wußte nicht woran und war ein wenig enttäuscht, weil sie an nichts ihres Inhalts erkannte, warum sie es sei; und fand sich nur wie in einer erlösenden Kühle. Sie fühlte, daß sie schon einmal in ihrem Leben so wie jetzt vor Johannes erschrocken war, und verstand nicht, wie es zusammenhing, daß ihr das so viel bedeutet haben konnte, und was es in Zukunft nun sollte, – aber es war ihr mit einemmal, als stünde sie wieder auf ihrem Wege, dort, auf dem gleichen Punkt, wo sie ihn einst verlor, und sie empfand, daß in diesem Augenblicke das wirkliche Erlebnis, das Erlebnis an dem wirklichen Johannes, seinen Scheitelpunkt überschritten hatte und beendigt war.

Sie hatte in diesem Augenblick ein Gefühl wie ein Auseinanderfallen; obwohl sie ganz nahe beieinander standen, war ihr so schräg, als sänken und sänken sie voneinander weg; Veronika sah nach den Bäumen seitlich ihres Wegs, sie standen gerader und aufrechter, als ihr natürlich geschienen hätte. Und da glaubte sie, ihr Nein, das sie vordem nur verwirrt und aus Ahnung gesprochen hatte, erst vollends zu fühlen, und begriff, daß er seinethalben jetzt fortfuhr und es doch nicht wollte. Und es wurde ihr eine Weile lang dabei so tief und schwer, wie zwei Körper nebeneinander liegen, nur mehr so eins und das andre, getrennt und traurig und jeder nur das, was er für sich ist, weil es ja doch beinahe Hingabe geworden wäre, was sie fühlte; und es kam irgend etwas über sie, das sie klein und schwach und zu nichts machte wie ein Hündchen, das klagend auf drei Beinen hinkt, oder wie ein zerschlissenes Fähnchen, das hinter einem Lufthauch daherbettelt, so ganz löste es sie auf und es war eine Sehnsucht in ihr, ihn zu halten, wie eine weiche wunde Schnecke, die mit leisem Zucken nach einer zweiten sucht, an deren Leib es sie verlangt, aufgebrochen und sterbend zu kleben.

Aber da sah sie ihn an und wußte kaum, was sie dachte, und ahnte, daß das, was sie einzig davon wußte, vielleicht – diese plötzliche Erinnerung, die blank und allein in ihr lag – überhaupt nichts war, das man aus sich selbst begreifen konnte, sondern nur dadurch etwas, daß es – irgendeinmal durch eine große Angst an einer Vollendung gehindert – seither verhärtet und verschlossen sich in ihr verbarg und einem andern, das es hätte werden können, den Weg versperrte und aus ihr herausfallen mußte wie ein fremder Körper. Denn schon begann ihr Gefühl für Johannes zu sinken und abzuströmen, – in breiter, befreiter Flut brach etwas lange wie tot und machtlos darunter Gefangnes aus ihr heraus und riß es mit sich, – und an seiner Stelle wölbte sich weit aus der in ihr bloßgelegten Ferne ein Leuchten, etwas pfeilerlos Steigendes, etwas endlos Gehobenes und wie durch Traumnetze zusammenhangverloren Glitzerndes empor.

Und das Gespräch, das sie außen noch führten, wurde kurz und sickernd, und während sie sich noch damit abmühten, fühlte Veronika, wie es schon zwischen den Worten zu etwas anderem wurde, und wußte endgültig, daß er fortreisen mußte, und brach es ab. Es erschien ihr alles, was sie noch sagten und versuchten, umsonst getan, da es entschieden war, daß er weggehen und nicht mehr wiederkehren sollte, – und weil sie empfand, daß sie gar nicht mehr wollte, was sie sonst vielleicht doch noch getan hätte, gewann das davon Übriggebliebene mit einer jähen Wendung einen starren, unverständlichen Ausdruck; sie wußte kaum einen Sinn und eine Begründung dafür, es war schnell und hart, eine Tatsache, ein Gefaßt- und Geworfenwerden.

Und wie er da in dem Gewirr seiner Worte noch immer vor ihr stand, begann sie das Unzureichende seiner Gegenwart, seines wirklichen Bei-ihr-Seins zu fühlen, es drückte schwer auf etwas in ihr, das sich mit der Erinnerung an ihn schon irgendwohin erheben wollte, und sie stieß überall an seine Lebendigkeit, wie man an einen toten Körper stößt, der starr und feindselig und allen Bemühungen widerstehend ist, ihn zur Seite zu schieben. Und wie sie merkte, daß er sie noch immer so dringend ansah, erschien ihr Johannes wie ein großes erschöpftes Tier, das sie nicht von sich abwälzen konnte, und sie fühlte ihre Erinnerung in sich wie einen kleinen, heißen, umklammerten Gegenstand in Händen und mit einemmal hätte es ihr beinahe die Zunge gegen ihn herausgestreckt und war ein sonderbar zwischen Flucht und Lockung geteiltes Empfinden, fast wie die Bedrängnis eines Weibchens, das nach seinem Verfolger beißt.

In diesem Augenblick aber hub wieder der Wind an und ihr Gefühl weitete sich in ihm und löste sich von allem harten Widerstand und Haß, den es ohne ihn aufzugeben wie etwas sehr Weiches in sich einsog, bis von ihm nur ein ganz verlassenes Entsetzen zurückblieb, in dem sich Veronika, während sie es empfand, gleichsam selbst zurückließ; und alles andere ringsumher ward zitternder vor Ahnung. Das Undurchsichtige, das bisher wie ein dunkler Nebel auf ihrem Leben gelastet hatte, war plötzlich in Bewegung geraten und es schien ihr, als ob Formen lang gesuchter Gegenstände sich wie in einem Schleier abdrückten und wieder verschwänden. Und nichts noch zwar hob so sein Gesicht hervor, daß die Finger es halten konnten, alles wich noch zwischen den leise tastenden Worten aus und von nichts konnte man sprechen, aber es war jedes Wort, das nun nicht mehr gesagt wurde, schon von ferne wie durch einen weiten Ausblick gesehn und von jenem merkwürdig mitschwingenden Verstehen begleitet, das alltägliche Handlungen auf einer Bühne zusammendrängt und zu Zeichen eines im flachen Kieselgeflecht des Bodens sonst nicht sichtbaren Weges auftürmt. Wie eine ganz dünne, seidene Maske lag es über der Welt, hell und silbergrau und bewegt wie vor dem Zerreißen; und sie spannte ihre Augen und es flimmerte ihr davor, wie wenn sie von unsichtbaren Stößen gerüttelt würde.

So standen sie nebeneinander, und als der Wind immer voller über den Weg kam und wie ein wunderbares, weiches, duftiges Tier sich überall hinlegte, über das Gesicht, in den Nacken, in die Achselhöhlen ..., und überall atmete und überall weiche samtene Haare ausstreckte und sich bei jedem Erheben der Brust enger an die Haut drückte ..., löste sich beides, ihr Entsetzen und ihre Erwartung, in einer müden, schweren Wärme, die stumm und blind und langsam wie wehendes Blut um sie zu kreisen begann. Und sie mußte plötzlich an etwas denken, was sie einmal gehört hatte, daß auf den Menschen Millionen kleiner Wesen siedeln und mit jedem Atmen ungezählte Ströme von Leben kommen und gehn, und sie zauderte eine Weile erstaunt vor diesem Gedanken und es ward ihr so warm und dunkel wie in einer großen, purpurnen Woge, aber dann fühlte sie nahe in diesem heißen Blutstrom ein zweites und wie sie aufsah, stand er vor ihr und seine Haare wehten im Winde zu ihren zitternden Haaren herüber und sie berührten einander schon ganz leise mit ihren bebenden Spitzen; da packte sie eine knirschende Lust, wie wenn sich taumelnd zwei Schwärme vermengen, und sie hätte ihr Leben aus sich herausreißen mögen, um in heißer, schützender Finsternis ihn rasend vor Trunkenheit ganz damit zu überstäuben. Aber ihre Körper standen steif und starr und ließen bloß mit geschlossenen Augen geschehen, was da heimlich vor sich ging, als dürften sie es nicht wissen, und nur immer leerer und müder wurden sie und dann sanken sie ein wenig zusammen, ganz sanft und ruhig und so sterbensstill zärtlich, wie wenn sie ineinander verbluten würden.

Und wie der Wind sich hob, war ihr, als stiege sein Blut an ihr unter den Röcken hinauf, und es füllte sie bis zum Leibe mit Sternen und Kelchen und Blauem und Gelbem und mit feinen Fäden und tastendem Berühren und mit einer reglosen Wollust, wie wenn Blumen im Winde stehn und empfangen. Und noch als die untergehende Sonne durch den Rand ihrer Röcke schien, stand sie ganz träg und still und schamlos ergeben, als ob man es sehen könnte. Und nur ganz, ganz vergessen dachte sie schon an jene größere Sehnsucht, die sich noch erfüllen sollte, aber das war in diesem

Augenblick bloß so leise traurig, wie wenn weit weg die Glocken läuten; und sie standen nebeneinander und hoben sich groß und ernst – wie zwei riesige Tiere mit gebogenen Rücken in den Abendhimmel.

Die Sonne war untergegangen; Veronika ging nachdenklich und allein den Weg zurück; zwischen Wiesen und Feldern. Wie aus einer zerbrochen am Boden liegenden Hülle war ihr aus diesem Abschied ein Gefühl von sich emporgestiegen; es war plötzlich so fest, daß sie sich wie ein Messer in dem Leben dieses andern Menschen fühlte. Es war alles klar gegliedert, er ging und würde sich töten, sie prüfte es nicht, es war etwas so Wuchtendes wie ein dunkler, schwerer Gegenstand auf der Erde liegt. Es erschien ihr als etwas so Unwiderrufliches wie ein Schnitt durch die Zeit, vor dem alles Frühere unverrückbar erstarrt war, es sprang dieser Tag mit einem plötzlichen Blinken wie ein Schwert aus allen anderen heraus, ja ihr war, als sähe sie körperlich in der Luft, wie die Beziehung ihrer Seele zu dieser andern Seele zu etwas Letztem, Unabänderlichem geworden war, das wie ein Aststumpf in die Ewigkeit ragte. Sie fühlte zuweilen Zärtlichkeit für Johannes, dem sie dies dankte, und dann wieder nichts, nur ihr Schreiten. Eine in die Einsamkeit drängende Bestimmtheit ohne anderes Ziel trieb sie; zwischen Wiesen und Feldern. Die Welt wurde abendlich klein. Und allmählich begann eine seltsame Lust Veronika zu tragen wie eine leichte, grausame Luft, die sie mit bebendem Wittern einatmete, die sie erfüllte und hob und in der ihre Gebärden ausfuhren, in die Ferne griffen, in der sich ihre Schritte mit einem leisen Druck vom Boden lösten und über Wälder hoben.

Es war ihr fast übel vor Leichtigkeit und Glück. Diese Spannung wich erst von ihr, als sie die Hand auf das Tor ihres Hauses legte. Es war ein kleines, rundes, festgefügtes Tor; als sie es schloß, legte es sich undurchdringlich vor und sie stand im Dunkel wie in einem stillen, unterirdischen Wasser. Sie schritt langsam vorwärts und fühlte dabei, ohne sie zu berühren, die Nähe der kühlen sie umschließenden Wände; es war ein sonderbar heimliches Gefühl, sie wußte, daß sie bei sich war.

Dann tat sie still, was sie zu tun hatte, und der Tag lief zu Ende wie alle andern. Von Zeit zu Zeit tauchte Johannes zwischen ihren Vorstellungen auf, dann sah sie nach der Uhr und wußte, wo er sein mußte. Einmal aber strengte sie sich an, lange nicht an ihn zu denken, und als sie es das nächste-mal tat, mußte der Zug schon durch die Nacht der Bergtäler nach Süden rollen und unbekannte Gegenden schlossen schwarz ihr Bewußtsein.

Sie legte sich zu Bett und schlief rasch ein. Aber sie schlief leicht und ungeduldig wie jemand, dem am nächsten Tag etwas Ungewöhnliches bevorsteht. Es war unter ihren Augenlidern eine beständige Helligkeit; gegen den Morgen zu wurde sie noch lichter und schien sich zu dehnen, sie wurde unsagbar weit; als Veronika aufwachte, wußte sie: das Meer.

Jetzt mußte er es schon vor sich sehen und hatte nichts Notwendiges mehr zu tun als seinen Entschluß auszuführen. Er würde wohl hinausrudern und schießen. Aber Veronika wußte nicht wann. Sie begann zu mutmaßen und Gründe gegeneinanderzustellen. Wird er gleich von der Bahn ins Boot? Wird er auf den Abend warten? Wenn das Meer ganz ruhig daliegt und wie mit großen Augen einen ansieht? Sie ging den ganzen Tag in einer Unruhe dahin, wie wenn beständig feine Nadeln gegen ihre Haut schlügen. Zuweilen tauchte wieder irgendwo – aus einem goldenen Rahmen, der an der Wand aufleuchtete, aus dem Dunkel des Treppenhauses oder aus dem weißen Leinen, an dem sie stickte, – Johannes' Gesicht auf. Bleich und mit karmoisinroten Lippen, ... verzerrt und aufgedunsen vom Wasser, ... oder bloß wie eine schwarze Locke über einer eingefallenen Stirn. Hie und da war sie dann wie von treibenden Bruchstücken einer plötzlich zurückflutenden Zärtlichkeit erfüllt. Und als es Abend wurde, wußte sie, daß es geschehen sein müsse.

Fern war eine Ahnung in ihr, daß alles sinnlos sei, diese Erwartung und dieses Gebaren, etwas ganz Ungewisses wie wirklich zu behandeln. Zuweilen sprang hastig ein Gedanke durch sie, Johannes wäre nicht tot, und riß wie an einer weichen Decke und ein solches Stück Wirklichkeit sprang auf und sank wieder zusammen. Sie fühlte dann, lautlos und unscheinbar glitt draußen der Abend um das Haus, bloß wie: irgendeinmal kam eine Nacht, kam und ging; sie wußte es. Aber plötzlich erstarb dies. Eine tiefe Ruhe und ein Gefühl des Geheimnisses legte sich langsam in vielen Falten über Veronika.

Und es kam die Nacht, diese eine Nacht ihres Lebens, wo das, was sich unter der Dämmerdecke ihres langen kranken Daseins gebildet hatte und durch eine Hemmung von der Wirklichkeit abgehalten, wie ein fressender Fleck zu seltsamen Figuren unvorstellbarer Erlebnisse auswuchs, die Kraft hatte, sich endlich bewußt in ihr emporzuheben.
Sie zündete, von etwas Unbestimmtem getrieben, in ihrem Zimmer alle Lichter an und saß zwischen ihnen, reglos in der Mitte des Raums; sie holte Johannes' Bild und stellte es vor sich hin. Aber es schien ihr nicht mehr, daß das, worauf sie gewartet hatte, das Geschehen mit Johannes sei, auch nichts in ihr, keine Einbildung, sondern sie empfand mit einemmal, daß ihr Gefühl von ihrer Umgebung sich verändert hatte und hinausgedehnt in ein unbekanntes Gebiet zwischen Träumen und Wachen.

Der leere Raum zwischen ihr und den Dingen verlor sich und war seltsam beziehungsgespannt. Die Geräte wuchteten wie unverrückbar auf ihren Plätzen, – der Tisch und der Schrank, die Uhr an der Wand, – ganz erfüllt von sich selbst, von ihr getrennt und so fest in sich geschlossen wie eine geballte Faust; und doch waren sie manchmal wieder wie in Veronika oder sie sahen wie mit Augen auf sie, aus einem Raum, der wie eine Glasscheibe zwischen Veronika und dem Raum lag. Und sie standen da, als ob sie viele Jahre nur auf diesen Abend gewartet hätten, um zu sich zu finden, so wölbten und bogen sie sich in die Höhe, und unaufhörlich strömte dieses Übermäßige von ihnen aus, und das Gefühl des Augenblicks hob und höhlte sich um Veronika, wie wenn sie selbst plötzlich wie ein Raum mit schweigend flackernden Kerzen um alles stünde. Und manchmal kam eine Erschöpfung über sie von dieser Spannung, dann schien sie nur zu leuchten, eine Helligkeit stieg in allen ihren Gliedern empor und sie fühlte sie wie von außen auf sich und wurde müde von sich wie von dem leise summenden Kreis einer Lampe. Und ihre Gedanken bewegten sich hindurch und hinaus in diese helle Schläfrigkeit, mit spitzen Verästelungen, die wie feinstes Geäder sichtbar wurden. Immer schweigsamer wurde es dann. Schleier sanken, sanft wie Schneetreiben vor beleuchteten Fensterscheiben um ihr Bewußtsein, hie und da knisterte groß und zackig darin ein Licht ... Aber nach einer Weile hob sie sich wieder bis an die Grenze ihrer seltsam gespannten Wachheit und hatte plötzlich ganz deutlich die Empfindung: so ist jetzt Johannes, in dieser Art Wirklichkeit, in einem veränderten Raum.

Kinder und Tote haben keine Seele; die Seele aber, die lebende Menschen haben, ist, was sie nicht lieben läßt, wenn sie es noch so wollen, was in aller Liebe einen Rest zurückhält, – Veronika fühlte, was durch alle Liebe sich nicht verschenken kann, ist das, was allen Gefühlen eine Richtung gibt, von dem weg, was ängstlich glaubend an ihnen hängt, was allen Gefühlen etwas dem Geliebtesten Unerreichbares gibt, etwas Umkehrbereites; selbst wenn sie auf ihn zukommen, etwas wie auf geheime Verabredung lächelnd Zurückblickendes. Aber Kinder und Tote, sie sind noch nichts oder sie sind nichts mehr, sie lassen denken, daß sie noch alles werden können oder alles gewesen seien; sie sind wie die gehöhlte Wirklichkeit leerer Gefäße, die Träumen ihre Form leiht. Kinder und Tote haben keine Seele, keine solche Seele. Und Tiere. Tiere waren schrecklich für Veronika in ihrer drohenden Häßlichkeit, aber sie hatten das punktförmig-augenblicks hinabtropfende Vergessen in den Augen.

Irgend so etwas ist Seele für ein unbestimmtes Suchen. Veronika hatte sich ihr dunkles Leben lang vor einer Liebe gefürchtet und nach einer andern gesehnt, in Träumen ist es manchmal so, wie sie es ersehnte. Die Geschehnisse gehen in ihrer ganzen Stärke dahin, groß und schleppend, und doch wie etwas, das in einem ist; das weh tut, aber doch wie man sich selbst weh tut; das demütigt, aber nur: eine Demütigung fliegt wie eine ortlose Wolke dahin und es ist niemand da, der sie sieht; eine Demütigung fliegt wie die Wonne einer dunklen Wolke dahin ... So schwankte sie zwischen Johannes und Demeter ... Und Träume sind nicht in einem, sie sind auch nicht Bruchstücke der Wirklichkeit, sondern sie wölben irgendwo in einem Gesamtgefühl ihren Ort und dort leben sie, schwebend, schwerlos, wie eine Flüssigkeit in der andern. In Träumen gibt man sich so einem Geliebten hin, wie eine Flüssigkeit in der andern; mit einem veränderten Gefühl vom Raum; denn die wache Seele ist ein unausfüllbarer Hohlraum im Raum, hüglig wie blasiges Eis wird der Raum durch die Seele.

Veronika vermochte sich zu erinnern, daß sie manchmal geträumt hatte. Sie hatte vor heute nie etwas davon gewußt, nur zuweilen war sie, wenn sie aufwachte, – wie einer andern Bewegung gewohnt – an die Enge ihres Bewußtseins gestoßen und irgendwo hinter einer Ritze war es noch hell, ... nur eine Ritze, aber sie fühlte einen weiten Raum dahinter. Und jetzt fiel ihr ein, sie mußte oft geträumt haben. Und sie sah durch ihr waches Leben das ihrer Traumgebilde, wie unter der Erinnerung an Gespräche und Handlungen nach langer Zeit die Erinnerung an ein Gefüge von Gefühlen und Gedanken sichtbar wird, die verdeckt blieben, wie man sich stets nur an ein Gespräch erinnert hat und nun mit einemmal weiß, nach Jahren, unaufhörlich läuteten die Glocken währenddessen ... Solche Gespräche mit Johannes, solche Gespräche mit Demeter. Und darunter begann sie den Hund, den Hahn, einen Schlag mit der Faust zu erkennen und dann sprach Johannes von Gott; langsam wie mit saugenden Enden schleiften seine Worte darüber hin.

Auch Veronika hatte stets gewußt, irgendwo im Gleichgültigen, ein Tier, jeder kennt es, mit seinen übel dunstenden und widerwärtig schleimigen Häuten; aber in ihr war es nur eine unruhige, ungenau gestaltete Dunkelheit, die manchmal unter ihrem wachen Bewußtsein hinglitt, oder ein Wald endlos und zärtlich wie ein Mann im Schlaf, es hatte nichts in ihr von einem Tier, nur gewisse Linien seiner Wirkung auf ihre Seele, über sich hinaus verlängert ... Und Demeter sagte dann: ich brauche mich bloß zu beugen ..., und Johannes sagte mitten am Tag: es hat sich etwas in mir gesenkt, verlängert ... Und es gab einen ganz weichen, blassen Wunsch in ihr, daß Johannes tot sein möge. Und es gab – verworren noch im Wachen – ein wahnsinnig stilles ihn Ansehn, wo sie ihre Blicke leise wie Nadeln in ihn hineingleiten ließ, tiefer und tiefer, ob nicht in einem Zittern seines

Lächelns, in einem Verziehen seiner Lippen, in irgendeiner Bewegung der Qual etwas wie ein Toter Verschenktes sich ihr plötzlich mit der unberechenbaren Fülle des Lebendigen verwirklicht entgegenhübe. Seine Haare wurden dann wie ein Gestrüpp und seine Nägel wurden wie große glimmrige Platten, sie sah feuchtfließende Wolken im Weißen seiner Augen und kleine spiegelnde Teiche, er lag ganz geöffnet häßlich da, mit entwaffneten Grenzen, aber seine Seele war noch in einem letzten Gefühl nur von sich selbst verborgen. Und er sprach von Gott, da dachte sie: mit Gott meint er jenes *andere* Gefühl, vielleicht von einem Raum, in dem er leben möchte. Es war krank von ihr, was sie dachte. Aber sie dachte ja auch: ein Tier müßte wie dieser Raum sein, so nah vorübergleitend, wie Wasser in den Augen zu großen Figuren zerrinnt, und doch klein und fern, wenn man es als draußen vor sich sieht; warum darf man im Märchen so an Tiere denken, die Prinzessinnen bewachen? War es krank? Sie fühlte in dieser einen Nacht sich und diese Gebilde licht auf einer ahnungsvollen Angst des Wiederversinkens. Ihr kriechendes waches Leben würde wieder darüber zusammenbrechen, sie wußte es und sie sah, daß alles dann krank und voll Unmöglichkeiten war, aber wenn man seine verlängerten Einzelheiten halten könnte, wie Stäbe in einer Hand, ohne das Widrige, das hinzukommt, wenn sie sich zu einem wirklichen Ganzen verkleben ...: ihr Denken konnte in dieser Nacht die Vorstellung einer gebirgsluftungeheuren Gesundheit erreichen, voll einer Leichtigkeit des Verfügens über ihre Gefühle.

Wie in manchmal vor Spannung zerrissenen Ringen wirbelte dieses Glück durch ihre Gedanken. Du bist tot, träumte ihre Liebe und sie meinte nichts als dieses seltsame Gefühl mitten zwischen ihr und außen, in dem Johannes' Vorstellung für sie lebte, aber die Lichter spiegelten sich heiß auf ihren Lippen. Und alles, was in dieser Nacht geschah, war nichts als ein solcher Schein der Wirklichkeit, der, irgendwo in ihrem Körper flackernd zwischen Stücken ihres Gefühls verrinnend, deren undeutliche Schatten nach außen warf. Ihr war dann, als fühlte sie Johannes ganz nahe bei sich, so nahe wie sich selbst. Er gehörte ihren Wünschen und ihre Zärtlichkeit ging ungehindert durch ihn, wie die Wellen durch jene weichen, purpurnen Glockentiere, die im Meere schweben. Zuweilen aber lag ihre Liebe nur weit und sinnlos über ihm wie das Meer, müd schon, manchmal wie das Meer vielleicht über seiner Leiche lag, groß und sanft wie eine Katze, die in zärtlichen Träumen schnurrt. Wie ein murmelndes Wasser rannen dann die Stunden.

Und schon als sie aufschrak, empfand sie zum erstenmal Kummer. Es war kühl um sie, die Kerzen waren herabgebrannt und nur eine letzte leuchtete noch; auf dem Platz, wo sonst Johannes gesessen hatte, war jetzt ein Loch im Raum, das alle ihre Gedanken nicht füllen konnten. Und plötzlich verlosch lautlos auch dieses eine Licht, wie ein letzter Weggehender leise die Türe schließt; Veronika blieb im Dunkel.

Demütig wandernde Geräusche gingen durch das Haus, die Stiegen schüttelten mit einem scheuen Dehnen den Druck der Schreitenden wieder von sich ab, irgendwo nagte eine Maus und dann bohrte ein Käfer im Holz. Als eine Uhr schlug, begann sie sich zu fürchten. Vor dem unaufhörlichen Leben dieses Dings, das, während sie übernächtig wachte, ruhlos beschäftigt durch alle Zimmer schritt, bald an der Decke, bald tief unten am Boden. Wie ein Totschläger ohne zu wissen zuschlägt und zerstückelt, bloß weil Zuckungen nicht aufhören wollen, hätte sie den leisen Klang, den sie jetzt ohne Ende hörte, packen mögen und würgen. Und mit einemmal fühlte sie ihre Tante schlafen, ganz rückwärts im hintersten Zimmer, mit vielen Runzeln in ihrem strengen

Lederantlitz; und die Dinge standen dunkel und schwer und ohne Spannung; und sie ängstigte sich bereits wieder in diesem fremden, sie umschließenden Dasein.

Und nur etwas, – aber es war kaum eine Stütze mehr, bloß ein langsam mit ihr Sinkendes, – hielt sie. Es war schon eine Ahnung in ihr, daß sie es nur selbst sei, die sie so fühlbar sinnlich empfand, statt Johannes. Es lag schon über ihrer Einbildung ein Widerstand von der Wirklichkeit des Tags, von Scham, von den festen Dingen geltenden Worten der Tante, von Demeters Hohn, ein Schließen der Enge, schon ein Abscheu vor Johannes, ein heraufdämmernder Zwang, dies alles so zu empfinden wie eine schlaflose Nacht, und selbst jene lang gesuchte Erinnerung, als wäre sie in diesen Stunden heimlich gewandert, lag längst wieder klein und fern und hatte an ihrem Leben nie etwas zu ändern vermocht. Aber wie ein Mensch geht, mit blassen Ringen unter den Augen, nach Ereignissen, die er niemandem verraten würde, und seine Absonderlichkeit und Schwäche zwischen allem Starken und vernünftig Lebendigen wie eine fadendünn und leise dahinwandernde Melodie empfindet, war eine feine, nagende Seligkeit darüber trotz ihres Kummers in ihr, die ihren Körper höhlte, bis er sich weich und zärtlich wie eine dünne Kapsel trug.

Es lockte sie plötzlich, sich zu entkleiden. Bloß für sich selbst, bloß für das Gefühl, sich nahe zu sein, mit sich selbst in einem dunklen Raum allein zu sein. Es erregte sie, wie die Kleider leise knisternd zu Boden sanken; es war eine Zärtlichkeit, die ein paar Schritte in die Dunkelheit hinaustat, als ob sie jemand suchte, sich besann und zurückeilte, um sich an den eigenen Körper zu schmiegen. Und als Veronika langsam, mit zögerndem Genießen ihre Kleider wieder aufnahm, waren diese Röcke, die in der Finsternis mit Falten, in denen wie Teiche in dunklen Höhlen träg noch ihre eigene Wärme säumte, und bauschigen Räumen um sie stiegen, etwas wie Verstecke, in denen sie kauerte, und wenn ihr Körper hie und da heimlich an seine Hüllen stieß, zitterte eine Sinnlichkeit durch ihn, wie ein verborgenes Licht hinter geschlossenen Läden unruhig durch ein Haus geht.

Es war dieses Zimmer. Veronikas Blick suchte unwillkürlich den Platz, wo an der Wand der Spiegel hing, und fand ihr Bild nicht; sie sah nichts, ... vielleicht ein undeutlich gleitendes Leuchten im Dunkel, vielleicht mochte auch dies Täuschung gewesen sein. Die Finsternis füllte das Haus wie eine schwere Flüssigkeit, sie schien nirgends darin zu sein; sie begann zu gehen, überall war nur die Dunkelheit, nirgends sie und doch fühlte sie nichts als sich und wo sie ging, war sie und war nicht, wie unausgesprochene Worte manchmal in einem Schweigen. So hatte sie einmal mit Engeln gesprochen, als sie krank lag, damals standen sie um ihr Bett und von ihren Flügeln, ohne daß sie sie rührten, tönte ein dünner, hoher Laut, der die Dinge durchschnitt. Die Dinge zerfielen wie taube Steine, die ganze Welt lag mit scharfen muscheligen Brüchen da und nur sie selbst zog sich zusammen; vom Fieber verzehrt, dünn geschabt wie ein welkes Rosenblatt, war sie durchsichtig geworden für ihr Gefühl, sie spürte ihren Körper von überall zugleich und ganz klein beisammen, als hielte sie ihn mit einer Hand umschlossen, und rings um ihn standen Männer mit raschelnden und leis wie von Haaren knisternden Flügeln. Für die andern schien alles nicht da zu sein; wie ein flimmerndes Gitter, durch das man nur hinaussehen konnte, lag jenes Tönen davor. Und Johannes sprach mit ihr wie mit jemandem, den man schonen muß und nicht ernst nimmt; und im Nebenzimmer ging Demeter auf und ab, sie hörte seine höhnischen Schritte und seine große, harte Stimme. Und hatte immer nur das Gefühl, Engel standen um sie, Männer mit wunderbar gefiederten Händen, und während die andern sie für krank hielten, schienen sie selbst, wo immer sie waren, in einem unsichtbar hindurchgespannten Kreis zu stehn. Und damals schien ihr schon, daß sie alles erreicht hätte, aber es war nur ein Fieber und sie begriff, daß es so sein mußte, als es wieder verging.

Jetzt aber war von diesem Kranksein etwas in der Sinnlichkeit, mit der sie sich selbst empfand. Sie wich, vorsichtig sich einziehend, den Gegenständen aus und fühlte sie schon von ferne; es war ein leises Verströmen und Zusammensinken ihrer Hoffnung in ihr, vor dem alles außen zerborsten und leer und hinter dem alles weich wie hinter stillen Vorhängen von zerfallender Seide wurde. Allmählich ward es grau und mild von Frühlicht im Hause. Sie stand oben am Fenster, es wurde Morgen; die Leute kamen zum Markte. Hie und da schlug ein Wort zu ihr herauf; sie beugte sich dann, als wollte sie ihm ausweichen, in die Dämmerung zurück.

Und leise legte sich etwas um Veronika, es war eine Sehnsucht so ziel- und wunschlos in ihr wie das wehe unbestimmte Ziehen im Schoß vor den wiederkehrenden Tagen. Sonderbare Gedanken strichen durch sie: nur sich so zu lieben, das ist, wie wenn man vor einem alles tun könnte; und als sich dazwischen, jetzt wie ein hartes, häßliches Gesicht, noch einmal die Erinnerung heraufschob, daß sie Johannes getötet habe, erschrak sie nicht, – sie tat sich nur selbst weh, als sie ihn sah, das war, wie wenn sie sich von innen gesehen hätte, voll Abscheulichem und Gedärmen, die wie große Würmer verschlungen waren, aber zugleich sah sie ihr Sichansehen mit und empfand Grauen, doch es war noch in diesem Grauen vor sich etwas Unentreißbares von Liebe. Eine erlösende Müdigkeit breitete sich über sie, sie sank zusammen und war in das, was sie getan hatte, wie in einen kühlen Pelz gehüllt, ganz traurig und zärtlich, ein stilles Beisichsein, ein sanftes Leuchten, ... wie man noch an seinem Schmerz etwas liebt und im Kummer lächelt.

Und je heller es wurde, desto unwahrscheinlicher erschien ihr, daß Johannes tot sei, es war nur noch eine leise Begleitung, aus der sie sich selbst herauslöste. Es war – mit einer wieder nur mehr ganz fernen, ungeglaubten Beziehung zu ihm – als ob sich auch eine letzte Grenze zwischen ihnen beiden öffnete. Sie empfand eine wollüstige Weichheit und ein ungeheures Nahesein. Mehr noch als eines des Körpers eines der Seele; es war wie wenn sie aus seinen Augen heraus auf sich selbst schaute und bei jeder Berührung nicht nur ihn empfände, sondern auf eine unbeschreibliche Weise auch sein Gefühl von ihr, es erschien ihr wie eine geheimnisvolle geistige Vereinigung. Sie dachte manchmal, er war ihr Schutzengel, er war gekommen und ging, nachdem sie ihn wahrgenommen hatte, und wird doch von nun an immer bei ihr sein, er wird ihr zusehen, wenn sie sich auskleidet, und wenn sie geht, wird sie ihn unter den Röcken tragen; seine Blicke werden so zart sein wie eine beständige, leise Müdigkeit. Sie dachte es nicht von ihm, sie fühlte es nicht, nicht von diesem gleichgültigen Johannes, es war etwas bleichgrau Gespanntes in ihr, und wenn die Gedanken gingen, säumten sie sich hell wie dunkle Gestalten vor einem Winterhimmel. Bloß so ein Saum war es. Von tastender Zärtlichkeit. Es war ein leises Herausheben, ... ein stärker werden und doch nicht da sein, ... ein nichts und doch alles ...

Sie saß ganz still und spielte mit ihren Gedanken. Es gibt eine Welt, etwas Abseitiges, eine andere Welt oder nur eine Traurigkeit ... wie von Fieber und Einbildungen bemalte Wände, zwischen denen die Worte der Gesunden nicht tönen und sinnlos zu Boden fallen, wie Teppiche, auf denen zu schreiten, ihre Gebärden zu schwer sind; eine ganz dünne, hallende Welt, durch die sie mit ihm schritt, und allem, was sie tat, folgte darin eine Stille und alles, was sie dachte, glitt ohne Ende, wie Flüstern in verschlungenen Gängen.

Und als es ganz klar und bleich und Tag geworden war, kam der Brief, ein Brief, wie er kommen mußte, Veronika begriff sofort: wie er kommen mußte. Es pochte am Haus und riß durch die Stille, wie ein Felsblock eine dünne Schneedecke zerschlägt; durch das geöffnete Tor bliesen Wind und Helligkeit herein. In dem Brief stand, was bist du, ich habe mich nicht getötet? Ich bin wie einer, der auf die Straße hinaus fand. Ich bin heraußen und kann nicht zurück. Das Brot, das ich esse, das schwarz-braune Boot, das am Strande liegt und mich hinaustragen sollte, das Leisere, Undeutlichere, Füllwarme, nicht vorschnell Verfestigte, alles Lärmende, Lebendige ringsum hält mich fest. Wir werden darüber sprechen. Es ist alles heraußen bloß einfach und ohne Zusammenhang und übereinandergestreut wie ein Haufen Schutt, aber ich bin davon wie ein Pfahl gefaßt und verrammt und wieder verwurzelt worden ...

Es stand noch anderes in dem Brief, aber sie sah nur dieses eine: ich fand auf die Straße. Es enthielt dennoch, obwohl es kommen mußte, kaum angedeutet, etwas Höhnisches in diesem rücksichtslos rettenden Sprung von ihr fort. Es war nichts, gar nichts, nur wie ein Kühlwerden am Morgen, und einer fängt laut zu sprechen an, weil der Tag kommt. Es war endgültig alles um solch einen geschehn, der nun ernüchtert zusah. Von diesem Augenblick an, durch lange Zeit, dachte Veronika nichts, noch empfand sie etwas; nur eine ungeheure, von keiner Welle durchbrochene Stille glänzte um sie, bleich und leblos wie Teiche, die stumm im Frühlicht liegen.

Als sie dann aufwachte und von neuem nachzudenken begann, geschah es wieder wie unter einem schweren Mantel, der sie hinderte, sich zu bewegen, und wie Hände unter einer Hülle, die sie nicht abwerfen können, sinnlos werden, verwirrten sich ihre Gedanken. Sie fand nicht in die einfache Wirklichkeit. Daß er sich nicht erschossen hatte, war nicht die Tatsache, daß er lebte, sondern es war etwas in ihrem Dasein, ein Verstummen, ein wieder Sinken, es verstummte etwas in ihr und sank wieder in jene murmelnde Vielstimmigkeit zurück, aus der es sich kaum herausgehoben hatte. Sie hörte sie mit einemmal wieder von allen Seiten. Es war jener enge Gang, in dem sie einst lief und dann kroch und dann kam jenes Weiterwerden, jenes leise Heben und Sichaufrichten und nun schloß es sich wieder. Ihr war trotz der Stille, als ob Menschen um sie stünden und beständig leise sprächen. Sie verstand nicht, was sie sich sagten. Es war wunderbar heimlich, nicht zu verstehn, was sie sich sagten. Ihre Sinne waren in ganz dünne Flächen gespannt und diese Stimmen schlugen raschelnd daran wie die Zweige eines wirren Gestrüpps.

Fremde Gesichter tauchten auf. Es waren lauter fremde Gesichter, die Tante, Freundinnen, Bekannte, Demeter, Johannes, sie wußte es wohl, aber doch blieben es fremde Gesichter. Sie bekam plötzlich Angst vor ihnen, wie jemand, der fürchtet, streng behandelt zu werden. Sie mühte sich, an Johannes zu denken, aber sie konnte sich nicht mehr vorstellen, wie er vor wenigen Stunden aussah, er verfloß ihr mit den andern; es fiel ihr ein, daß er von ihr weggegangen war, ganz fern, wie unter eine Menge; es war ihr, als ob irgendwo da heraus seine Augen listig und versteckt auf sie schauen müßten. Sie spannte sich ganz klein davor zusammen und wollte sich schließen, aber sie empfand sich nur mehr mit einer leise zerfließenden Deutlichkeit.

Und allmählich verlor sie überhaupt das Gefühl, etwas anderes gewesen zu sein. Sie konnte sich kaum mehr von den andern unterscheiden und alle diese Gesichter waren kaum mehr voneinander zu unterscheiden, sie tauchten auf und verschwanden ineinander, sie waren ihr eklig wie ungekämmtes Haar und doch verstrickte sie sich in ihnen, sie antwortete ihnen, die sie nicht verstand, sie hatte nur das eine Bedürfnis, etwas zu tun, es war eine Unruhe in ihr, die unter ihrer Haut wie Tausende kleiner Tiere herauswollte, und immer neu tauchten die alten Gesichter auf, das ganze Haus war voll dieser Unruhe.

Sie sprang auf und tat ein paar Schritte. Und plötzlich schwieg alles. Sie rief und nichts antwortete; sie rief noch einmal und hörte sich kaum. Sie sah suchend umher, reglos stand alles auf seinem Platz. Und doch fühlte sie sich.

Was dann kam, war zunächst ein kurzes Taumeln durch wenige Tage. Eine verzweifelte Anstrengung manchmal, sich zu erinnern, was es gewesen sei, das sie jenes eine Mal wie wirklich fühlte, und was sie getan haben mochte, daß es so kam. Veronika ging in dieser Zeit unruhig durch das Haus; es kam vor, daß sie in der Nacht aufstand und durch das Haus ging. Aber sie spürte dabei zuweilen nur das Kahle, Weißgetünchte der im Kerzenschein um sie aufragenden Stuben, an dem die Finsternis noch wie in Fetzen hing; sie spürte es wie etwas schreiend Wollüstiges, das hoch und reglos an den Wänden aufgerichtet stand. Wenn sie sich vorstellte, wie der Fußboden unter ihren nackten Füßen dahinlief, konnte sie minutenlang bewegungslos dastehn und nachdenken, wie wenn sie in einem fließenden Wasser unter sich eine bestimmte Stelle mit den Blicken festhalten wollte; es packte sie dann ein Schwindel, der von jenen Gedanken ausging, die sie nicht mehr wahrnehmen konnte, und erst wenn sich ihre Zehen in die Fugen der Diele krampften und dort von dem feinen, weichen Staub berührt wurden oder ihre Sohlen die kleinen unreinen Rauheiten des Bodens empfanden, wurde ihr leichter, wie wenn sie einen Schlag auf den entblößten Körper empfangen hätte.

Aber allmählich fühlte sie nur dieses Gegenwärtige und die Erinnerung an jene Nacht war nichts, das sie wieder erwartete, sondern nur jener Schatten von verborgener Freude an sich, den sie gewonnen hatte, auf der Wirklichkeit, in der sie lebte. Sie schlich manchmal bis an die verschlossene Haustür und lauschte, bis sie einen Mann vorübergehen hörte. Die Vorstellung, daß sie dort stand, in bloßem Hemd, fast nackt und unten offen, während draußen einer vorbeiging, so nah und nur durch ein Brett getrennt, bog sie fast zusammen. Am geheimnisvollsten schien ihr aber, daß auch draußen noch etwas von ihr war, denn ein Strahl ihres Lichts fiel durch den dünnen Schlüsselspalt und das Zittern ihrer Hand mußte in ihm tastend über die Kleider des Wanderers huschen.

Und einmal dabei dachte sie plötzlich daran, daß sie jetzt mit Demeter allein in dem Haus war, mit diesem Lasterwirren. Sie zuckte zusammen und seither kam es, daß sie öfter auf den Treppen aneinander vorbeigingen. Sie begrüßten einander auch, aber nur mit ganz belanglosen Worten. Bloß einmal blieb er nah bei ihr stehen und sie suchten beide nach etwas anderem zum Sagen. Veronika bemerkte seine Knie in den engen Reithosen und seine Lippen, die wie ein kurzer breiter blutiger Schnitt waren, und sie dachte, wie Johannes wohl sein werde, da er doch wiederkommen wird; wie etwas Riesengroßes sah sie in diesem Augenblick die Spitze von Demeters Bart vor der fahlen Fläche eines Fensters. Und nach einer Weile gingen sie weiter, ohne noch gesprochen zu haben.

Das verzauberte Haus

„Sie hätte mich damals ja beinahe vergiftet", beteuerte der Oberleutnant Demeter Nagy, sooft er später von seinem Abenteuer in dem verzauberten Hause erzählte. Es ereignete sich, als er während einer winterlichen Truppenkonzentrierung durch mehrere Wochen auf dem alten Stadtbesitz der gräflichen Familie einquartiert war, und begann damit, daß er am Tage vor einer kurzdauernden Abkommandierung – kopfschüttelnd, weil er ihn nicht verstand, – den Schluß eines Gespräches mitanhören mußte, der vom Nebenzimmer mit den fühlbar durch eine Erregung verstärkten Stimmen zweier Menschen zu ihm herübergetragen wurde. Es kam erst ein Nein, ganz leise und trotzdem sich merkwürdig aus dem Vorherigen herauslösend und durch das Haus gehoben, dann sprach ein Mann etwas, das er nicht recht hören konnte, und von da ab vernahm er mit voller Deutlichkeit jedes Wort.

Eine tiefe, von der Leidenschaft in die Höhe getriebene und oben zerfallende Frauenstimme rief: „Lassen Sie mich, ich kann nicht! ich kann nicht!!" und die Worte brachen zackig wie mürbes Mauerwerk von ihr ab. Dann hörte Demeter wieder den Mann sprechen: „Trotzdem, Sie lieben mich! denn Ihr ganzes Wesen ist von dem meinen ergriffen, es hat keinen Gedanken, hinter dem nicht ich wäre, Ihr Leben begann erst mit dem meinen wieder. Täuschen Sie sich nicht selbst ... Das ist Liebe; sagen Sie ... Sie lieben mich ...?" Und die Stimme der Frau antwortete stiller, aber sie stieg wieder während der Worte an und zerriß: „Ich? oh ... vielleicht, das heißt nein, ... nein ich weiß nicht." Und Demeter hörte noch einmal den Mann sprechen: „So hören Sie, Viktoria, wenn Sie sich weigern, reise ich heute ab, morgen habe ich mein Leben weggeworfen, wenn Sie sich weigern. Sie wissen, wie dies in dem letzten Jahr nur mehr an Ihnen hing. Ich weiß, daß Sie mich lieben, morgen werden vielleicht auch Sie es wissen: ich frage Sie noch einmal, können Sie?" – Darauf trat eine kleine Stille ein und dann hörte Demeter „nein!" sagen und „nein!!" – zweimal wie mit der Peitsche oder wie ein besinnungsloses Sichfestklammern – und dann noch einmal nein, – leiser, zusammengesunken und wie ein Schmerz über Wehtun.

Demeter Nagy pfiff, als er nichts mehr hörte, halblaut durch die Zähne, wie er dies in schwierigen Situationen seit seiner Knabenzeit zu tun pflegte, in deren Geschichten zwischen Indianern und Pfadfindern ihm dieses Zeichen tapferer Kaltblütigkeit zum erstenmal erstrebenswert erschienen war, dann klappte er mit den Absätzen zusammen, zog seinen Schnurrbart in die Höhe, schüttelte abermals den Kopf und lächelte. Es ging ihm, wie es auch andern geht, wenn sie plötzlich zwei Seelen mit blutigen Eingeweiden ineinander verschlungen sehen. Denn mag es sich um ein letztes Auseinanderreißen handeln oder um ein erstes Sichineinanderstürzen, um ein belauschtes Liebespaar oder um eines sterbenden Menschen schamlos vergessenes sich Stemmen und Klemmen: keiner weiß warum, aber man liebt nicht, daran erinnert zu werden, daß die äußersten Heimlichkeiten des Leides und der Lust, die man als die tiefsten Erregungen des eigenen Wesens ahnt, den einen ohne Unterschied gegen den anderen treffen; man fühlt das wie einen Eingriff, wie ein Zunahekommen, man rückt ab, man sucht unwillkürlich das gestörte Gleichgewicht wiederzugewinnen und statt

Mitgefühl zu empfinden wird man von einem ruchlosen Trieb der Notwehr gedrängt, das Gesehene als widerwärtig oder lächerlich zu fühlen. Auch Demeter war im Augenblick nach der ersten Überraschung versucht, den belauschten Auftritt unterhaltlich zu finden. Ruhig packte er seine Sachen weiter in die kleine Reisetasche, allmählich wurde er aber dabei nachdenklicher und nachdenklicher und endlich stand er eine Weile ganz still, voll Erstaunen und mit der Spannung eines Tiers, das eine Witterung bekommen hat. „Viktoria? Ja wie kam dieses Mädchen dazu?" Und Demeter überlegte.

Aber immer wieder stieß er auf dieses Unpersönliche, das ihn nicht verstehen ließ, wie ein solcher Mensch zum Mittelpunkt eines leidenschaftlichen Ereignisses werden konnte. Es war etwas längst Verflackertes, wie der Duft verlöschter Kerzen um sie, etwas Umgangenes wie jene Salons, die reglos unter Leinenbezügen und hinter geschlossenen Vorhängen schlafen. Er konnte sich eine solche Frau in leidenschaftlicher Bewegung nicht vorstellen oder es mußte etwas Dahingewehtes sein, eine ruhelose Zärtlichkeit, etwas gespenstisch Erwachtes, das wie ein demütig haftender Schatten den Füßen des Geliebten folgt. Und wenn Demeter in einer Liebe auch diesen Geschmack der Überreife und schon mit dem Anfang beginnenden Vernichtung zu schätzen wußte, es galt ihm das doch als etwas, das man heimlich wie eine üble Anwandlung befriedigt, und er vermochte sich nicht vorzustellen, wie man es bis zum Selbstmord ernst nehmen könne.

Trotzdem ahnte – vielleicht durch den Eindruck des ganzen Hauses verstärkt – selbst er etwas von der eigenartigen Schönheit Viktorias, das ihm Zurückhaltung aufzwang. Als er gekommen war, wäre er beinahe nicht eingelassen worden. Die alte Dame, Viktorias Tante, wollte durchaus nicht oder sie hätte wenigstens gern eine Exzellenz gehabt und nur als der Bürgermeister selbst sie zu bitten kam und persönlich seine Gründe anführte, gab sie nach, und Demeter wurde, noch immer ein wenig übel, im Hause aufgenommen. Sein Bursche bekam durch einen alten Diener, was er brauchte, sonst sah er niemanden, und Demeter selbst hatte man in der kleinen nie benützten Bibliothek einquartiert, die neben den Empfangszimmern lag; dort standen seine Reiterstiefel auf dem alten glänzenden Parkett, zwischen den zierlichen Füßen eines Empiretischleins, auf dem über ihrer schweren, ritterlichen Wucht eine goldene Standuhr leise und unaufhörlich pendelte. Und etwas von diesem Polternden, Knarrenden, von einem Gefühl wie ein grob hineingetriebener Keil wurde auch Demeter nicht los, seit er in diesem Hause war. Wenn er noch so vorsichtig ging, dröhnten in dem schweigenden Gebäude die Dielen und Stiegen, und die Türen lärmten in seiner Hand. Er erschrak häufig über sich selbst und verlor zuweilen fast seine Sicherheit. Die alte Dame zwar fürchtete er nicht zu stören, sie lebte abseits in dem Flügel des Hauses, der nach dem Garten zu stand, und er sah sie niemals, aber Viktoria begegnete er öfters. Er hatte dann immer den Eindruck, daß sie wie lautlos vor ihm aus dem Dunkel auftauchte, und daß es sich hinter ihr ganz sonderbar ohne Bewegung wieder zusammenschloß. Und Demeter blieb manchmal stehen und empfand etwas wie Scheu und war nicht mehr sicher, ob sein Urteil, daß es sich hier bloß um das stille, machtlose Welken eines alternden Mädchens handle, auch richtig sei. Ja es ereignete sich, daß er etwas wie eine machtvolle, ungewöhnliche Sinnlichkeit gleich einer fremden Krankheit an sich vorbeistreifen fühlte. Viktoria war hoch gewachsen und hatte eine breite, ein wenig flache Brust, über ihrer niedrigen, wölbungslosen Stirn waren die Haare dicht zusammengeschlossen, ihr Mund war groß und wollüstig und ein leichter Flaum schwarzer Haare bedeckte ihre Arme. Wenn sie ging, hielt sie den Kopf gesenkt, wie wenn der feine Hals ihn nicht tragen könnte, ohne sich zu biegen, und den Leib drückte sie ein wenig hervor. Es war eine eigentümliche, fast schamlos gleichgültige Sanftmut in ihrer Art zu gehen und eben so sanft und leise übersah sie den Offizier und dankte seinem Gruße, wie wenn er etwas sehr Fernes wäre.

„... Ob sie nicht doch eine Heimlichtuerin ist", schloß Demeter ärgerlich und fast ein wenig eingeschüchtert sein Nachdenken und warf mit einem mißmutigen Ruck seine Reisetasche zu. – – – –

Viktoria hatte indessen den Scheidenden ein Stück seines Weges zurückbegleitet. Etwas Undurchsichtiges, das bisher wie ein dunkler Nebel auf ihrem Leben gelastet hatte, war in Bewegung geraten und Formen unbekannter Glieder drückten sich wie in einem Schleier ab und verschwanden wieder. Dinge, die sie noch nie gesehen hatte, geschahen. Ihr Leben, das bisher wie ein schmaler, trüber Weg gewesen war, hatte sich plötzlich in die weite Pracht eines Gartens verwandelt. Alles, was sie tat, geschah, wie wenn es gleich schweren, kostbaren Gewändern an ihr herabfiele, an ihren Bewegungen hing das Spiel edler goldener Ketten, – oder alles, was sie tat, geschah wie durch einen weiten Ausblick gesehen; es war von jenem leise mitschwingenden Verständnis begleitet, das die Handlungen auf einer Bühne zusammendrängt und wie zu Zeichen eines im flachen Kieselgeflecht des Bodens sonst unsichtbaren Weges auftürmt. Aber alles war noch Ahnung. Nichts noch hob so sein Gesicht hervor, daß die Finger es halten konnten, alles wich noch zwischen den leise tastenden Händen aus. Es war bloß nicht mehr jene schwarze, klebrige Masse, die stumpf und häßlich alle Formen verwischt hatte, es lag nur mehr wie eine ganz dünne, seidene Maske über der Welt, hell und silbergrau und bewegt wie vor dem Zerreißen. Und sie spannte ihre Augen und es flimmerte ihr davor, wie wenn sie von unsichtbaren Stößen gerüttelt würde.

Lange schon war diese Bewegung dahergekommen, Viktoria dachte daran, ob es wohl Liebe sei. Langsam war sie gekommen. Und doch für das Zeitmaß ihres Lebens zu rasch. Das Zeitmaß ihres Lebens war noch langsamer; es war ganz langsam. Es war wie ein langsames Öffnen und wieder Schließen der Augen und dazwischen wie ein Blick, der sich an den Dingen nicht halten kann, abgleitet, langsam, unberührt vorbeigleitet. Mit diesem Blick hatte sie es kommen gesehen. Und sie konnte daher nicht glauben, daß es Liebe sei. Denn sie verabscheute ihn so dunkel wie alles Fremde; ohne Haß, ohne Schärfe, nur wie ein fernes Land, jenseits der Grenze, wo weich und trostlos das eigene mit dem Himmel zusammenfließt. Ihr Leben war freudlos geworden, seit sie so alles Fremde verabscheute, sich still davor zurückzog. Es schien ihr manchmal, daß sie seinen Sinn nicht wüßte, aber seit dieser Mann darin war, dünkte sie, daß sie ihn bloß vergessen hatte; es quälte sie manchmal etwas wie die unter dem Bewußtsein treibende Erinnerung an eine wichtige vergessene Sache.

Es war irgendeinmal, daß sie dem Leben näher stand, es deutlicher spürte, wie mit den Händen oder wie am eigenen Leibe, aber sie wußte nicht mehr, wie und wann das war. Denn seither hatte ein schwaches Alltagsleben sich über diese Eindrücke gelegt und hatte sie verwischt, wie ein matter dauernder Wind Spuren im Sand; nur mehr seine Eintönigkeit hatte in ihrer Seele geklungen, wie ein leise auf und ab schwellendes Summen. Sie kannte keine starken Freuden mehr und kein starkes Leid, nichts, das sich merklich oder bleibend aus dem übrigen herausgehoben hätte und allmählich war ihr Leben ihr immer undeutlicher geworden. Die

Tage gingen einer wie der andere dahin und eines gleich dem anderen kamen die Jahre, sie fühlte wohl noch, daß ein jedes ein wenig hinwegnahm und etwas hinzutat und daß sie sich langsam in ihnen änderte, aber nirgends setzte sich eines klar von dem anderen ab; sie hatte ein unklares, fließendes Gefühl von sich selbst und wenn sie sich innerlich betastete, fand sie nur den Wechsel ungefährer und verhüllter Formen, unverständlich, wie man unter einer Decke etwas sich bewegen fühlt ohne den Sinn zu erraten. Es war wie wenn sie unter einem weichen Tuche lebte oder unter einer Glocke von dünn geschliffenem Horn, die immer undurchsichtiger wurde. Die Dinge traten weiter und weiter zurück und verloren ihr Gesicht, und auch ihr Gefühl von sich selbst sank immer tiefer in die Ferne. Es blieb ein leerer ungeheurer Raum dazwischen und in diesem lebte ihr Körper. Er sah die Dinge um sich, er lächelte, er lebte, aber alles geschah so beziehungslos, und häufig kroch lautlos ein zäher Ekel durch diese Welt, der alle Gefühle wie mit einer Teermaske verschmierte.

Und dann kam er, der alles besaß, durch die verdämmernde Einöde ihres Lebens. Er ging, und die Dinge ordneten sich unter seinen Augen. Es war, wie wenn er die Welt einatmen und im Leibe halten und von innen spüren könnte und sie dann wieder ganz sacht und vorsichtig vor sich hinstellte, wie ein Künstler, der mit fliegenden Reifen arbeitet; es tat ihr weh, wie schön er war. Sie war eifersüchtig auf ihn, denn unter ihren Augen ordnete sich nichts, und sie hatte zu den Dingen die Liebe einer Mutter für ein Kind, das zu leiten sie zu gering ist. Sie suchte sich in die Höhe zu richten, aber es schmerzte sie, wie wenn ihr Körper krank wäre und sie nicht tragen könnte. Und sie sank langsam wieder in sich zurück und kauerte in ihrer Finsternis und starrte ihn an und empfand dieses sich in sich Verschließen fast wie eine sinnliche Berührung, der sie sich lüstern vor Bewußtsein hingab, es ganz nahe seinen Augen und doch ihm unerreichbar zu tun. Es sträubte sich etwas in ihr wie ein weiches, knisterndes Katzenfell und wie eine kleine glitzernde Kugel ließ sie ihr Nein aus ihrem Versteck heraus und vor seine Füße rollen.

Und nun war es, wie wenn etwas mit einem leisen Klingen zersprungen wäre und wie aus einer zerbrochen am Boden liegenden Hülle war ihr daraus ein Gefühl von ihr selbst hervorgestiegen; es war plötzlich so fest, daß sie sich wie ein Messer in dem Leben dieses anderen Menschen fühlte. Es war alles klar gegliedert; er wird gehen und sich töten, das war etwas so Wuchtendes, wie ein dunkler schwerer Körper auf der Erde liegt, es war etwas so Unwiderrufliches wie ein Schnitt durch die Zeit, vor dem alles Strömende erstarrte, es sprang dieser Augenblick mit einem plötzlichen Blinken wie ein Schwert aus allen anderen heraus und sie sah ganz deutlich etwas, das man gar nicht sehen kann, wie die Beziehung ihrer Seele zu dieser anderen Seele, in ihrer augenblicklichen Lage, ein Durchgangsding, ein Ausholen und Übergang, plötzlich zu etwas Letztem, Unverrückbarem, Unabänderlichem wurde, das wie ein Aststumpf in die Ewigkeit ragte. Eine Traumhelligkeit stieg in ihr auf, in der das feinste Geschehen wie zartes Geäder sichtbar wurde, ein geheimnisvolles, neues Licht lag auf den Dingen und sie fühlte es auf sich, sie veränderte sich darin für sich selbst, sie war fast nur mehr eine Gestalt, wie sie durch die Bilder der Schlafenden schreiten ... Sie konnte vielleicht schon glauben, daß jenes Liebe war, sie war schon von Zärtlichkeit für ihn erfüllt, dem sie alles dankte; ... aber sie schritt durch eine andere Welt, und eine Lust ihm weh zu tun, trug dort Viktoria wie eine leichte Luft, die sie mit bebendem Wittern einatmete, die sie erfüllte und hob, und in der ihre Gebärden ausfuhren, in die Ferne griffen, in der sich ihre Schritte mit einem leisen Druck vom Boden lösten und über Wälder hoben.

Und Viktoria ging in Sinnen und allein den Weg zurück. Zu Hause tat sie still, was sie zu tun hatte, und der Tag verlief ruhig wie alle anderen. Von Zeit zu Zeit tauchte das Geschehen in ihrem Bewußtsein auf. Sie sah nach der Uhr, jetzt mußte er wohl schon dem Burschen im Gasthof seinen Koffer gegeben haben, damit er ihn auf die Bahn trage, jetzt mußte er bereits den Fahrschein für diese letzte Reise gelöst haben – sie sah das kleine Stück Karton in der zarten Farbe des Zitronenfalters vor sich auftauchen –, dann strengte sie sich an, lange nicht an ihn zu denken, und als sie es das nächste Mal wieder tat, mußte der Zug schon durch die Nacht der Bergtäler nach Süden rollen. Sie legte sich zeitig zu Bett und schlief rasch ein. Aber sie schlief leicht und ungeduldig, wie jemand, dem am nächsten Tag etwas Besonderes bevorsteht. Es war unter ihren Augenlidern eine beständige Helligkeit; gegen den Morgen zu wurde sie noch lichter und schien sich zu dehnen, sie wurde unsagbar weit; als Viktoria aufwachte, wußte sie: das Meer. Jetzt mußte er es schon vor sich sehen und hatte nichts Notwendiges auf dieser Welt mehr zu tun als seinen Entschluß auszuführen. Er wird hinausrudern und schießen. Aber Viktoria wußte nicht wann. Sie begann zu mutmaßen und Gründe gegeneinanderzustellen. Wird er gleich von der Bahn ins Boot ...? Wird er auf den Abend warten? Wenn das Meer so ganz ruhig daliegt und wie mit großen Augen einen ansieht ...? Sie ging den ganzen Tag in einer Unruhe dahin, wie wenn beständig feine Nadeln gegen ihre Haut schlügen. Zuweilen tauchte irgendwo – aus einem goldenen Rahmen, der an der Wand aufleuchtete, aus dem Dunkel des Treppenhauses oder aus dem weißen Leinen, an dem sie stickte, – sein Gesicht auf. Bleich und mit karmoisinroten Lippen ... verzerrt und aufgedunsen vom Wasser ... oder bloß wie eine schwarze Locke über einer eingefallenen Stirn. Sie war noch fern von sich, aber sie schritt langsam zu sich zurück. Und als es Abend wurde, wußte sie, daß es geschehen sein mußte.

Eine tiefe Ruhe und ein Gefühl des Geheimnisses senkte sich auf sie herab. Sie zündete in ihrem Zimmer alle Lichter an und saß zwischen ihnen, reglos in der Mitte des Raumes; sie holte sein Bild aus der Lade hervor und stellte es vor sich hin. Das ganze Gemach schien ein einziges Empfinden zu sein, ein leises Klingen, wie es zur Weihnachtszeit durch ein Haus geht. Die Geräte wuchteten unverrückbar auf ihrem Platze, der Tisch und der Schrank und die Uhr an der Wand, sie waren ganz erfüllt von sich selbst und so fest in sich geschlossen wie eine geballte Faust, und doch sahen sie wie mit Augen auf und herab, als ob sie die vielen Jahre, die sie schon dastanden, nur auf diesen Abend gewartet hätten, um zueinander zu finden. Es schloß und wölbte sich etwas in die Höhe, es strömte von allen Seiten herzu und hob sich hinauf, ... Viktoria hatte ein Gefühl, wie wenn ihr Leben plötzlich wie ein riesiger Raum mit schweigend flackernden Kerzen um sie stünde. Und dann wurde es wie im Märchen, Schleier sanken herab, sanft wie Schneetreiben vor beleuchteten Fensterscheiben, und Bilder ihres Lebens schienen, hineingewoben, an ihr vorüberzutreiben; ein Kindheitsduft stieg aus Kasten und Laden empor, die Lichter knisterten.

Kinder haben noch keine Seele. Auch die Toten haben keine Seele. Sie sind noch nichts oder sie sind nichts mehr, sie können noch alles werden oder alles gewesen sein. Sie sind wie Gefäße, die Träumen Form geben, sie sind Blut, mit dem sich die Wünsche der Einsamen lebendig schminken. Sie fühlte ihn ganz nahe bei sich, seit er tot war; sie fühlte ihn so nahe wie sich selbst. Seit seine Seele gestorben war, gehörte er ihren Träumen, und ihre Zärtlichkeit ging ungehindert durch ihn, wie die Wellen durch jene weichen, purpurnen Glockentiere, die im Meere schweben. Sie empfand keinen Haß mehr. Sie hatte diesen Haß empfunden, solange er lebte; solange er lebte, war er ihr eigentlich tot. Es gab einen ganz weichen, blassen Wunsch in ihr, daß er tot sein möge. Still wie ein Herbsttag, der keine Frucht mehr treibt und nichts mehr für sich erwartet. Es gab ein wahnsinnig stilles Liebesspiel, wo sie ihre Blicke leise wie Nadeln in ihn hineingleiten ließ, tiefer und tiefer, ob nicht in einem Zittern seines Lächelns, in einem Verziehen seiner Lippen, in irgendeiner Bewegung der Qual etwas so herbstlich Verschenktes sich der suchenden Liebe entgegenhübe. Seine Haare wurden dann wie ein Wald und seine Nägel wurden wie große glimmrige Platten, sie sah feuchtfließende Wolken im Weißen seiner Augen und kleine spiegelnde Teiche; er lag ganz wehrlos häßlich da, mit geöffneten Grenzen, aber seine Seele war doch noch in einem letzten Turm verschlossen. Und Viktoria beugte sich tiefer über ihn, sie beugte sich ganz nahe über ihn, sie beugte sich in ihn hinein bis zu jenem innersten Widerstand, über den kein Fremder hinweg kann, sie versuchte sich noch über diese Grenze zu beugen. Und sie sah durch seine Augen, wie jemand, dem es gelingt, sich für einen Blick an ein hohes Turmfenster zu zwängen; sie wußte, daß dieser Blick nie wieder in sie zurückkehren werde. Er traf sie von außen; er traf sie wie etwas Fremdes, sie glänzte von Gold wie ein Spiegel, von Gold und doch nur ein Spiegel, in dem seine Seele aus dem Turm herunter sich ansah. Denn die Seele, die lebende Menschen haben, ist das, was sie nicht lieben läßt, was in aller Liebe einen Rest zurückbehält, was in aller Liebe nur sich ansieht; sie können sich nicht verschenken; sie bleiben immer sie selbst, sie kommen mit gefesselten Händen und geschlossenen Augen, um sich hinzugeben, und doch lieben sie den anderen nur, weil ihre Einsamkeit leise hinter ihm blutet.

Aber wie in tausend zärtlich vorsichtigen Falten schmiegte sich jetzt schützend ein unsagbares Glück um Viktoria: „Du bist tot", träumte ihre Liebe; sie nannte ihn zum erstenmal Du und die Lichter spiegelten sich warm in ihren Träumen. Sie saß zwischen ihnen wie in einem blauen kristallenen Hause und hörte ihr Herz wie eine kleine gläserne Uhr darinnen, die die Stunden ihres Lebens zurück- und herbeirief. Sie saß mit der Kunkel und spann an Fäden zu ziehenden Bildern, denn nun hatte er keine Seele. Ihre Liebe aber lag groß und sanft über ihm wie eine Katze, die in zärtlichen Träumen schnurrt. Wie ein murmelndes Wasser rannen die Stunden, ... sie verlor das Gefühl für die Zeit.

Als sie aufschrak, empfand sie zum erstenmal Kummer. Es war kühl um sie, die Kerzen waren herabgebrannt und nur eine letzte leuchtete noch; auf dem Platz, wo sonst er immer gesessen hatte, war jetzt ein Loch im Raum, das alle ihre Gedanken nicht füllen konnten. Und plötzlich verlosch lautlos auch dieses eine Licht, wie ein letzter Weggehender leise die Türe schließt; Viktoria blieb im Dunkel.

Demütig wandernde Geräusche gingen durch das Haus, die Stiegen schüttelten mit einem scheuen Dehnen den Druck der Schreitenden wieder von sich ab, irgendwo nagte eine Maus, eine Uhr schlug. So messen sie mir wie aus einem großen Sack, aus dem sie alle nehmen, die Stunden meines Lebens zu, fühlte Viktoria und sie ängstigte sich wieder mitten in diesem fremden umspannenden Dasein. Aber etwas wie eine nadeldünne Stütze hielt sie und hielt sie hinein. Es redeten, hörbar in der Nacht, die unentwirrbar verwobenen Stimmen der Dinge: was war dies in ihr, das mit einer fern und unfaßbar dahingehenden leisen Melodie antwortete? Was war diese feine, nagende Seligkeit trotz ihres Kummers, die ihren Körper höhlte, bis er sich weich und zärtlich wie eine dünne Kapsel trug? Es lockte sie, sich zu entkleiden. Bloß für sich selbst, bloß für das Gefühl, sich nahe zu sein, mit sich selbst in einem dunklen Raum allein zu sein. Es erregte sie, wie die Kleider leise knisternd zu Boden sanken; es war eine Zärtlichkeit, die ein paar Schritte in die Dunkelheit hinaustat, als ob sie jemand suchte, sich besann und zurückeilte, um sich an den eigenen Körper zu schmiegen. Und als Viktoria langsam, mit zögerndem Genießen ihre Kleider wieder aufnahm, waren diese Röcke, die in der Finsternis mit Falten, in denen wie Teiche in dunklen Höhlen träg noch ihre eigene Wärme säumte, und bauschigen Räumen um sie stiegen, etwas wie Verstecke, in denen sie kauerte, und wenn ihr Körper hie und da heimlich an seine Hüllen stieß, zitterte eine Sinnlichkeit durch ihn, wie ein verborgenes Licht hinter geschlossenen Läden unruhig durch ein Haus geht.

Es war dieses Zimmer; Viktoria fühlte, wie sonderbar sich manchmal die Ereignisse gleichen. Ihr Blick suchte den Platz, wo an der Wand der Spiegel hing, und fand ihr Bild nicht; sie sah nichts, ... vielleicht ein undeutlich gleitendes Leuchten im Dunkel, vielleicht mochte auch dies Täuschung gewesen sein. Die Finsternis füllte das Haus wie eine schwere Flüssigkeit, sie schien nirgends darin zu sein, sie begann zu gehen, überall war nur die Dunkelheit, nirgends sie und doch fühlte sie nichts als sich und wo sie ging, war etwas und war nicht, wie unausgesprochene Worte manchmal in einem Schweigen. Sie hatte einmal in diesem Zimmer Engel gesehn, als sie krank lag; da standen sie um ihr Bett und von ihren Flügeln, ohne daß sie sich rührten, tönte ein dünner, hoher Laut, der die Dinge durchschnitt. Die Dinge zerfielen wie taube Steine, die ganze Welt lag mit scharfen, muscheligen Brüchen da, und nur sie selbst zog sich zusammen; vom Fieber verzehrt, dünn geschabt wie ein welkes Rosenblatt, war sie durchsichtig geworden für ihr Gefühl, sie spürte ihren Körper von überall zugleich und ganz klein beisammen, als hielte sie ihn mit einer Hand umschlossen. Für die andern schien er nicht mehr da zu sein; wie ein flimmerndes Gitter, durch das man nur hinaussehen konnte, lag jenes Tönen davor.

Es war etwas von diesem Kranksein in der Sinnlichkeit, mit der sie sich selbst empfand; sie wich, vorsichtig sich einziehend, den Gegenständen aus und fühlte sie schon von ferne; es war jenes leise Verströmen und Zusammensinken in ihr, vor dem alles außen hart und fern und hinter dem alles weich wie hinter stillen Vorhängen von zerfallender Seide ist. Allmählich wurde es grau und mild von Schneelicht im Hause. Sie stand oben am Fenster, es wurde Morgen; die Leute kamen zum Markte. Hie und da schlug ein Wort zu ihr herauf; sie beugte sich dann, als wollte sie ihm ausweichen, in die Dämmerung zurück. Sie fühlte diese Bewegung, wie man etwas wieder durch die Hände gleiten läßt, das man vor Jahren in eine Truhe gelegt hat. Denn so stand sie als junges Mädchen, und während sie hinabsah, war ein knisternder Widerstand um sie, als ob feine Glasspitzen abbrächen, wenn ihr der Blick eines Menschen zu nahe kam. Und sie stand später hier, damals, als sie ihrem Haar in der Nacht phantastische Frisuren gab und ihren Fingern – die sie mit riechenden Wassern wusch, wenn sie die Hände eines andern berührt hatten, – die Namen von märchenhaften Liebhabern, die alle sie selbst waren. Sie stand immer hier, wenn sie niemanden liebte als sich und wenn sie sich vor den Menschen ängstigte, weil ihre Liebe so wehrlos weich war wie eine dunkle wunde Schnecke, die mit leisem Zucken nach einer zweiten sucht, an deren Leib es sie verlangt, aufgebrochen und sterbend zu kleben.

Und leise legte sich etwas um Viktoria; es war eine Sehnsucht so ziellos in ihr und so still wie das wehe unbestimmte Ziehen im Schoß vor den wiederkehrenden Tagen; sonderbare Gedanken fielen ihr ein; sich so lieben, das wäre, wie wenn man vor einem alles tun könnte ... Und langsam schob sich vor ihr, wie ein häßliches hartes Gesicht, die Erinnerung herauf, daß sie ihn getötet hatte. Doch der Gedanke erschreckte sie nicht; sie tat sich nur weh, wie sie sich sah; das war wie wenn sie sich von innen gesehen hätte, voll von Gedärmen, die wie große Würmer verschlungen waren, aber gleichzeitig sah sie ihr Sehen mit; sie empfand Abscheu vor sich, aber wie ein Körper sinkt und in einer letzten Schicht über dem Boden doch noch trübe schweben bleibt, war noch in diesem Abscheu etwas Unentreißbares von Liebe. Eine erlösende Müdigkeit legte sich um sie, sie sank zusammen und war in das, was sie getan hatte, wie in einen kühlen Pelz gehüllt, ganz traurig und zärtlich, ein stilles Beisichsein, ein sanftes Leuchten, ... wie man noch an seinem Schmerz etwas liebt und im Kummer lächelt.

Und dann war es, als ob sich auch diese Grenze zwischen ihnen beiden öffnete. Sie empfand eine wollüstige Weichheit und ein ungeheures Nahesein. Mehr noch als eines des Körpers eines der Seele; es war wie wenn sie aus seinen Augen heraus auf sich selbst schaute und bei jeder Berührung nicht nur ihn empfände, sondern auf eine unbeschreibliche Weise auch sein Gefühl von ihr; es erschien ihr wie eine geheimnisvolle geistige Vereinigung. Sie dachte, er war ihr Schutzengel; er war gekommen und ging, nachdem sie ihn wahrgenommen hatte; und wird doch von nun an immer bei ihr sein, er wird ihr zusehen, wenn sie sich auskleidet, und wenn sie geht, wird sie ihn unter den Röcken tragen, seine Blicke werden so zart sein wie eine beständige leise Müdigkeit. Sie dachte es nicht, sie fühlte es; es war etwas bleichgrau Gespanntes in ihr und wenn die Gedanken gingen, säumten sie sich hell, wie dunkle Gestalten vor einem Winterhimmel. Bloß so ein Saum war es. Von unsagbarer Zärtlichkeit. Es war ein leises herausheben; ... ein stärker werden und doch nicht da sein, ... ein nichts und doch alles.

Sie saß ganz still und spielte mit ihren Gedanken. Es gibt eine Welt, etwas Abseitiges, eine andre Welt oder nur eine Traurigkeit ... wie vom Fieber bemalte Wände, zwischen denen die Worte der Gesunden nicht tönen und sinnlos zu Boden fallen, wie Teppiche, auf denen zu schreiten ihre Gebärden zu schwer sind, eine ganz dünne, klingende Welt, durch die sie zu ihm schritt, und allem, was sie tat, folgte darin eine Stille und alles, was sie dachte, hallte ohne Ende wie Flüstern in verschlungenen Gängen.

Und als es ganz klar und kalt und Tag geworden war, kam der Brief. Es pochte am Haus und riß durch die Stille, wie ein Felsblock eine dünne Schneedecke zerschlägt; durch das geöffnete Tor bliesen Wind und Helligkeit herein. In dem Brief stand: „Was sind Sie, ich habe mich nicht erschossen? Vielleicht sind Sie schön wie eine schlafende Kranke. Aber ich bin wie einer, der auf die Straße hinausfand. Ich bin heraußen und kann nicht zurück. Das Butterbrot, das ich esse, das schwarzbraune Boot, das am Strande liegt und mich hinaustragen sollte, alles Lärmende, Lebendige ringsum hält mich fest. Ich bin wie ein Pfahl gefaßt und verrammt und wieder verwurzelt worden, daß ich nicht anders kann ..."

Es stand noch anderes darin, aber sie sah nur dieses eine: was sind Sie, ich fand auf die Straße! Es enthielt etwas Höhnisches, kaum angedeutet, aber doch diesen rücksichtslos rettenden Sprung zu sich selbst. Es war nichts, gar nichts, nur wie ein Kühlwerden am Morgen und einer fängt laut zu sprechen an, weil der Tag kommt. Es war alles um solch einen getan, der nun ernüchtert zusah. – Von diesem Augenblick an, durch lange Zeit, dachte Viktoria nichts noch empfand sie etwas; nur eine ungeheure, von keiner Welle durchbrochene Stille glänzte um sie, bleich und leblos wie Teiche, die stumm im Frühlicht liegen.

Als sie dann aufwachte und wieder nachzudenken begann, geschah es wie unter einem schweren Mantel, der sie hinderte, sich zu bewegen, und wie Hände unter einer Hülle, die sie nicht abwerfen können, sinnlos werden, verwirrten sich ihre Gedanken. Sie fand nicht mehr in die Wirklichkeit. Daß er sich nicht erschossen hatte, war nicht die Tatsache, daß er lebte, sondern es war etwas in ihrem Dasein, ein Verstummen, ein wieder Sinken, es verstummte etwas in ihr und sank wieder in jene murmelnde Vielstimmigkeit zurück, aus der es sich kaum herausgehoben hatte. Sie hörte sie mit einemmal wieder von allen Seiten. Es war wie ein enger Gang, in dem sie einst lief und dann kroch und dann kam jenes weiter werden, jenes leise heben und sich aufrichten und nun schloß es sich wieder. Ihr war trotz der Stille, als ob Menschen um sie stünden und beständig leise sprächen. Sie verstand, nicht, was sie sich sagten. Ihre Sinne waren in ganz dünne Flächen gespannt und diese Stimmen schlugen raschelnd daran wie die Zweige eines wirren Gestrüpps. Fremde Gesichter tauchten auf. Es waren lauter fremde Gesichter, die Tante, Freundinnen, Bekannte, sie wußte es wohl, aber doch blieben es fremde Gesichter. Sie bekam plötzlich Angst davor, wie jemand, der fürchtet, streng behandelt zu werden. Sie bemühte sich an ihn zu denken, aber sie konnte sich nicht mehr vorstellen, wie er aussah, er verfloß ihr mit den anderen; es fiel ihr ein, daß er von ihr weggegangen war, ganz, ganz ferne, wie unter eine Menge, es war ihr, als ob irgendwo da heraus seine Augen listig und versteckt auf sie schauen müßten. Sie spannte sich ganz klein davor zusammen, sie wollte sich schließen und versuchte noch einmal jene leise Deutlichkeit wiederzugewinnen, mit der sie sich selbst empfunden hatte. Aber sie fand auch sich nicht mehr und allmählich verlor sie überhaupt das Gefühl, etwas Wirkliches zu sein. Sie konnte sich nicht mehr von den andern unterscheiden und alle diese Gesichter waren kaum mehr voneinander zu unterscheiden, sie tauchten auf und verschwanden ineinander, sie waren ihr eklig wie ungekämmtes Haar und doch verstrickte sie sich in ihnen, sie antwortete ihnen, die sie nicht verstand, sie hatte nur das eine Bedürfnis, etwas zu tun, es war eine Unruhe in ihr, als ob unter ihrer Haut Tausende kleiner Tiere heraus wollten, und immer neue Gesichter tauchten auf und immer die alten, das ganze Haus war voll von dieser Unruhe.

Sie sprang auf und tat ein paar Schritte. Und plötzlich schwieg alles. Sie rief und nichts antwortete, sie rief noch einmal und hörte sich kaum. Sie sah suchend umher, reglos stand alles auf seinem Platz. Es stand alles ganz einfach und fügsam wie in einer großen Ordnung, und doch erschien ihr jedes, wenn sie es für sich ansah, furchtbar zusammengesetzt. Es war alles so verschlossen und alt wie ein kahler Greisenmund und doch verhalten lebendig. Es war, wie wenn diese Menschen, die hier kommen und gehen, immer die gleichen Menschen, in den Schränken und Wandverschalungen versteckt wären, sie treten heraus und treten hinein ... immer wieder ... heraus und hinein, wie von dem schläfernden Atem des Hauses in einer ungeheuren, langsamen, starren Regelmäßigkeit bewegt.

Sie stand vor Demeters Zimmer, oben durch ein Stiegenfenster fiel ein breiter Lichtbalken ins Haus, Stäubchen tanzten darin und kleine Lebewesen; sie legten sich über sie,

sie deckten sie zu, und mit jedem Atemzuge drangen sie in sie ein. Träg strich diese Luft durch das Haus; Viktoria dachte daran, daß sie von einem zum andern strich und einen mit dem anderen füllte. Sie wurde von Ekel erfaßt und wollte sich verschließen, sie wollte nicht atmen, sie wollte überhaupt nicht mehr atmen, sie wäre gern tot gewesen. Aber langsam begann es, ihre Brust wieder zu heben und zu senken, ihr Leben ging weiter, unabhängig von ihr, als würde es von dieser fremden, übermächtigen Regelmäßigkeit ergriffen. Und nun packte sie die Angst vor allen denen, die in den Wänden versteckt waren. Sie saßen in diesem Hause wie scheue Vögel in den Haaren eines riesigen Tiers und schaukelten in der Dunkelheit und sahen sie an, und ganz heimlich, wie kleine Läuse auf solchen Vögeln, krochen ihre Gedanken durch das Haus und füllten es mit sich und mit Liebe und Freundschaft wie mit einem weichen, klebrigen Leben, das sich lautlos in unaufhaltsamen Kreisen um Viktoria legte, enger und enger, und schweigend wuchs und stumm sich schloß und langsam sich über sie schob, ... wie ein heißer, grauenhafter Leib, und reglos sie niederdrückte.

Da schoß eine Lust in ihr herauf, mit den Zähnen in dieses Leben zu schlagen, damit es endlich schreiend auseinanderfahre und sie mit seiner Fülle überschütte und in seiner Gier über sie herfalle. Es war ein taumelndes Empfinden, ein letztes Sichpreisgeben und eine ätzend bittere Lüsternheit in ihr, wie wenn sie in einem trägen Wirrsal scheußlich verschlungener Menschen ihren Leib verloren hätte und nicht mehr wüßte, ob es etwas Fremdes ist, das gräßlich über ihn kriecht, oder ob er in der wollüstigen Verwirrung zuckend sich selbst berührte. Es faßte sie und riß sie an den Haaren empor, und in breiten Zügen wie ein trinkendes Tier sog sie die Luft in sich ein; sie hätte sich in sie hineinwühlen, mit offenem Munde durch sie hindurch rasen mögen, sie wollte schmutzige Wäsche an die Lippen pressen und die Finger mit Unrat benetzen. Es war ihr dabei, als rauschten auf den Straßen die Bäume, und dumpf in der Ferne stampften die Berge dazu, kleine Haare wehten flatternd auf ihrem Leibe, kribbelndes Ungeziefer wuchs ihr darauf, und eine in Seligkeit kreischende Stimme schrie in einem wilden, riesigen Atem hinein, der sie in einen Schwarm von Menschen und Tieren hüllte und an sich riß ...

Als Demeter kam, fand er Viktoria in seinem Zimmer, auf seinem Bett liegend und ein Hemd von ihm zwischen den Zähnen haltend. Als sie ihn auf sich zukommen sah, sprang sie auf und stieß ihn zur Seite; auf der Treppe holte er sie ein. Sie standen voreinander. Sie sah seine kurzen, gedrechselten Schenkel in den engen Reithosen, und sie empfand seine Lippen unter dem Schnurrbart wie einen kleinen blutigen Schnitt, sein Gesicht stand wie etwas Brausendes vor ihr im Dunkel; sie erschrak so sonderbar davor, wie wenn sie ein Tier wäre. Es verwirrte sich wieder etwas in ihr; sie glaubte Ekel zu empfinden, aber es mußte doch auch eine Gewalt sein, er roch nach Staub und Schweiß und überhaupt wie ein Mann. Er griff nach ihrer Hand, aber sie ließ sich nicht ziehen; die Arme sanken wieder herunter, und doch lief sie nicht weg. Es duckte sich etwas in ihr vor ihm, als ob jetzt und jetzt ..., wie Vogelschrein und Flügelflattern in einer Dornenhecke, bis es still wird und weich im Laut, wie von Federn, die übereinandergleiten ... Sie standen jetzt ganz nah nebeneinander, ihre Brust flog auf und nieder, er berührte mit seinem Fuß den ihren, ihre Arme lagen aneinander, er bog ihren Kopf herab, um sie zu küssen, und langsam sank sie, als ob etwas in ihr diese Bewegung freiwillig fortsetzte, zur Erde. Sie saß auf der Treppe, er kauerte neben ihr, und dann geschah es. Ohne sich zu entkleiden, mit einem Lächeln, das sie wie eine Wunde im Gesicht fühlte, gab sie sich ihm hin; wie etwas Riesengroßes sah sie vor der fahlen Fläche des Fensters seine beiden Schnurrbartspitzen, sie dachte gar nichts. Nur als plötzlich irgendwo eine Tür ging, preßte sie unwillkürlich die Beine zusammen und wollte ihn wegstemmen, aber in diesem Moment bemerkte sie etwas in seinen Augen, ein leises Stöhnen kam aus ihm heraus, und sie fühlte ihn schwerer und sanfter auf sich lasten. Als sie in ihr Zimmer gekommen war, schlief sie vor Erschöpfung bis zum Abend. Als sie aufwachte, lag wieder dieses Leben vor ihrer Tür. Sie wollte auch die Nacht verschlafen, aber der Tag danach schien ihr wie etwas unter einem weißgespannten Tuche voll unerträglicher gleichmäßiger Helligkeit. Wenn sie an Demeter dachte, war ihr, als sei etwas Abscheuliches über sie gekrochen, und trotzdem sah sie noch fortwährend seine Augen, die sie erregten. Sie wußte nicht, was sie wollte, sie hatte nur den Wunsch, sich in ihrem Zimmer zu verschließen, damit sie an all das nicht denken müsse. Da klopfte Demeter, der in seinen kleinen Pantoffeln, auf denen ein Herz gestickt war, an ihre Tür geschlichen kam ... Er setzte sich auf den Rand ihres Bettes, und gerade als sie sich von ihm weg und zur Wand drehte, hörte man von der Straße unten herauf eine helle Tenorstimme durch das Haus schallen ... „Demeter, Demeter, bácsi, wo bist du?" Und Demeter sagte ärgerlich „duhmer Karl, ich kohm ja gleich. Wollen wir zusperren, Mähderl, sonst – der taktlose Mensch ist nämlich imstand und geht mich suchen."

.

Grigia

Es gibt im Leben eine Zeit, wo es sich auffallend verlangsamt, als zögerte es weiterzugehn oder wollte seine Richtung ändern. Es mag sein, daß einem in dieser Zeit leichter ein Unglück zustößt.

Homo besaß einen kranken kleinen Sohn; das zog durch ein Jahr, ohne besser zu werden und ohne gefährlich zu sein, der Arzt verlangte einen langen Kuraufenthalt, und Homo konnte sich nicht entschließen, mitzureisen. Es kam ihm vor, als würde er dadurch zu lange von sich getrennt, von seinen Büchern, Plänen und seinem Leben. Er empfand seinen Widerstand als eine große Selbstsucht, es war aber vielleicht eher eine Selbstauflösung, denn er war zuvor nie auch nur einen Tag lang von seiner Frau geschieden gewesen; er hatte sie sehr geliebt und liebte sie noch sehr, aber diese Liebe war durch das Kind trennbar geworden, wie ein Stein, in den Wasser gesickert ist, das ihn immer weiter auseinander treibt. Homo staunte sehr über diese neue Eigenschaft der Trennbarkeit, ohne daß mit seinem Wissen und Willen je etwas von seiner Liebe abhanden gekommen wäre, und so lang die Zeit der vorbereitenden Beschäftigung mit der Abreise war, wollte ihm nicht einfallen, wie er allein den kommenden Sommer verbringen werde. Er empfand bloß einen heftigen Widerwillen gegen Bade- und Gebirgsorte. Er blieb allein zurück und am zweiten Tag erhielt er einen Brief, der ihn einlud, sich an einer Gesellschaft zu beteiligen, welche die alten venezianischen Goldbergwerke im Fersenatal wieder aufschließen wollte. Der Brief war von einem Herrn Mozart Amadeo Hoffingott, den er vor einigen Jahren auf einer Reise kennen gelernt und während weniger Tage zum Freund gehabt hatte.

Trotzdem entstand in ihm nicht der leiseste Zweifel, daß es sich um eine ernste, redliche Sache handle. Er gab zwei Telegramme auf; in dem einen teilte er seiner Frau mit, daß er schon jetzt abreise und ihr seinen Aufenthalt melden werde, mit dem zweiten nahm er das Angebot an, sich als Geologe und vielleicht auch mit einem größeren Betrag Geldes an den Aufschließungsarbeiten zu beteiligen.

In P., das ein Maulbeer und Wein bauendes, verschlossen reiches italienisches Städtchen ist, traf er mit Hoffingott, einem großen, schönen schwarzen Mann seines eigenen Alters, zusammen, der immer in Bewegung war. Die Gesellschaft verfügte, wie er erfuhr, über gewaltige amerikanische Mittel, und die Arbeit sollte großen Stil haben. Einstweilen ging zur Vorbereitung eine Expedition talein, die aus ihnen beiden und drei Teilhabern bestand, Pferde wurden gekauft, Instrumente erwartet und Hilfskräfte angeworben.

Homo wohnte nicht im Gasthof, sondern, er wußte eigentlich nicht warum, bei einem italienischen Bekannten Hoffingotts. Es gab da drei Dinge, die ihm auffielen. Betten von einer unsagbar kühlen Weichheit in schöner Mahagonischale. Eine Tapete mit einem unsagbar wirren, geschmacklosen, aber durchaus unvollendbaren und fremden Muster. Und ein Schaukelstuhl aus Rohr; wenn man sich in diesem wiegt und die Tapete anschaut, wird der ganze Mensch zu einem auf- und niederwallenden Gewirr von Ranken, die binnen zweier Sekunden aus dem Nichts zu ihrer vollen Größe anwachsen und sich wieder in sich zurückziehen.

In den Straßen war eine Luft, aus Schnee und Süden gemischt. Es war Mitte Mai. Abends waren sie von großen Bogenlampen erhellt, die an quergespannten Seilen so hoch hingen, daß die Straßen darunter wie Schluchten von dunklem Blau lagen, auf deren finstrem Grund man dahingehen mußte, während sich oben im Weltraum weiß zischende Sonnen drehten. Tagsüber sah man auf Weinberg und Wald. Das hatte den Winter rot, gelb und grün überstanden; weil die Bäume das Laub nicht abwarfen, war Welk und Neu durcheinandergeflochten wie in Friedhofskränzen, und kleine rote, blaue und rosa Villen staken, sehr sichtbar noch, wie verschieden gestellte Würfel darin, ein ihnen unbekanntes, eigentümliches Formgesetz empfindungslos vor aller Welt darstellend. Oben aber war der Wald dunkel und der Berg hieß Selvot. Er trug über dem Wald Almböden, die, verschneit, in breitem, gemäßigtem Wellenschlag über die Nachbarberge weg das kleine hart ansteigende Seitental begleiteten, in das die Expedition einrücken sollte. Kamen, um Milch zu liefern und Polenta zu kaufen, Männer von diesen Bergen, so brachten sie manchmal große Drusen Bergkristall oder Amethyst mit, die in vielen Spalten so üppig wachsen sollten wie anderswo Blumen auf der Wiese, und diese unheimlich schönen Märchengebilde verstärkten noch mehr den Eindruck, daß sich unter dem Aussehen dieser Gegend, das so fremd vertraut flackerte wie die Sterne in mancher Nacht, etwas sehnsüchtig Erwartetes verberge. Als sie in das Gebirgstal hineinritten und um sechs Uhr Sankt Orsola passierten, schlugen bei einer kleinen, eine buschige Bergrinne überquerenden Steinbrücke wenn nicht hundert, so doch sicher zwei Dutzend Nachtigallen; es war heller Tag.

Als sie drinnen waren, befanden sie sich an einem seltsamen Ort. Er hing an der Lehne eines Hügels; der Saumweg, der sie hingeführt hatte, sprang zuletzt förmlich von einem großen platten Stein zum nächsten, und von ihm flossen, den Hang hinab und gewunden wie Bäche, ein paar kurze, steile Gassen in die Wiesen. Stand man am Weg, so hatte man nur vernachlässigte und dürftige Bauernhäuser vor sich, blickte man aber von den Wiesen unten herauf, so meinte man sich in ein vorweltliches Pfahldorf zurückversetzt, denn die Häuser standen mit der Talseite alle auf hohen Balken, und ihre Abtritte schwebten etwas abseits von ihnen wie die Gondeln von Sänften auf vier schlanken baumlangen Stangen über dem Abhang. Auch die Landschaft um dieses Dorf war nicht ohne Sonderbarkeiten. Sie bestand aus einem mehr als halbkreisförmigen Wall hoher, oben von Schroffen durchsetzter Berge, welche steil zu einer Senkung abfielen, die rund um einen in der Mitte stehenden kleineren und bewaldeten Kegel lief, wodurch das Ganze einer leeren gugelhupfförmigen Welt ähnelte, von der ein kleines Stück durch den tief fließenden Bach abgeschnitten worden war, so daß sie dort klaffend gegen die hohe, zugleich mit ihm talwärts streichende andere Flanke seines Ufers lehnte, an welcher das Dorf hing. Es gab ringsum unter dem Schnee Kare mit Knieholz und einigen versprengten Rehen, auf der Waldkuppe in der Mitte balzte schon der Spielhahn, und auf den Wiesen der Sonnenseite blühten die Blumen mit gelben, blauen und weißen Sternen, die so groß waren, als hätte man einen Sack mit Talern ausgeschüttet. Stieg man aber hinter dem Dorf noch etwa hundert Fuß höher, so kam man auf einen ebenen Absatz von nicht allzugroßer Breite, den Äcker, Wiesen, Heuställe und verstreute Häuser bedeckten, während von einer gegen das Tal zu vorspringenden Bastion die kleine Kirche in die Welt hinausblickte, welche an schönen Tagen fern vor dem Tal wie das Meer vor einer Flußmündung lag; man konnte kaum unterscheiden, was noch goldgelbe Ferne des gesegneten

Tieflands, war und wo schon die unsicheren Wolkenböden des Himmels begonnen hatten.

Es war ein schönes Leben, das da seinen Anfang nahm. Tagsüber auf den Bergen, bei alten verschütteten Stolleneingängen und neuen Schürfversuchen, oder auf den Wegen das Tal hinaus, wo eine breite Straße gelegt werden sollte; in einer riesigen Luft, die schon sanft und schwanger von der kommenden Schneeschmelze war. Sie schütteten Geld unter die Leute und walteten wie die Götter. Sie beschäftigten alle Welt, Männer und Frauen. Aus den Männern bildeten sie Arbeitspartien und verteilten sie auf die Berge, wo sie wochenüber verbleiben mußten, aus den Weibern formierten sie Trägerkolonnen, welche ihnen Werkzeugersatz und Proviant auf kaum wegsamen Steigen nachschafften. Das steinerne Schulhaus ward in eine Faktorei verwandelt, wo die Waren aufbewahrt und verladen wurden; dort rief eine scharfe Herrenstimme aus den schwatzend wartenden Weibern eins nach dem andern vor, und es wurde der große leere Rückenkorb so lang befrachtet, bis die Knie sich bogen und die Halsadern anschwollen. War solch ein hübsches junges Weib beladen, so hing ihm der Blick bei den Augen heraus und die Lippen blieben offen stehn; es trat in die Reihe, und auf das Zeichen begannen diese stillgewordenen Tiere hintereinander langsam in langen Schlangenwegen ein Bein vor das andre bergan zu setzen. Aber sie trugen köstliche, seltene Last, Brot, Fleisch und Wein, und mit den Eisengeräten mußte man nicht ängstlich umgehn, so daß außer dem Barlohn gar manches Brauchbare für die Wirtschaft abfiel, und darum trugen sie es gerne und dankten noch den Männern, welche den Segen in die Berge gebracht hatten. Und das war ein herrliches Gefühl; man wurde hier nicht, wie sonst überall in der Welt, geprüft, was für ein Mensch man sei, – ob verläßlich, mächtig und zu fürchten oder zierlich und schön,

– sondern was immer für ein Mensch man war und wie immer man über die Dinge des Lebens dachte, man fand Liebe, weil man den Segen gebracht hatte; sie lief wie ein Herold voraus, sie war überall wie ein frisches Gastbett bereitet, und der Mensch trug Willkommgeschenke in den Augen. Die Frauen durften das frei ausströmen lassen, aber manchmal, wenn man an einer Wiese vorbeikam, vermochte auch ein alter Bauer dort zu stehn und winkte mit der Sense wie der leibhafte Tod.

Es lebten übrigens merkwürdige Leute in diesem Talende. Ihre Voreltern waren zur Zeit der tridentinischen Bischofsmacht als Bergknappen aus Deutschland gekommen, und sie saßen heute noch eingesprengt wie ein verwitterter deutscher Stein zwischen den Italienern. Die Art ihres alten Lebens hatten sie halb bewahrt und halb vergessen, und was sie davon bewahrt hatten, verstanden sie wohl selbst nicht mehr. Die Wildbäche rissen ihnen im Frühjahr den Boden weg, es gab Häuser, die einst auf einem Hügel und jetzt am Rand eines Abgrunds standen, ohne daß sie etwas dagegen taten, und umgekehrten Wegs spülte ihnen die neue Zeit allerhand ärgsten Unrat in die Häuser. Da gab es billige polierte Schränke, scherzhafte Postkarten und Öldruckbilder, aber manchmal war ein Kochgeschirr da, aus dem schon zur Zeit Martin Luthers gegessen worden sein mochte. Sie waren nämlich Protestanten; aber wenn es wohl auch nichts als dieses zähe Festhalten an ihrem Glauben war, was sie vor der Verwelschung geschützt hatte, so waren sie dennoch keine guten Christen. Da sie arm waren, verließen fast alle Männer kurz nach der Heirat ihre Frauen und gingen für Jahre nach Amerika; wenn sie zurückkamen, brachten sie ein wenig erspartes Geld mit, die Gewohnheiten der städtischen Bordelle und die Ungläubigkeit, aber nicht den scharfen Geist der Zivilisation.

131

Homo hörte gleich zu Beginn eine Geschichte erzählen, die ihn ungemein beschäftigte. Es war nicht lange her, mochte so etwa in den letzten fünfzehn Jahren stattgefunden haben, daß ein Bauer, der lange Zeit fortgewesen war, aus Amerika zurückkam und sich wieder zu seiner Frau in die Stube legte. Sie freuten sich einige Zeit, weil sie wieder vereint waren, und ließen es sich gut gehen, bis die letzten Ersparnisse weggeschmolzen waren. Als da die neuen Ersparnisse, die aus Amerika nachkommen sollten, noch immer nicht eingetroffen waren, machte sich der Bauer auf, um – wie es alle Bauern dieser Gegend taten – den Lebensunterhalt draußen durch Hausieren zu gewinnen, während die Frau die uneinträgliche Wirtschaft wieder weiter besorgte. Aber er kehrte nicht mehr zurück. Dagegen traf wenige Tage später auf einem von diesem abgelegenen Hofe der Bauer aus Amerika ein, erzählte seiner Frau auf den Tag genau, wie lange es her sei, verlangte zu essen, was sie damals am Tag des Abschieds gegessen hatten, wußte noch mit der Kuh Bescheid, die längst nicht mehr da war, und fand sich mit den Kindern in einer anständigen Weise zurecht, die ihm ein andrer Himmel beschert hatte als der, den er inzwischen über seinem Kopf getragen hatte. Auch dieser Bauer ging nach einer Weile des Behagens und Wohllebens auf die Wanderschaft mit dem Kram und kehrte nicht mehr zurück. Das ereignete sich in der Gegend noch ein drittes und viertes Mal, bevor man darauf kam, daß es ein Schwindler war, der drüben mit den Männern zusammen gearbeitet und sie ausgefragt hatte. Er wurde irgendwo von den Behörden festgenommen und eingesperrt, und keine sah ihn mehr wieder. Das soll allen leid getan haben, denn jede hätte ihn gern noch ein paar Tage gehabt und ihn mit ihrer Erinnerung verglichen, um sich nicht auslachen lassen zu müssen; denn jede wollte wohl gleich etwas gemerkt haben, das nicht ganz zum Gedächtnis stimmte, aber keine war dessen so sicher gewesen, daß man es hätte darauf ankommen lassen können und dem in seine Rechte wiederkehrenden Mann Schwierigkeiten machen wollte.

So waren diese Weiber. Ihre Beine staken in braunen Wollkitteln mit handbreiten roten, blauen oder orangenen Borten, und die Tücher, die sie am Kopf und gekreuzt über der Brust trugen, waren billiger Kattundruck moderner Fabrikmuster, aber durch irgend etwas in den Farben oder deren Verteilung wiesen sie weit in die Jahrhunderte der Altvordern zurück. Das war viel älter als Bauerntrachten sonst, weil es nur ein Blick war, verspätet, durch all die Zeiten gewandert, trüb und schwach angelangt, aber man fühlte ihn dennoch deutlich auf sich ruhn, wenn man sie ansah. Sie trugen Schuhe, die wie Einbäume aus einem Stück Holz geschnitten waren, und an der Sohle hatten sie wegen der schlechten Wege zwei messerartige Eisenstege, auf denen sie in ihren blauen und braunen Strümpfen gingen wie die Japanerinnen. Wenn sie warten mußten, setzten sie sich nicht auf den Wegrand, sondern auf die flache Erde des Pfads und zogen die Knie hoch wie die Neger. Und wenn sie, was zuweilen geschah, auf ihren Eseln die Berge hinanritten, dann saßen sie nicht auf ihren Röcken, sondern wie Männer und mit unempfindlichen Schenkeln auf den scharfen Holzkanten der Tragsättel, hatten wieder die Beine unziemlich hochgezogen und ließen sich mit einer leise schaukelnden Bewegung des ganzen Oberkörpers tragen.

Sie verfügten aber auch über eine verwirrend freie Freundlichkeit und Liebenswürdigkeit. „Treten Sie bitte ein", sagten sie aufrecht wie die Herzoginnen, wenn man an ihre Bauerntür klopfte, oder wenn man eine Weile mit ihnen stand und im Freien plauderte, konnte plötzlich eine mit der höchsten Höflichkeit und Zurückhaltung fragen: „Darf ich

Ihnen nicht den Mantel halten?" Als Doktor Homo einmal einem reizenden vierzehnjährigen Mädel sagte, „Komm ins Heu", – nur so, weil ihm das Heu plötzlich so natürlich erschien wie für Tiere das Futter, – da erschrak dieses Kindergesicht unter dem spitz vorstehenden Kopftuch der Altvordern keineswegs, sondern schnob nur heiter aus Nase und Augen, die Spitzen ihrer kleinen Schuhboote kippten um die Fersen hoch, und mit geschultertem Rechen wäre sie beinahe aufs zurückschnellende Gesäß gefallen, wenn das Ganze nicht bloß ein Ausdruck lieblich ungeschickten Erstaunens über die Begehrlichkeit des Manns hätte sein sollen, wie in der komischen Oper. Ein andermal fragte er eine große Bäurin, die aussah wie eine deutsche Wittib am Theater, „bist Du noch eine Jungfrau, sag?!" und faßte sie am Kinn, – wieder nur so, weil die Scherze doch etwas Mannsgeruch haben sollen; die aber ließ das Kinn ruhig auf seiner Hand ruhn und antwortete ernst: „Ja, natürlich." Homo verlor da fast die Führung; „Du bist noch eine Jungfrau?!" wunderte er sich schnell und lachte. Da kicherte sie mit. „Sag!?" drang er jetzt näher und schüttelte sie spielend am Kinn. Da blies sie ihm ins Gesicht und lachte: „Gewesen!"

„Wenn ich zu Dir komm, was krieg ich?" frug es sich weiter.

„Was Sie wollen."

„Alles, was ich will?"

„Alles."

„Wirklich alles?!"

„Alles! Alles!!" und das war eine so vorzüglich und leidenschaftlich gespielte Leidenschaft, daß diese Theaterechtheit auf sechzehnhundert Meter Höhe ihn sehr verwirrte. Er wurde es nicht mehr los, daß dieses Leben, welches heller und würziger war als jedes Leben zuvor, gar nicht mehr Wirklichkeit, sondern ein in der Luft schwebendes Spiel sei.

Es war inzwischen Sommer geworden. Als er zum erstenmal die Schrift seines kranken Knaben auf einem ankommenden Brief gesehen hatte, war ihm der Schreck des Glücks und heimlichen Besitzes von den Augen bis in die Beine gefahren; daß sie jetzt seinen Aufenthaltsort wußten, erschien ihm wie eine ungeheure Befestigung. Er ist hier, oh, man wußte nun alles, und er brauchte nichts mehr zu erklären. Weiß und violett, grün und braun standen die Wiesen. Er war kein Gespenst. Ein Märchenwald von alten Lärchenstämmen, zartgrün behaarten, stand auf smaragdener Schräge. Unter dem Moos mochten violette und weiße Kristalle leben. Der Bach fiel einmal mitten im Wald über einen Stein so, daß er aussah wie ein großer silberner Steckkamm. Er beantwortete nicht mehr die Briefe seiner Frau. Zwischen den Geheimnissen dieser Natur war das Zusammengehören eines davon. Es gab eine zart scharlachfarbene Blume, es gab diese in keines anderen Mannes Welt, nur in seiner, so hatte es Gott geordnet, ganz als ein Wunder. Es gab eine Stelle am Leib, die wurde versteckt und niemand durfte sie sehn, wenn er nicht sterben sollte, nur einer. Das kam ihm in diesem Augenblick so wundervoll unsinnig und unpraktisch vor, wie es nur eine tiefe Religion sein kann. Und er erkannte jetzt erst, was er getan hatte, indem er sich für diesen Sommer absonderte und von seiner eigenen Strömung treiben ließ, die ihn erfaßt hatte. Er sank zwischen den Bäumen mit den giftgrünen Barten aufs Knie, breitete die Arme aus, was er so noch nie in seinem Leben getan hatte, und ihm war zu Mut, als hätte man ihm in diesem Augenblick sich selbst aus den Armen genommen. Er fühlte die Hand seiner Geliebten in seiner, ihre Stimme im Ohr, alle Stellen seines Körpers waren wie eben erst berührt, er empfand sich selbst wie eine von einem anderen Körper gebildete Form. Aber er hatte sein Leben außer Kraft gesetzt. Sein Herz war demütig vor der Geliebten und arm wie ein Bettler geworden, beinahe strömten ihm Gelübde und Tränen aus der Seele. Dennoch stand es fest, daß er nicht umkehrte, und seltsamerweise war mit seiner Aufregung ein Bild der rings um den Wald blühenden Wiesen verbunden, und trotz der Sehnsucht nach Zukunft das Gefühl, daß er da, zwischen Anemonen, Vergißmeinnicht, Orchideen, Enzian und dem herrlich grünbraunen Sauerampfer, tot liegen werde. Er streckte sich am Moose aus. „Wie Dich hinübernehmen?" fragte sich Homo. Und sein Körper fühlte sich sonderbar müd wie ein starres Gesicht, das von einem Lächeln aufgelöst wird. Da hatte er nun immer gemeint, in der Wirklichkeit zu leben, aber war etwas unwirklicher, als daß ein Mensch für ihn etwas anderes war als alle anderen Menschen? Daß es unter den unzähligen Körpern einen gab, von dem sein inneres Wesen fast ebenso abhing wie von seinem eigenen Körper? Dessen Hunger und Müdigkeit, Hören und Sehen mit seinem zusammenhing? Als das Kind aufwuchs, wuchs das, wie die Geheimnisse des Bodens in ein Bäumchen, in irdisches Sorgen und Behagen hinein. Er liebte sein Kind, aber wie es sie überleben würde, hatte es noch früher den jenseitigen Teil getötet. Und es wurde ihm plötzlich heiß von einer neuen Gewißheit. Er war kein dem Glauben zugeneigter Mensch, aber in diesem Augenblick war sein Inneres erhellt. Die Gedanken erleuchteten so wenig wie dunstige Kerzen in dieser großen Helle seines Gefühls, es war nur ein herrliches, von Jugend umflossenes Wort: Wiedervereinigung da. Er nahm sie in alle Ewigkeiten immer mit sich, und in dem Augenblick, wo er sich diesem Gedanken hingab, waren die kleinen Entstellungen, welche die Jahre der Geliebten zugefügt hatten, von ihr genommen, es war ewiger erster Tag. Jede weltläufige Betrachtung versank, jede Möglichkeit des Überdrusses und der Untreue, denn niemand wird die Ewigkeit für den Leichtsinn einer Viertelstunde opfern, und er erfuhr zum erstenmal die Liebe ohne allen Zweifel als ein himmlisches Sakrament. Er erkannte die persönliche Vorsehung, welche sein Leben in diese Einsamkeit gelenkt hatte, und fühlte wie einen gar nicht mehr irdischen Schatz, sondern wie eine für ihn bestimmte Zauberwelt den Boden mit Gold und Edelsteinen unter seinen Füßen.

Von diesem Tag an war er von einer Bindung befreit, wie von einem steifen Knie oder einem schweren Rucksack. Der Bindung an das Lebendigseinwollen, dem Grauen vor dem Tode. Es geschah ihm nicht, was er immer kommen geglaubt hatte, wenn man bei voller Kraft sein Ende nahe zu sehen meint, daß man das Leben toller und durstiger genießt, sondern er fühlte sich bloß nicht mehr verstrickt und voll einer herrlichen Leichtheit, die ihn zum Sultan seiner Existenz machte.

Die Bohrungen hatten zwar nicht recht vorwärts geführt, aber es war ein Goldgräberleben, das sie umspann. Ein Bursche hatte Wein gestohlen, das war ein Verbrechen gegen das gemeine Interesse, dessen Bestrafung allgemein auf Billigung rechnen konnte, und man brachte ihn mit gebundenen Händen. Mozart Amadeo Hoffingott ordnete an, daß er zum abschreckenden Beispiel Tag und Nacht lang an einen Baum gebunden stehen sollte. Aber als der Werkführer mit dem Strick kam, ihn zum Spaß eindrucksvoll hin und her schwenkte und ihn zunächst über einen Nagel hing, begann der Junge am ganzen Leib zu zittern, weil er nicht anders dachte, als daß er aufgeknüpft werden solle. Ganz das gleiche geschah, obwohl das schwer zu begründen wäre, wenn Pferde eintrafen, ein Nachschub von außen oder solche, die für einige Tage Pflege herabgeholt worden waren: sie standen dann in Gruppen auf der Wiese oder legten sich nieder, aber sie gruppierten sich immer irgendwie scheinbar

137

regellos in die Tiefe, so daß es nach einem geheim verabredeten ästhetischen Gesetz genau so aussah wie die Erinnerung an die kleinen grünen, blauen und rosa Häuser unter dem Selvot. Wenn sie aber oben waren und die Nacht über in irgend einem Bergkessel angebunden standen, zu je dreien oder vieren an einem umgelegten Baum, und man war um drei Uhr im Mondlicht aufgebrochen und kam jetzt um halb fünf des Morgens vorbei, dann schauten sich alle nach dem um, der vorbeiging, und man fühlte in dem wesenlosen Frühmorgenlicht sich als einen Gedanken in einem sehr langsamen Denken. Da Diebstähle und mancherlei Unsicheres vorkamen, hatte man rings in der Umgebung alle Hunde aufgekauft, um sie zur Bewachung zu benützen. Die Streiftrupps brachten sie in großen Rudeln herbei, zu zweit oder dritt an Stricken geführt ohne Halsband. Das waren nun mit einemmal ebensoviel Hunde wie Menschen am Ort, und man mochte sich fragen, welche von beiden Gruppen sich eigentlich auf dieser Erde als Herr im eigenen Hause fühlen dürfe, und welche nur als angenommener Hausgenosse. Es waren vornehme Jagdhunde darunter, venezianische Bracken, wie man sie in dieser Gegend noch zuweilen hielt, und bissige Hausköter wie böse kleine Affen. Sie standen in Gruppen, die sich, man wußte nicht warum, zusammengefunden hatten und fest zusammenhielten, aber von Zeit zu Zeit fielen sie in jeder Gruppe wütend übereinander her. Manche waren halbverhungert, manche verweigerten die Nahrung; ein kleiner weißer fuhr dem Koch an die Hand, als er ihm die Schüssel mit Fleisch und Suppe hinstellen wollte, und biß ihm einen Finger ab. – Um halb vier Uhr des Morgens war es schon ganz hell, aber die Sonne war noch nicht zu sehen. Wenn man da oben am Berg an den Malgen vorbeikam, lagen die Rinder auf den Wiesen in der Nähe halb wach und halb schlafend. In mattweißen steinernen großen

Formen lagen sie auf den eingezogenen Beinen, den Körper hinten etwas zur Seite hängend; sie blickten den Vorübergehenden nicht an, noch ihm nach, sondern hielten das Antlitz unbewegt dem erwarteten Licht entgegen, und ihre gleichförmig langsam mahlenden Mäuler schienen zu beten. Man durchschritt ihren Kreis wie den einer dämmrigen erhabenen Existenz, und wenn man von oben zurückblickte, sahen sie wie weiß hingestreute stumme Violinschlüssel aus, die von der Linie des Rückgrats, der Hinterbeine und des Schweifs gebildet wurden. Überhaupt gab es viel Abwechslung. Zum Beispiel, es brach einer ein Bein und zwei Leute trugen ihn auf den Armen vorbei. Oder es wurde plötzlich „Feu... er" gerufen, und alles lief, um sich zu decken, denn für den Wegbau wurde ein großer Stein gesprengt. Ein Regen wischte gerade mit den ersten Strichen naß über das Gras. Unter einem Strauch am andern Bachufer brannte ein Feuer, das man über das neue Ereignis vergessen hatte, während es bis dahin sehr wichtig gewesen war; als einziger Zuseher stand daneben jetzt nur noch eine junge Birke. An diese Birke war mit einem in der Luft hängenden Bein noch das schwarze Schwein gebunden; das Feuer, die Birke und das Schwein sind jetzt allein. Dieses Schwein hatte schon geschrien, als es ein einzelner bloß am Strick führte und ihm gut zusprach, doch weiter zu kommen. Dann schrie es lauter, als es zwei andre Männer erfreut auf sich zurennen sah. Erbärmlich, als es bei den Ohren gepackt und ohne Federlesens vorwärtsgezerrt wurde. Es stemmte sich mit den vier Beinen dagegen, aber der Schmerz in den Ohren zog es in kurzen Sprüngen vorwärts. Am andern Ende der Brücke hatte schon einer nach der Hacke gegriffen und schlug es mit der Schneide gegen die Stirn. Von diesem Augenblick an ging alles viel mehr in Ruhe. Beide Vorderbeine brachen gleichzeitig ein, und das Schweinchen schrie erst wieder, als ihm das Messer schon in der Kehle stak; das war zwar ein gellendes, zuckendes Trompeten, aber es sank gleich zu einem Röcheln zusammen, das nur noch wie ein pathetisches Schnarchen war. Das alles bemerkte Homo zum erstenmal in seinem Leben.

Wenn es Abend geworden war, kamen alle im kleinen Pfarrhof zusammen, wo sie ein Zimmer als Kasino gemietet hatten. Freilich war das Fleisch, das nur zweimal der Woche den langen Weg heraufkam, oft etwas verdorben, und man litt nicht selten an einer mäßigen Fleischvergiftung. Trotzdem kamen alle, sobald es dunkel wurde, mit ihren kleinen Laternen die unsichtbaren Wege dahergestolpert. Denn sie litten noch mehr als an Fleischvergiftung an Traurigkeit und Öde, obgleich es so schön war. Sie spülten es mit Wein aus. Eine Stunde nach Beginn lag in dem Pfarrzimmer eine Wolke von Traurigkeit und Tanz. Das Grammophon räderte hindurch wie ein vergoldeter Blechkarren über eine weiche, von wundervollen Sternen besäte Wiese. Sie sprachen nichts mehr miteinander, sondern sie sprachen. Was hätten sie sich sagen sollen, ein Privatgelehrter, ein Unternehmer, ein ehemaliger Strafanstaltsinspektor, ein Bergingenieur, ein pensionierter Major? Sie sprachen in Zeichen – mochten das trotzdem auch Worte sein: des Unbehagens, des relativen Behagens, der Sehnsucht –, eine Tiersprache. Oft stritten sie unnötig lebhaft über irgendeine Frage, die keinen etwas anging, beleidigten einander sogar, und am nächsten Tag gingen Kartellträger hin und her. Dann stellte sich heraus, daß eigentlich überhaupt niemand anwesend gewesen war. Sie hatten es nur getan, weil sie die Zeit totschlagen mußten, und wenn sie auch keiner von ihnen je wirklich gelebt hatte, kamen sie sich doch roh wie die Schlächter vor und waren gegeneinander erbittert.

Es war die überall gleiche Einheitsmasse von Seele: Europa. Ein so unbestimmtes Unbeschäftigtsein, wie es sonst die Beschäftigung war. Sehnsucht nach Weib, Kind, Behaglichkeit. Und zwischendurch immer von neuem das Grammophon. Rosa, wir fahr'n nach Lodz, Lodz, Lodz... und Komm in meine Liebeslaube... Ein astraler Geruch von Puder, Gaze, ein Nebel von fernem Varieté und europäischer Sexualität. Unanständige Witze zerknallten zu Gelächter und fingen alle immer wieder mit den Worten an: Da ist einmal ein Jud auf der Eisenbahn gefahren...; nur einmal fragte einer: Wieviel Rattenschwänze braucht man von der Erde zum Mond? Da wurde es sogar still, und der Major ließ Tosca spielen und sagte, während das Grammophon zum Loslegen ausholte, melancholisch: „Ich habe einmal die Geraldine Farrar heiraten wollen." Dann kam ihre Stimme aus dem Trichter in das Zimmer und stieg in einen Lift, diese von den betrunkenen Männern angestaunte Frauenstimme, und schon fuhr der Lift mit ihr wie rasend in die Höhe, kam an kein Ziel, senkte sich wieder, federte in der Luft. Ihre Röcke blähten sich vor Bewegung, dieses Auf und Nieder, dieses eine Weile lang angepreßt Stilliegen an einem Ton, und wieder sich Heben und Sinken, und bei alldem dieses Verströmen, und immer doch noch von einer neuen Zuckung Gefaßtwerden, und wieder Ausströmen: war Wollust. Homo fühlte, es war nackt jene auf alle Dinge in den Städten verteilte Wollust, die sich von Totschlag, Eifersucht, Geschäften, Automobilrennen nicht mehr unterscheiden kann, – ah, es war gar nicht mehr Wollust, es war Abenteuersucht, – nein, es war nicht Abenteuersucht, sondern ein aus dem Himmel niederfahrendes Messer, ein Würgengel, Engelswahnsinn, der Krieg? Von einem der vielen langen Fliegenpapiere, die von der Decke herabhingen, war vor ihm eine Fliege heruntergefallen und lag vergiftet am Rücken, mitten in einer jener Lachen, zu denen in den kaum merklichen Falten des Wachstuchs das Licht der Petroleumlampe zusammenfloß; sie waren so vorfrühlingstraurig, als ob nach Regen ein starker Wind gefegt hätte. Die Fliege machte ein paar immer schwächer werdende Anstrengungen, um sich aufzurichten, und eine zweite Fliege, die am Tischtuch äste, lief von Zeit zu Zeit hin, um sich zu überzeugen, wie es stünde. Auch Homo sah ihr genau zu, denn die Fliegen waren hier eine große Plage. Als aber der Tod kam, faltete die Sterbende ihre sechs Beinchen ganz spitz zusammen und hielt sie so in die Höhe, dann starb sie in ihrem blassen Lichtfleck am Wachstuch wie in einem Friedhof von Stille, der nicht in Zentimetermaßen und nicht für Ohren, aber doch vorhanden war. Jemand erzählte gerade: „Das soll einer einmal wirklich ausgerechnet haben, daß das ganze Haus Rothschild nicht so viel Geld hat, um eine Fahrkarte dritter Klasse bis zum Mond zu bezahlen." Homo sagte leise vor sich hin: „Töten, und doch Gott spüren; Gott spüren, und doch töten?" und er schnellte mit dem Zeigefinger dem ihm gegenübersitzenden Major die Fliege gerade ins Gesicht, was wieder einen Zwischenfall gab, der bis zum nächsten Abend vorhielt.

Damals hatte er schon lange Grigia kennen gelernt, und vielleicht kannte sie der Major auch. Sie hieß Lene Maria Lenzi; das klang wie Selvot und Gronleit oder Malga Mendana, nach Amethystkristallen und Blumen, er aber nannte sie noch lieber Grigia, mit langem I und verhauchtem Dscha, nach der Kuh, die sie hatte, und Grigia, die Graue, rief. Sie saß dann, mit ihrem violett braunen Rock und dem gesprenkelten Kopftuch, am Rand ihrer Wiese, die Spitzen der Holländerschuhe in die Luft gekrümmt, die Hände auf der bunten Schürze verschränkt, und sah so natürlich lieblich aus wie ein schlankes giftiges Pilzchen, während sie der in der Tiefe weidenden Kuh von Zeit zu Zeit ihre Weisungen gab. Eigentlich bestanden sie nur aus den vier Worten

„Geh ea!" und „Geh aua!", was soviel zu bedeuten schien wie ›komm her‹ und ›komm herauf‹, wenn sich die Kuh zu weit entfernte; versagte aber Grigias Dressur, so folgte dem ein heftig entrüstetes: „Wos, Teufi, do geh hea", und als letzte Instanz polterte sie wie ein Steinchen selbst die Wiese hinab, das nächste Stück Holz in der Hand, das sie aus Wurfdistanz nach der Grauen sandte. Da Grigia aber einen ausgesprochenen Hang hatte, sich immer wieder talwärts zu entfernen, wiederholte sich der Vorgang in allen seinen Teilen mit der Regelmäßigkeit eines sinkenden und stets von neuem aufgewundenen Pendelgewichts. Weil das so paradiesisch sinnlos war, neckte er sie damit, indem er sie selbst Grigia rief. Er konnte sich nicht verhehlen, daß sein Herz lebhafter schlug, wenn er sich der so Sitzenden aus der Ferne nahte; so schlägt es, wenn man plötzlich in Tannenduft eintritt oder in die würzige Luft, die von einem Waldboden aufsteigt, der viele Schwämme trägt. Es blieb immer etwas Grauen vor der Natur in diesem Eindruck enthalten, und man darf sich nicht darüber täuschen, daß die Natur nichts weniger als natürlich ist; sie ist erdig, kantig, giftig und unmenschlich in allem, wo ihr der Mensch nicht seinen Zwang auferlegt. Wahrscheinlich war es gerade das, was ihn an die Bäuerin band, und zur anderen Hälfte war es ein nimmermüdes Staunen, weil sie so sehr einer Frau glich. Man würde ja auch staunen, wenn man mitten im Holz eine Dame mit einer Teetasse sitzen sähe.

Bitte, treten Sie ein, hatte auch sie gesagt, als er zum erstenmal an ihre Tür klopfte. Sie stand am Herd und hatte einen Topf am Feuer; die sie nicht wegkonnte, wies sie bloß höflich auf die Küchenbank, später erst wischte sie die Hand lächelnd an der Schürze ab und reichte sie den Besuchern; es war eine gut geformte Hand, so samten rauh wie feinstes Sandpapier oder rieselnde Gartenerde. Und das Gesicht, das zu ihr gehörte, war ein ein wenig spöttelndes Gesicht, mit einer feinen, graziösen Gratlinie, wenn man es von der Seite ansah, und einem Mund, der ihm sehr auffiel. Dieser Mund war geschwungen wie Kupidos Bogen, aber außerdem war er gepreßt, so wie wenn man Speichel schluckt, was ihm in all seiner Feinheit eine entschlossene Roheit, und dieser Roheit wieder einen kleinen Zug von Lustigkeit gab, was trefflich zu den Schuhen paßte, aus welchen das Figürchen herauswuchs wie aus wilden Wurzeln. – Es galt irgendein Geschäft zu besprechen, und als sie fortgingen, war wieder das Lächeln da, und die Hand ruhte vielleicht einen Augenblick länger in der seinen als beim Empfang. Diese Eindrücke, die in der Stadt so bedeutungslos wären, waren hier in der Einsamkeit Erschütterungen, nicht anders, als hätte ein Baum seine Äste bewegen wollen in einer Weise, die durch keinen Wind oder eben wegfliegenden Vogel zu erklären war.

Kurze Zeit danach war er der Geliebte einer Bauernfrau geworden; diese Veränderung, die mit ihm vorgegangen war, beschäftigte ihn sehr, denn ohne Zweifel war da nicht etwas durch ihn, sondern mit ihm geschehen. Als er das zweitemal gekommen war, hatte sich Grigia gleich zu ihm auf die Bank gesetzt, und als er ihr zur Probe, wie weit er schon gehen dürfe, die Hand auf den Schoß legte und ihr sagte, du bist hier die Schönste, ließ sie seine Hand auf ihrem Schenkel ruhen, legte bloß ihre darauf, und damit waren sie versprochen. Nun küßte er sie auch zum Siegel, und ihre Lippen schnalzten danach, so wie sich Lippen befriedigt von einem Trinkgefäß lösen, dessen Rand sie gierig umfaßt hielten. Er erschrak sogar anfangs ein wenig über diese gemeine Weise und war gar nicht bös, als sie sein weiteres Vordringen abwehrte; er wußte nicht warum, er verstand hier überhaupt nichts von den Sitten und Gefahren und ließ sich neugierig auf ein andermal vertrösten. Beim Heu, hatte

Grigia gesagt, und als er schon in der Tür stand und auf Wiedersehen sagte, sagte sie „auf's g'schwindige Wiederseh'n" und lächelte ihm zu.

Er war noch am Heimweg, da wurde er schon glücklich über das Geschehene; so wie ein heißes Getränk plötzlich nachher zu wirken beginnt. Der Einfall, zusammen in den Heustall zu gehn – man öffnet ein schweres hölzernes Tor, man zieht es zu, und bei jedem Grad, um den es sich in den Angeln dreht, wächst die Finsternis, bis man am Boden eines braunen, senkrecht stehenden Dunkels hockt – freute ihn wie eine kindliche List. Er dachte an die Küsse zurück und fühlte sie schnalzen, als hätte man ihm einen Zauberring um den Kopf gelegt. Er stellte sich das Kommende vor und mußte wieder an die Bauernart zu essen denken; sie kauen langsam, schmatzend, jeden Bissen würdigend, so tanzen sie auch, Schritt um Schritt, und wahrscheinlich ist alles andere ebenso; er wurde so steif in den Beinen vor Aufregung bei diesen Vorstellungen, als stäken seine Schuhe schon etwas im Boden. Die Frauen schließen die Augendeckel und machen ein ganz steifes Gesicht, eine Schutzmaske, damit man sie nicht durch Neugierde stört; sie lassen sich kaum ein Stöhnen entreißen, regungslos wie Käfer, die sich tot stellen, konzentrieren sie alle Aufmerksamkeit auf das, was mit ihnen vorgeht. Und so geschah es auch; Grigia scharrte mit der Kante der Sohle das bißchen Winterheu, das noch da war, zu einem Häuflein zusammen und lächelte zum letztenmal, als sie sich nach dem Saum ihres Rockes bückte wie eine Dame, die sich das Strumpfband richtet.

Das alles war genau so einfach und gerade so verzaubert wie die Pferde, die Kühe und das tote Schwein. Wenn sie hinter den Balken waren und außen polterten schwere Schuhe auf dem Steinweg heran, schlugen vorbei und verklangen, so pochte ihm das Blut bis in den Hals, aber Grigia schien schon am dritten Schritt zu erraten, ob die Schuhe herwollten oder nicht. Und sie hatte Zauberworte. Die Nos, sagte sie etwa, und statt Bein der Schenken. Der Schurz war die Schürze. Tragt viel aus, bewunderte sie, und geliegen han i an bißl ins Bett eini, machte es unter verschlafenen Augen. Als er ihr einmal drohte, nicht mehr zu kommen, lachte sie: „I glock an bei Ihm!" und da wußte er nicht, ob er erschrak oder glücklich war, und das mußte sie bemerkt haben, denn sie fragte: „Reut's ihn? Viel reut's ihn?" Das waren so Worte wie die Muster der Schürzen und Tücher und die farbigen Borten oben am Strumpf, etwas angeglichen der Gegenwart schon durch die Weite der Wanderschaft, aber geheimnisvolle Gäste. Ihr Mund war voll von ihnen, und wenn er ihn küßte, wußte er nie, ob er dieses Weib liebte, oder ob ihm ein Wunder bewiesen werde, und Grigia nur der Teil einer Sendung war, die ihn mit seiner Geliebten in Ewigkeit weiter verknüpfte. Einmal sagte ihm Grigia geradezu: „Denken tut er was ganz andres, i seh's ihm eini", und als er eine Ausflucht gebrauchte, meinte sie nur, „ah, das is an extrige Sküß". Er fragte sie, was das heißen solle, aber sie wollte nicht mit der Sprache heraus, und er mußte selbst erst lang nachdenken, bis er soviel aus ihr herausfragen konnte, um zu erraten, daß hier vor zweihundert Jahren auch französische Bergknappen gelebt hatten, und daß es einmal vielleicht excuse geheißen habe. Aber es konnte auch etwas Seltsameres sein.

Man mag das nun stark empfinden oder nicht. Man mag Grundsätze haben, dann ist es nur ein ästhetischer Scherz, den man eben mitnimmt. Oder man hat keine Grundsätze oder sie haben sich vielleicht eben etwas gelöst, wie es bei Homo der Fall war, als er reiste, dann kann es geschehen, daß diese fremden Lebenserscheinungen Besitz von dem ergreifen, was herrenlos geworden ist. Sie gaben ihm aber kein neues, von Glück ehrgeizig und erdfest gewordenes Ich, sondern sie siedelten nur so in zusammenhanglos schönen Flecken im Luftriß seines Körpers. Homo fühlte an irgend etwas, daß er bald sterben werde, er wußte bloß noch nicht, wie oder wann. Sein altes Leben war kraftlos geworden; es wurde wie ein Schmetterling, der gegen den Herbst zu immer schwächer wird.

Er sprach manchmal mit Grigia davon; sie hatte eine eigene Art, sich danach zu erkundigen: so voll Respekt wie nach etwas, das ihr anvertraut war, und ganz ohne Selbstsucht. Sie schien es in Ordnung zu finden, daß es hinter ihren Bergen Menschen gab, die er mehr liebte als sie, die er mit ganzer Seele liebte. Und er fühlte diese Liebe nicht schwächer werden, sie wurde stärker und neuer; sie wurde nicht blasser, aber sie verlor, je tiefer sie sich färbte, desto mehr die Fähigkeit, ihn in der Wirklichkeit zu etwas zu bestimmen oder an etwas zu hindern. Sie war in jener wundersamen Weise schwerlos und von allem Irdischen frei, die nur der kennt, welcher mit dem Leben abschließen mußte und seinen Tod erwarten darf; war er vordem noch so gesund, es ging damals ein Aufrichten durch ihn wie durch einen Lahmen, der plötzlich seine Krücken fortwirft und wandelt.

Das wurde am stärksten, als die Heuernte kam. Das Heu war schon gemäht und getrocknet, mußte nur noch gebunden und die Bergwiesen hinaufgeschafft werden. Homo sah von der nächsten Anhöhe aus zu, die wie ein Schaukelschwung hoch und weit davon losgehoben war. Das Mädel formt – ganz allein auf der Wiese, ein gesprenkeltes Püppchen unter der ungeheuren Glasglocke des Himmels – auf jede nur erdenkliche Weise ein riesiges Bündel. Kniet sich hinein und zieht mit beiden Armen das Heu an sich. Legt sich, sehr sinnlich, auf den Bauch über den Ballen und greift vor sich an ihm hinunter. Legt sich ganz auf die Seite und langt nur mit einem Arm, soweit man ihn strecken kann. Kriecht mit einem Knie, mit beiden Knien hinauf. Homo fühlt, es hat etwas vom Pillendreher, jenem Käfer. Endlich schiebt sie ihren ganzen Körper unter das mit einem Strick umschlungene Bündel und hebt sich mit ihm langsam hoch. Das Bündel ist viel größer als das bunte schlanke Menschlein, das es trägt – oder war das nicht Grigia?

Wenn Homo, um sie zu suchen, oben die lange Reihe von Heuhaufen entlang ging, welche die Bäurinnen auf der ebenen Stufe des Hangs errichtet hatten, ruhten sie gerade; da konnte er sich kaum fassen, denn sie lagen auf ihren Heuhügeln wie Michel Angelos Statuen in der Mediceerkapelle zu Florenz, einen Arm mit dem Kopf aufgestützt und den Leib wie in einer Strömung ruhend. Und als sie mit ihm sprachen und ausspucken mußten, taten sie es sehr künstlich; sie zupften mit drei Fingern ein Büschel Heu heraus, spuckten in den Trichter und stopften das Heu wieder darüber: das konnte zum Lachen reizen: bloß wenn man zu ihnen gehörte, wie Homo, der Grigia suchte, mochte man auch plötzlich erschrecken über diese rohe Würde. Aber Grigia war selten dabei, und wenn er sie endlich fand, hockte sie in einem Kartoffelacker und lachte ihn an. Er wußte, sie hat nichts als zwei Röcke an, die trockene Erde, die durch ihre schlanken, rauhen Finger rann, berührte ihren Leib. Aber die Vorstellung hatte nichts Ungewöhnliches mehr für ihn, sein Inneres hatte sich schon seltsam damit vertraut gemacht, wie Erde berührt, und vielleicht traf er sie in diesem Acker auch gar nicht zur Zeit der Heuernte, es lebte sich alles so durcheinander.

Die Heuställe hatten sich gefüllt. Durch die Fugen zwischen den Balken strömt silbernes Licht ein. Das Heu strömt grünes Licht aus. Unter dem Tor liegt eine dicke goldene Borte.

Das Heu roch säuerlich. Wie die Negergetränke, die aus dem Teig von Früchten und menschlichem Speichel entstehn. Man brauchte sich nur zu erinnern, daß man hier unter Wilden lebte, so entstand schon ein Rausch in der Hitze des engen, von gärendem Heu hochgefüllten Raums.

Das Heu trägt in allen Lagen. Man steht darin bis an die Waden, unsicher zugleich und überfest gehalten. Man liegt darin wie in Gottes Hand, möchte sich in Gottes Hand wälzen wie ein Hündchen oder ein Schweinchen. Man liegt schräg, und fast senkrecht wie ein Heiliger, der in einer grünen Wolke zum Himmel fährt.

Das waren Hochzeitstage und Himmelfahrtstage.

Aber einmal erklärte Grigia: es geht nicht mehr. Er konnte sie nicht dazu bringen, daß sie sagte, warum. Die Schärfe um den Mund und die lotrechte kleine Falte zwischen den Augen, die sie sonst nur für die Frage anstrengte, in welchem Stadel ein nächstesmal das schönste Zusammenkommen sei, deutete schlecht Wetter an, das irgendwo in der Nähe stand. Waren sie ins Gerede gekommen? Aber die Gevatterinnen, die ja vielleicht etwas merkten, waren alle immer so lächelnd wie bei einer Sache, der man gern zusieht. Aus Grigia war nichts herauszubekommen. Sie gebrauchte Ausreden, sie war seltener zu treffen; aber sie hütete ihre Worte wie ein mißtrauischer Bauer.

Einmal hatte Homo ein böses Zeichen. Die Gamaschen waren ihm aufgegangen, er stand an einem Zaun und wickelte sie neu, als eine vorbeigehende Bäurin ihm freundlich sagte: „Laß er die Strumpf doch unten, es wird ja bald Nacht." Das war in der Nähe von Grigias Hof. Als er es Grigia erzählte, machte sie ein hochmütiges Gesicht und sagte: „Die Leute reden, und den Bach rinnen, muß man lassen"; aber sie schluckte Speichel und war mit den Gedanken anderswo. Da erinnerte er sich plötzlich einer sonderbaren Bäurin, die einen Schädel wie eine Aztekin hatte und immer vor ihrer Tür saß, das schwarze Haar, das ihr etwas über die Schultern reichte, aufgelöst, und von drei pausbäckigen gesunden Kindern umgeben. Grigia und er kamen alle Tage achtlos vorbei, es war die einzige Bäurin, die er nicht kannte, und merkwürdigerweise hatte er auch noch nie nach ihr gefragt, obgleich ihm ihr Aussehn auffiel; es war fast, als hätten sich stets das gesunde Leben ihrer Kinder und das gestörte ihres Gesichts gegenseitig als Eindrücke zu Null aufgehoben. Wie er jetzt war, schien es ihm plötzlich gewiß zu sein, daß nur von daher das Beunruhigende gekommen sein könne. Er fragte, wer sie sei, aber Grigia zuckte bös die Achseln und stieß nur hervor: „Die weiß nit, was sie sagt! Ein Wort hie, ein Wort über die Berge!" Das begleitete sie mit einer heftigen Bewegung der Hand an der Stirn vorbei, als müßte sie das Zeugnis dieser Person gleich entwerten.

Da Grigia nicht zu bewegen war, wieder in einen der um das Dorf liegenden Heuställe zu kommen, schlug ihr Homo vor, mit ihm höher ins Gebirge hinauf zu gehn. Sie wollte nicht, und als sie schließlich nachgab, sagte sie mit einer Betonung, die Homo hinterdrein zweideutig vorkam, „Guat; wenn man weg müass'n gehn." Es war ein schöner Morgen, der noch einmal alles umspannte; weit draußen lag das Meer der Wolken und der Menschen. Grigia wich ängstlich allen Hütten aus, und auf freiem Felde zeigte sie – die sonst stets von einer reizenden Unbekümmertheit in allen Dispositionen ihrer Liebesstrategie gewesen war – Besorgtheit vor scharfen Augen. Da wurde er ungeduldig und erinnerte sich, daß sie eben an einem alten Stollen vorbeigekommen waren, dessen Betrieb auch von seinen eigenen Leuten bald wieder aufgegeben worden war. Er trieb Grigia hinein. Als er sich zum letztenmal umwandte, lag auf einer Bergspitze Schnee, darunter war golden in der Sonne ein kleines Feld mit gebundenen Ähren, und über beiden der weißblaue Himmel. Grigia machte wieder eine Bemerkung, die wie eine Anzüglichkeit war, sie hatte seinen Blick bemerkt und sagte zärtlich: „Das Blaue am Himmel lassen wir lieben hübsch oben, damit es schön bleibt"; was sie damit eigentlich meinte, vergaß er aber zu fragen, denn sie tasteten nun mit großer Vorsicht in ein immer enger werdendes Dunkel hinein. Grigia ging voraus, und als nach einer Weile sich der Stollen zu einer kleinen Kammer erweiterte, machten sie halt und umarmten einander. Der Boden unter ihren Füßen machte einen guten trockenen Eindruck, sie legten sich nieder, ohne daß Homo das Zivilisationsbedürfnis empfunden hätte, ihn mit dem Licht eines Streichholzes zu untersuchen. Noch einmal rann Grigia wie weich trockene Erde durch ihn, fühlte er sie im Dunkel erstarren und steif von Genuß werden, dann lagen sie nebeneinander und blickten, ohne sprechen zu wollen, nach dem kleinen fernen Viereck, vor dem weiß der Tag strahlte. In Homo wiederholte sich da sein Aufstieg hieher, er sah sich mit Grigia hinter dem Dorf zusammenkommen, dann steigen, wenden und steigen, er sah ihre blauen Strümpfe bis zu dem orangenen Saum unterm Knie, ihren wiegenden Gang auf den lustigen Schuhen, er sah sie vor dem Stollen stehen bleiben, sah die Landschaft mit dem kleinen goldenen Feld, und mit einemmal gewahrte er in der Helle des Eingangs das Bild ihres Mannes.

Er hatte noch nie an diesen Menschen gedacht, der bei den Arbeiten verwendet wurde; jetzt sah er das scharfe Wilddiebsgesicht mit den dunklen jägerlistigen Augen und erinnerte sich auch plötzlich an das einzigemal, wo er ihn sprechen gehört hatte; es war nach dem Einkriechen in einen alten Stollen, das kein anderer gewagt hatte, und es waren die Worte: „I bin von an Spektakl in andern kemma; das Zruckkemma is halt schwer." Homo griff rasch nach seiner

Pistole, aber im gleichen Augenblick war Lene Maria Lenzis Mann verschwunden, und das Dunkel ringsum war so dick wie eine Mauer. Er tastete sich zum Ausgang, Grigia hing an seinen Kleidern. Aber er überzeugte sich sofort, daß der Fels, der davor gerollt worden war, weit schwerer wog, als seine Kraft, ihn zu bewegen, reichte; er wußte nun auch, warum ihnen der Mann so viel Zeit gelassen hatte, er brauchte sie selbst, um seinen Plan zu fassen und einen Baumstamm als Hebel zu holen.

Grigia lag vor dem Stein auf den Knien und bettelte und tobte; es war widerwärtig und vergebens. Sie schwur, daß sie nie etwas Unrechtes getan habe und nie wieder etwas Unrechtes tun wolle, sie zeterte sogleich wie ein Schwein und rannte sinnlos gegen den Fels wie ein scheues Pferd. Homo fühlte schließlich, daß es so ganz in der Ordnung der Natur sei, aber er, der gebildete Mensch, vermochte anfangs gar nichts gegen seine Ungläubigkeit zu tun, daß wirklich etwas Unwiderrufliches geschehen sein sollte. Er lehnte an der Wand und hörte Grigia zu, die Hände in den Taschen. Später erkannte er sein Schicksal; traumhaft fühlte er es noch einmal auf ihn herabsinken, tage-, wochen- und monatelang, wie eben ein Schlaf anheben muß, der sehr lang dauert. Er legte sanft den Arm um Grigia und zog sie zurück. Er legte sich neben sie und erwartete etwas. Früher hätte er wohl vielleicht gedacht, die Liebe müßte in solchem unentrinnbaren Gefängnis scharf wie Bisse sein, aber er vergaß überhaupt an Grigia zu denken. Sie war ihm entrückt oder er ihr, wenn er auch noch ihre Schulter spürte; sein ganzes Leben war ihm gerade so weit entrückt, daß er es noch da wußte, aber nimmer die Hand darauf legen konnte. Sie regten sich stundenlang nicht. Tage mochten vergangen sein und Nächte, Hunger und Durst lagen hinter ihnen, wie ein erregtes Stück Wegs, sie wurden immer schwächer, leichter und verschlossener; sie dämmerten weite Meere und wachten kleine Inseln. Einmal fuhr er ganz grell in so ein kleines Wachen auf: Grigia war fort; eine Gewißheit sagte ihm, daß es eben erst geschehen sein mußte. Er lächelte; hat ihm nichts gesagt von dem Ausweg; wollte ihn zurücklassen, zum Beweis für ihren Mann ...! Er stützte sich auf und sah um sich; da entdeckte auch er einen schwachen, schmalen Schimmer. Er kroch ein wenig näher, tiefer in den Stollen hinein – sie hatten immer nach der andern Seite gesehen. Da erkannte er einen schmalen Spalt, der wahrscheinlich seitwärts ins Freie führte. Grigia hatte feine Glieder, aber auch er, mit großer Gewalt, müßte sich da vielleicht durchzwängen können. Es war ein Ausweg. Aber er war in diesem Augenblick vielleicht schon zu schwach, um ins Leben zurückzukehren, wollte nicht oder war ohnmächtig geworden.

Zur gleichen Stunde gab, da man die Erfolglosigkeit aller Anstrengungen und die Vergeblichkeit des Unternehmens einsah, Mozart Amadeo Hoffingott unten die Befehle zum Abbruch der Arbeit.

Die Portugiesin

Sie hießen in manchen Urkunden *delle Catene* und in andern *Herren von Ketten*; sie waren aus dem Norden gekommen und hatten vor der Schwelle des Südens halt gemacht; sie gebrauchten ihre deutsche oder welsche Zugehörigkeit, wie es der Vorteil gebot, und fühlten sich nirgends hingehören als zu sich.

Seitlich des großen, über den Brenner nach Italien führenden Wegs, zwischen Brixen und Trient, lag auf einer fast freistehenden lotrechten Wand ihre Burg; fünfhundert Fuß unter ihr tollte ein wilder kleiner Fluß so laut, daß man eine Kirchenglocke im selben Raum nicht gehört hätte, sobald man den Kopf aus dem Fenster bog. Kein Schall der Welt drang von außen in das Schloß der Catene, durch diese davorhängende Matte wilden Lärms hindurch; aber das gegen das Toben sich stemmende Auge fuhr ohne Hindernis durch diesen Widerstand und taumelte überrascht in die tiefe Rundheit des Ausblicks.

Als scharf und aufmerksam galten alle Herren von Ketten, und kein Vorteil entging ihnen in weitem Umkreis. Und bös wie Messer waren sie, die gleich tief schneiden. Sie wurden nie rot vor Zorn oder rosig vor Freude, sondern sie wurden dunkel im Zorn und in der Freude strahlten sie wie Gold, so schön und so selten. Sie sollen einander alle, wer immer sie im Lauf der Jahre und Jahrhunderte waren, auch hoch darin geglichen haben, daß sie früh weiße Fäden in ihr braunes Haupt- und Barthaar bekamen und vor dem sechzigsten Jahr starben; auch darin, daß in ihren mittelgroßen, schlanken Körpern die ungeheure Kraft, die sie manchmal zeigten, gar nicht Platz und Ursprung zu haben, sondern aus ihren Augen und Stirnen zu kommen schien, doch war dies Gerede von eingeschüchterten Nachbarn und Knechten. Sie nahmen, was sie an sich bringen konnten, und gingen dabei redlich oder gewaltsam oder listig zu Werk, je wie es kam, aber stets ruhig und unabwendbar; ihr kurzes Leben war ohne Hast und endete rasch, ohne nachzulassen, wenn sie ihr Teil erfüllt hatten.

Es war Sitte im Geschlecht der Ketten, daß sie sich mit dem in ihrer Nähe ansässigen Adel nicht versippten; sie holten ihre Frauen von weit her und holten reiche Frauen, um durch nichts in der Wahl ihrer Bündnisse und Feindschaften beschränkt zu sein. Der Herr von Ketten, welcher die schöne Portugiesin vor zwölf Jahren geheiratet hatte, stand damals in seinem dreißigsten Jahr. Die Hochzeit fand in der Fremde statt, und die sehr junge Frau sah ihrer Niederkunft entgegen, als der schellenklingelnde Zug der Gefolgsleute und Knechte, Pferde, Dienerinnen, Saumtiere und Hunde die Grenze des Gebiets der Catene überschritt; die Zeit war wie ein einjähriger Hochzeitsflug vergangen. Denn alle Ketten waren glänzende Kavaliere, bloß zeigten sie es nur in dem einen Jahr ihres Lebens, wo sie freiten; ihre Frauen waren schön, weil sie schöne Söhne wollten, und es wäre ihnen anders nicht möglich gewesen, in der Fremde, wo sie nicht so viel galten wie daheim, solche Frauen zu gewinnen; sie wußten aber selbst nicht, zeigten sie sich in diesem einen Jahr so, wie sie wirklich waren, oder in all den andren. Ein Bote mit wichtiger Nachricht kam den Nahenden entgegen: noch waren die farbigen Gewänder und Federwimpel des Zugs wie ein großer Schmetterling, aber der

Herr von Ketten hatte sich verändert. Er ritt, als er sie wieder eingeholt hatte, langsam neben seiner Frau weiter, als wollte er Eile für sich nicht gelten lassen, aber sein Gesicht war fremd geworden wie eine Wolkenwand. Als bei einer Biegung des Wegs plötzlich das Schloß vor ihnen auftauchte, nur noch eine Viertelstunde entfernt, brach er mit Anstrengung das Schweigen.

Er wollte, daß seine Frau umkehre und zurückreise. Der Zug hielt an. Die Portugiesin bat und bestand darauf, daß sie weiterritten; umzukehren war auch Zeit, nachdem man die Gründe gehört hatte.

Die Bischöfe von Trient waren mächtige Herren, und das Reichsgericht sprach ihnen zu Munde: seit des Urgroßvaters Zeit lagen die Ketten mit ihnen in Streit wegen Stücken Lands, und bald war es ein Rechtsstreit gewesen, bald waren aus Forderung und Widerstand blutige Schlägereien erwachsen, aber jedesmal waren es die Herren von Ketten gewesen, die der Überlegenheit des Gegners nachgeben mußten. Der Blick, dem sonst kein Vorteil entging, wartete hier vergeblich, ihn zu gewahren; aber der Vater überlieferte die Aufgabe dem Sohn, und ihr Stolz wartete in der Geschlechterfolge, ohne weich zu werden, weiter.

Es war dieser Herr von Ketten, dem sich der Vorteil darbot. Er erschrak darüber, daß er ihn beinahe versäumt hätte. Eine mächtige Partei im Adel lehnte sich gegen den Bischof auf, es war beschlossen worden, ihn zu überfallen und gefangen zu nehmen, und der Ketten, als man vernommen hatte, daß er wiederkam, sollte ein Trumpf im Spiel sein. Ketten, seit Jahr und Tag abwesend, wußte nicht, wie es um die bischöfliche Kraft stand; aber das wußte er, daß es eine böse, jahrelange Probe von unsicherem Ausgang sein würde, und daß man sich nicht auf jeden bis zum bitteren Ende würde verlassen können, wenn es nicht gelang, Trient gleich anfangs zu überrumpeln. Er grollte seiner schönen Frau, weil sie ihn beinahe die Gelegenheit hatte verspielen lassen. So sehr gefiel sie ihm, der um einen Pferdehals zurück neben ihr ritt, wie immer; auch war sie ihm noch so geheimnisvoll wie die vielen Perlenketten, die sie besaß. Wie Erbsen hätte man solche Dinger zerdrücken können, wenn man sie in der hohlen, sehnengeflochtenen Hand wog, dachte er neben ihr reitend, aber sie lagen so unbegreiflich sicher darin. Nur war dieser Zauber von der neuen Nachricht beiseite geräumt worden wie die Mummenträume des Winters, wenn die knäbisch nackten ersten sonnenharten Tage wieder da sind. Gesattelte Jahre lagen vorauf, in denen Weib und Kind fremd verschwanden.

Aber die Pferde waren inzwischen an den Fuß der Wand gelangt, worauf die Burg stand, und die Portugiesin, als sie alles angehört hatte, erklärte noch einmal, daß sie bleiben wolle. Wild stieg das Schloß auf. Da und dort saßen an der Felsbrust verkümmerte Bäumchen wie einzelne Haare. Die Waldberge stürzten so auf und nieder, daß man diese Häßlichkeit einem, der nur die Meereswellen kannte, gar nicht hätte zu beschreiben vermögen. Voll kaltgewordener Würze war die Luft, und alles war so, als ritte man in einen großen zerborstenen Topf hinein, der eine fremde grüne Farbe enthielt. Aber in den Wäldern gab es den Hirsch, Bären, das Wildschwein, den Wolf und vielleicht das Einhorn. Weiter hinten hausten Steinböcke und Adler. Unergründete Schluchten boten den Drachen Aufenthalt. Wochenweit und -tief war der Wald, durch den nur die Wildfährten führten, und oben, wo das Gebirge ihm aufsaß, begann das Reich der Geister. Dämonen hausten dort mit dem Sturm und den Wolken; nie führte eines Christen Weg hinauf, und wann es aus Fürwitz geschehen war, hatte es Widerfahrnisse zur Folge, von denen die Mägde in den Winterstuben mit leiser

Stimme berichteten, während die Knechte geschmeichelt schwiegen und die Schultern hochzogen, weil das Männerleben gefährlich ist und solche Abenteuer einem darin zustoßen können. Von allem, was sie gehört hatte, erschien es aber der Portugiesin als das Seltsamste: So wie noch keiner den Fuß des Regenbogens erreicht hat, sollte es auch noch nie einem gelungen sein, über die großen Steinmauern zu schaun; immer waren neue Mauern dahinter; Mulden waren dazwischen gespannt wie Tücher voll Steinen, Steine so groß wie ein Haus, und noch der feinste Schotter unter den Füßen nicht kleiner als ein Kopf; es war eine Welt, die eigentlich keine Welt war. Oft hatte sie sich in Träumen dieses Land, aus dem der Mann kam, den sie liebte, nach seinem eigenen Wesen vorgestellt und das Wesen dieses Mannes nach dem, was er ihr von seiner Heimat erzählte. Müde des pfaublauen Meers, hatte sie sich ein Land erwartet, das voll Unerwartetem war wie die Sehne eines gespannten Bogens; aber da sie das Geheimnis sah, fand sie es über alles Erwarten häßlich und mochte fliehn. Wie aus Hühnerställen zusammengefügt war die Burg. Stein auf Fels getürmt. Schwindelnde Wände, an denen der Moder wuchs. Morsches Holz oder rohfeuchte Stämme. Bauern- und Kriegsgerät, Stallketten und Wagenbäume. Aber da sie nun hier war, gehörte sie her, und vielleicht war das, was sie sah, gar nicht häßlich, sondern eine Schönheit wie die Sitten von Männern, an die man sich erst gewöhnen mußte.

Als der Herr von Ketten seine Frau den Berg hinaufreiten sah, mochte er sie nicht anhalten. Er dankte es ihr nicht, aber es war etwas, das weder seinen Willen überwand, noch ihm nachgab, sondern ausweichend ihn anderswohin lockte und ihn unbeholfen schweigend hinter ihr dreinreiten machte wie eine arme verlorene Seele.

Zwei Tage später saß er wieder im Sattel.

Und elf Jahre später tat er es noch. Der Handstreich gegen Trient, leichtfertig vorbereitet, war mißlungen, hatte der Rittermacht gleich im Anfang über ein Drittel ihres Gefolges gekostet und mehr als die Hälfte ihres Wagemuts. Der Herr von Ketten, am Rückzug verwundet, kehrte nicht gleich nach Hause zurück; zwei Tage lang lag er in einer Bauernhütte verborgen, dann ritt er auf die Schlösser und fachte den Widerstand an. Zu spät gekommen zur Vorberatung und Bereitung des Unternehmens, hing er nach dem Fehlschlag daran wie der Hund am Ohr des Bullen. Er stellte den Herrn vor, was ihrer wartete, wenn die bischöfliche Macht zum Gegenschlag kam, ehe ihre Reihen wieder geschlossen seien, trieb Säumige und Knausernde an, preßte Geld aus ihnen, zog Verstärkungen herbei, rüstete und ward zum Feldhauptmann des Adels gewählt. Seine Wunden bluteten anfangs noch so, daß er täglich zweimal die Tücher wechseln mußte; er wußte nicht, während er ritt und umsprach und für jede Woche, um die er zu spät zur Stelle gewesen war, einen Tag fernblieb, ob er dabei an die zauberhafte Portugiesin dachte, die sich ängsten mußte.

Fünf Tage nach der Kunde von seiner Verwundung kam er erst zu ihr und blieb bloß einen Tag. Sie sah ihn an, ohne zu fragen, prüfend, wie man dem Flug eines Pfeils folgt, ob er treffen wird.

Er zog seine Leute herbei bis zum letzten erreichbaren Knaben, ließ die Burg in Verteidigungszustand setzen, ordnete und befahl. Knechtlärm, Pferdegewieher, Balkentragen, Eisen- und Steinklang war dieser Tag. In der Nacht ritt er weiter. Er war freundlich und zärtlich wie zu einem edlen Geschöpf, das man bewundert, aber sein Blick ging so gradaus wie aus einem Helm hervor, auch wenn er keinen trug. Als der Abschied kam, bat die Portugiesin, plötzlich von Weiblichkeit überwältigt, wenigstens jetzt seine Wunde waschen und ihr frischen Verband auflegen zu dürfen, aber er ließ es nicht zu; eiliger, als es nötig war, nahm er Abschied, lachte beim Abschied, und da lachte sie auch.

Die Art, wie der Gegner den Streit auskämpfte, war gewaltsam, wo sie es sein konnte, wie es dem harten, adeligen Mann entsprach, der das Bischofsgewand trug, aber sie war auch, wie es dieses frauenhafte Gewand ihn gelehrt haben mochte, nachgiebig, hinterhältig und zäh. Reichtum und ausgedehnter Besitz entfalteten langsam ihre Wirkung in stufenweisen, bis zum letzten Augenblick hinaus verzögerten Opfern, wenn Stellung und Einfluß nicht mehr ausreichten, um sich Helfer zu verbünden. Entscheidungen wich diese Kampfweise aus. Rollte sich ein, sobald sich der Widerstand zuspitzte; stieß nach, wo sie sein Erschlaffen erriet. So kam es, daß manchmal eine Burg berannt wurde, und wenn sie nicht rechtzeitig entsetzt werden konnte, unter blutigem Hinmorden fiel, manchmal aber auch durch Wochen Heerhaufen in den Ortschaften lagerten und nichts geschah, als daß den Bauern eine Kuh weggetrieben oder ein paar Hühner abgestochen wurden. Aus Wochen wurde Sommer und Winter, und aus Jahreszeiten wurden Jahre. Zwei Kräfte rangen miteinander, die eine wild und angriffslustig, aber zu schwach, die andre wie ein träger, weicher, aber grausam schwerer Körper, dem auch noch die Zeit ihr Gewicht lieh.

Der Herr von Ketten wußte das wohl. Er hatte Mühe, die verdrossene und geschwächte Ritterschaft davon abzuhalten, in einem plötzlich beschlossenen Angriff ihre letzte Kraft auszugeben. Er lauerte auf die Blöße, die Wendung, das Unwahrscheinliche, das nur noch der Zufall bringen konnte. Sein Vater hatte gewartet und sein Großvater. Und wenn man sehr lange wartet, kann auch das geschehn, was selten geschieht. Er wartete elf Jahre. Er ritt elf Jahre lang zwischen den Adelssitzen und den Kampfhaufen hin und her, um den Widerstand wach zu halten, erwarb in hundert Scharmützeln immer von neuem den Ruf verwegener Tapferkeit, um den Vorwurf zaghafter Kriegsführung von sich fern zu halten, ließ es zeitweilig auch zu großen blutigen Treffen kommen, um den Zornmut der Genossen anzufachen, aber auch er wich ebenso gut wie der Bischof einer Entscheidung aus. Er wurde oftmals leicht verwundet, aber er war nie länger als zweimal zwölf Stunden zuhause. Schrammen und das umherziehende Leben bedeckten ihn mit ihrer Kruste. Er fürchtete sich wohl, länger zuhause zu bleiben, wie sich ein Müder nicht setzen darf. Unruhige angehalfterte Pferde, Männerlachen, Fackellicht, die Säule eines Lagerfeuers wie ein Stamm aus Goldstaub zwischen grün aufschimmernden Waldbäumen, Regengeruch, Flüche, aufschneidende Ritter, Hunde, an Verwundeten schnuppernd, gehobene Weiberröcke und verschreckte Bauern waren seine Zerstreuung in diesen Jahren. Er blieb mitten drin schlank und fein. In sein braunes Haar begannen sich weiße Haare zu schleichen, sein Gesicht kannte kein Alter. Er mußte grobe Scherze erwidern und tat es wie ein Mann, aber seine Augen bewegten sich wenig dabei. Er wußte dreinzufahren wie ein Ochsenknecht, wo sich die Mannszucht lockerte; aber er schrie nicht, sein Wort war leis und kurz, die Soldaten fürchteten ihn, nie schien der Zorn ihn selbst zu ergreifen, aber er strahlte von ihm aus, und sein Gesicht wurde dunkel. Im Gefecht vergaß er sich; da ging alles diesen Weg gewaltiger, Wunden schlagender Gebärden aus ihm heraus, er wurde tanztrunken, bluttrunken, wußte nicht, was er tat, und tat immer das Rechte. Die Soldaten vergötterten ihn deshalb; es begann sich die Legende zu bilden, daß er sich aus Haß gegen den Bischof dem Teufel verschrieben habe und ihn heimlich besuche, der in Gestalt einer schönen fremden Frau auf seiner Burg weilte.

Der Herr von Ketten, als er das zum erstenmal hörte, wurde nicht unwillig, noch lachte er, aber er wurde ganz dunkelgolden vor Freude. Oft, wenn er am Lagerfeuer saß oder an einem offenen Bauernherd, und der durchstreifte Tag, so wie regensteifes Leder wieder weich wird, in der Wärme zerging, dachte er. Er dachte dann an den Bischof in Trient, der auf reinem Linnen lag, von gelehrten Klerikern umgeben, Maler in seinem Dienst, während er wie ein Wolf ihn umkreiste. Auch er konnte das haben. Einen Kaplan hatte er auf der Burg bestallt, damit für Unterhaltung des Geistes gesorgt sei, einen Schreiber zum Vorlesen, eine lustige Zofe; ein Koch wurde weither geholt, um von der Küche das Heimweh zu bannen, reisende Doktoren und Schüler fing man auf, um an ihrem Gespräch einige Tage der Zerstreuung zu gewinnen, kostbare Teppiche und Stoffe kamen, um mit ihnen die Wände zu bedecken; nur er hielt sich fern. Ein Jahr lang hatte er tolle Worte gesprochen, in der Fremde und auf der Reise, Spiel und Schmeichelei, – denn so wie jedes wohlgebaute Ding Geist hat, sei es Stahl oder starker Wein, ein Pferd oder ein Brunnenstrahl, hatten ihn auch die Catene; – aber seine Heimat lag damals fern, sein wahres Wesen war etwas, auf das man wochenlang zureiten konnte, ohne es zu erreichen. Auch jetzt sprach er noch zuweilen unüberlegte Worte, aber nur so lang, als die Pferde im Stall ruhten; er kam nachts und ritt am Morgen fort oder blieb vom Morgenläuten bis zum Ave. Er war vertraut wie ein Ding, das man schon lang an sich trägt. Wenn du lachst, lacht es auch hin und her, wenn du gehst, geht es mit, wenn deine Hand dich betastet, fühlst du es: aber wenn du es einmal hochhebst und ansiehst, schweigt es und sieht weg. Wäre er einmal länger geblieben, hätte er in Wahrheit sein müssen, wie er war. Aber er erinnerte sich, niemals gesagt zu haben, ich bin dies oder ich will jenes sein, sondern er hatte ihr von Jagd, Abenteuern und Dingen, die er tat, erzählt; und auch sie hatte nie, wie junge Menschen es sonst wohl zu tun pflegen, ihn gefragt, wie er über dies und jenes denke, oder davon gesprochen, wie sie sein möchte, wenn sie älter sei, sondern sie hatte sich schweigend geöffnet wie eine Rose, so lebhaft sie vordem gewesen war, und stand schon auf der Kirchentreppe reisefertig, wie auf einen Stein gestiegen, von dem man sich aufs Pferd schwingt, um zu jenem Leben zu reiten. Er kannte seine zwei Kinder kaum, die sie ihm geboren hatte, aber auch diese beiden Söhne liebten schon leidenschaftlich den fernen Vater, von dessen Ruhm ihre kleinen Ohren voll waren, seit sie hörten. Seltsam war die Erinnerung an den Abend, dem der zweite sein Leben dankte. Da war, als er kam, ein weiches hellgraues Kleid mit dunkelgrauen Blumen, der schwarze Zopf war zur Nacht geflochten, und die schöne Nase sprang scharf in das glatte Gelb eines beleuchteten Buchs mit geheimnisvollen Zeichnungen. Es war wie Zauberei. Ruhig saß, in ihrem reichen Gewand, mit dem Rock, der in unzähligen Faltenbächen herabfloß, die Gestalt, nur aus sich heraussteigend und in sich fallend; wie ein Brunnenstrahl; und kann ein Brunnenstrahl erlöst werden, außer durch Zauberei oder ein Wunder, und aus seinem sich selbst tragenden, schwankenden Dasein ganz heraustreten? Man mochte das Weib umarmen und plötzlich gegen den Schlag eines magischen Widerstands stoßen; es geschah nicht so; aber ist Zärtlichkeit nicht noch unheimlicher? Sie sah ihn an, der leise eingetreten war, wie man einen Mantel wiedererkennt, den man lang an sich getragen und lang nicht mehr gesehen hat, der etwas fremd bleibt und in den man hineinschlüpft.

Traulich erschienen ihm dagegen Kriegslist, politische Lüge, Zorn und Töten! Tat geschieht, weil andre Tat geschehn ist; der Bischof rechnet mit seinen Goldstücken, und der Feldhauptmann mit der Widerstandskraft des Adels; Befehlen ist klar; taghell, dingfest ist dieses Leben, der Stoß eines Speers unter den verschobenen Eisenkragen ist so einfach, wie wenn man mit dem Finger weist und sagen kann, das ist dies. Das andre aber ist fremd wie der Mond. Der Herr von Ketten liebte dieses andere heimlich. Er hatte keine Freude an Ordnung, Hausstand und wachsendem Reichtum. Und ob er gleich um fremdes Gut jahrelang stritt, sein Begehren griff nicht nach Frieden des Gewinns, sondern sehnte sich aus der Seele hinaus; in den Stirnen saß die Gewalt der Catene, bloß kamen stumme Taten aus den Stirnen. Wenn er morgens in den Sattel stieg, fühlte er jedesmal noch das Glück, nicht nachzugeben, die Seele seiner Seele; aber wenn er abends absaß, senkte sich nicht selten der mürrische Stumpfsinn alles durchlebten Übermaßes auf ihn, als hätte er einen Tag lang alle seine Kräfte angestrengt, um nicht ohne alle Anstrengung etwas Schönes zu sein, das er nicht nennen konnte. Der Bischof, der Schleicher, konnte zu Gott beten, wenn Ketten ihn bedrängte; Ketten konnte nur über blühende Saaten reiten, die widerspenstige Woge des Pferds unter sich leben fühlen, Freundlichkeit mit Eisentritten herbeizaubern. Aber es tat ihm wohl, daß es dies gab. Daß man leben kann und sterben machen ohne das andre. Es leugnete und vertrieb etwas, das sich zum Feuer schlich, wenn man hineinstarrte, und fort war, so wie man sich, steif vom Träumen, aufrichtete und herumdrehte. Der Herr von Ketten spann zuweilen lange verschlungene Fäden, wenn er an den Bischof dachte, dem er das alles antat, und ihm war, als könnte nur ein Wunder es ordnen.

Seine Frau nahm den alten Knecht, welcher der Burg vorstand, und streifte mit ihm durch die Wälder, wenn sie nicht vor den Bildern in ihren Büchern saß. Wald öffnet sich, aber seine Seele weicht zurück; sie brach durch Holz, kletterte über Steine, sah Fährten und Tiere, aber sie brachte nicht mehr heim als diese kleinen Schrecknisse, überwundenen Schwierigkeiten und befriedigten Neugierden, die alle Spannung verloren, wenn man sie aus dem Wald heraustrug, und eben jenes grüne Spiegelbild, das sie schon nach den Erzählungen gekannt hatte, bevor sie ins Land gekommen war; sobald man nicht darauf eindrang, schloß es sich hinter dem Rücken wieder zusammen. Lässig gut hielt sie indessen Ordnung am Schloß. Ihre Söhne, von denen keiner das Meer gesehen hatte, waren das ihre Kinder? Junge Wölfe, schien ihr zuweilen, waren es. Einmal brachte man ihr einen jungen Wolf aus dem Wald. Auch ihn zog sie auf. Zwischen ihm und den großen Hunden herrschte unbehagliche Duldung, Gewährenlassen ohne Austausch von Zeichen. Wenn er über den Hof ging, standen sie auf und sahn zu ihm herüber, aber sie bellten und knurrten nicht. Und er sah gradaus, wenn er auch hinüberschielte, und ging kaum ein wenig langsamer und steifer seines Wegs, um es sich nicht merken zu lassen. Er folgte überallhin der Herrin; ohne Zeichen der Liebe und der Vertrautheit; er sah sie mit seinen starken Augen oft an, aber sie sagten nichts. Sie liebte diesen Wolf, weil seine Sehnen, sein braunes Haar, die schweigende Wildheit und die Kraft der Augen sie an den Herrn von Ketten erinnerten.

Einmal kam der Augenblick, auf den man warten muß; der Bischof fiel in Krankheit und starb, das Kapitel war ohne Herrn. Ketten verkaufte, was beweglich war, nahm Pfänder auf liegenden Besitz und rüstete aus allen Mitteln ein kleines, ihm eigenes Heer: dann unterhandelte er. Vor die Wahl gestellt, den alten Streit gegen neu bewaffnete Kraft weiterführen zu müssen, ehe noch der kommende Herr sich entscheiden konnte, oder einen billigen Abschluß zu finden, entschied sich das Kapitel für dieses, und es konnte nicht anders geschehn, als daß der Ketten, der als Letzter stark und drohend dastand, das meiste für sich einstrich, wofür sich das Domkapitel an Schwächeren und Zaghafteren schadlos hielt.

So hatte ein Ende gefunden, was nun schon in der vierten Erbfolge wie eine Zimmerwand gewesen war, die man jeden Morgen beim Frühbrot vor sich sieht und nicht sieht: mit einem Mal fehlte sie; bis hieher war alles gewesen wie im Leben aller Ketten, was noch zu tun blieb im Leben dieses Ketten, war runden und ordnen, ein Handwerker – und kein Herrenziel.

Da stach ihn, als er heimritt, eine Fliege.

Die Hand schwoll augenblicklich an, und er wurde sehr müde. Er kehrte in die Schenke eines elenden kleinen Dorfes ein, und während er hinter dem schmierigen Holztisch saß, überwältigte ihn Schlummer. Er legte sein Haupt in den Schmutz und als er gegen Abend erwachte, fieberte er. Er wäre trotzdem weitergeritten, wenn er Eile gehabt hätte; aber er hatte keine Eile. Als er am Morgen aufs Pferd steigen wollte, fiel er hin vor Schwäche. Arm und Schulter waren aufgequollen, er hatte sie in den Harnisch gepreßt und mußte sich wieder aufschnallen lassen; während er stand und es geschehen ließ, befiel ihn ein Schüttelfrost, wie er solchen noch nie gesehen; seine Muskeln zuckten und tanzten so, daß er die eine Hand nicht zur andern bringen konnte, und die halb aufgeschnallten Eisenteile klapperten wie eine losgerissene Dachrinne im Sturm. Er fühlte, daß das schwankhaft war, und lachte mit grimmigem Kopf über sein Geklapper; aber in den Beinen war er schwach wie ein Knabe. Er schickte einen Boten zu seiner Frau, andere nach einem Bader und zu einem berühmten Arzt.

Der Bader, der als erster zur Stelle war, verordnete heiße Umschläge von Heilkräutern und bat, schneiden zu dürfen. Ketten, der jetzt viel ungeduldiger war, nach Hause zu kommen, hieß ihn schneiden, bis er bald halb so viel neue Wunden davontrug, als er alte hatte. Seltsam waren diese Schmerzen, gegen die er sich nicht wehren durfte. Dann lag der Herr zwei Tage lang in den saugenden Kräuterverbänden, ließ sich vom Kopf bis zu den Füßen einwickeln und nach Hause schaffen; drei Tage dauerte dieser Marsch, aber die Gewaltkur, die ebensogut hätte zum Tod führen können, indem sie alle Verteidigungskräfte des Lebens verbrauchte, schien der Krankheit Einhalt getan zu haben: als sie am Ziel eintrafen, lag der Vergiftete in hitzigem Fieber, aber der Eiter hatte sich nicht mehr weiter ausgebreitet.

Dieses Fieber, wie eine weite brennende Grasfläche, dauerte Wochen. Der Kranke schmolz in seinem Feuer täglich mehr zusammen, aber auch die bösen Säfte schienen darin verzehrt und verdampft zu werden. Mehr wußte selbst der berühmte Arzt davon nicht zu sagen, und nur die Portugiesin brachte außerdem noch geheime Zeichen an Tür und Bett an. Als eines Tags vom Herrn von Ketten nicht mehr übrig war als eine Form voll weicher heißer Asche, sank plötzlich das Fieber um eine tiefe Stufe hinunter und glomm dort bloß noch sanft und ruhig.

Waren schon Schmerzen seltsam, gegen die man sich nicht wehrt, so hatte der Kranke das Spätere überhaupt nicht so durchlebt wie einer, der mitten darin ist. Er schlief viel und war auch mit offenen Augen abwesend; wenn aber sein Bewußtsein zurückkehrte, so war doch dieser willenlose, kindlich warme und ohnmächtige Körper nicht seiner, und diese von einem Hauch erregte schwache Seele seine auch nicht. Gewiß war er schon abgeschieden und wartete während dieser ganzen Zeit bloß irgendwo darauf, ob er noch einmal zurückkehren müsse. Er hatte nie gewußt, daß Sterben so friedlich sei; er war mit einem Teil seines Wesens vorangestorben und hatte sich aufgelöst wie ein Zug Wanderer: Während die Knochen noch im Bett lagen, und das Bett da war, seine Frau sich über ihn beugte, und er, aus Neugierde, zur Abwechslung, die Bewegungen in ihrem aufmerksamen Gesicht beobachtete, war alles, was er liebte, schon weit voran. Der Herr von Ketten und dessen mondnächtige Zauberin waren aus ihm herausgetreten und hatten sich sacht entfernt: er sah sie noch, er wußte, mit einigen großen Sprüngen würde er sie danach einholen, nur jetzt wußte er nicht, war er schon bei ihnen oder noch hier. Das alles aber lag in einer riesigen gütigen Hand, die so mild war wie eine Wiege und zugleich alles abwog, ohne aus der Entscheidung viel Wesens zu machen. Das mochte Gott sein. Er zweifelte nicht, es erregte ihn aber auch nicht; er wartete ab und antwortete auch nicht auf das Lächeln, das sich über ihn beugte, und die zärtlichen Worte.

Dann kam der Tag, wo er mit einemmal wußte, daß es der letzte sein würde, wenn er nicht allen Willen zusammennahm, um leben zu bleiben, und das war der Tag, an dessen Abend das Fieber sank. Als er diese erste Stufe der Gesundung unter sich fühlte, ließ er sich täglich auf den kleinen grünen Fleck tragen, der die Felsnase überzog, die mauerlos in die Luft sprang. In seine Tücher gewickelt, lag er dort in der Sonne. Schlief, wachte, wußte nicht, was von beidem er tat.

Einmal, als er aufwachte, stand der Wolf da. Er blickte ihm in die geschliffenen Augen und konnte sich nicht rühren. Er wußte nicht, wieviel Zeit verging, dann stand seine Frau neben ihm, den Wolf am Knie. Er schloß wieder die Augen, als wäre er gar nicht wach gewesen. Aber da er wieder in sein Bett getragen wurde, ließ er sich die Armbrust reichen. Er war so schwach, daß er sie nicht spannen konnte; er staunte. Er winkte den Knecht heran, gab ihm die Armbrust und befahl: der Wolf. Der Knecht zögerte, aber er wurde zornig wie ein Kind, und am Abend hing das Fell des Wolfes im Burghof. Als die Portugiesin es sah, und erst von den Knechten erfuhr, was geschehen war, blieb ihr das Blut in den Adern stehn. Sie trat an sein Bett. Da lag er bleich wie die Wand und sah ihr zum erstenmal wieder in die Augen. Sie lachte und sagte: Ich werde mir eine Haube aus dem Fell machen lassen und dir nachts das Blut aussaugen.

Dann schickte er den Kleriker weg, der früher einmal gesagt hatte: der Bischof kann zu Gott beten, das ist gefährlich für Euch, und später ihm immerzu die letzte Ölung gegeben hatte; aber das gelang nicht gleich, die Portugiesin legte sich ins Mittel und bat, den Kaplan noch zu dulden, bis er ein anderes Unterkommen fände. Der Herr von Ketten gab nach. Er war noch schwach und schlief noch immer viel auf dem Grasfleck in der Sonne. Als er wieder einmal dort erwachte, war der Jugendfreund da. Er stand neben der Portugiesin und war aus ihrer Heimat gekommen; hier im Norden sah er ihr ähnlich. Er grüßte mit edlem Anstand und sprach Worte, die nach dem Ausdruck seiner Mienen voll großer Liebenswürdigkeit sein mußten, indes der Ketten wie ein Hund im Gras lag und sich schämte.

Überdies mochte das auch erst beim zweitenmal gewesen sein; er war noch manchmal abwesend. Er bemerkte auch spät erst, daß ihm seine Mütze zu groß geworden war. Die weiche Fellmütze, die immer etwas stramm gesessen hatte, sank bei einem leichten Zug bis ans Ohr herunter, das sie aufhielt. Sie waren selbdritt, und seine Frau sagte: „Gott, dein Kopf ist ja kleiner geworden!" – Sein erster Gedanke war, daß er sich vielleicht habe die Haare zu kurz scheren lassen, er wußte bloß im Augenblick nicht, wann; er fuhr heimlich mit der Hand hin, aber das Haar war länger, als es sein sollte, und ungepflegt, seit er krank war. So wird sich die Kappe geweitet haben, dachte er, aber sie war noch fast neu und wie sollte sie sich geweitet haben, während sie unbenutzt in einer Truhe lag. So machte er einen Scherz daraus und meinte, daß wohl in vielen Jahren, wo er nur mit Kriegsknechten gelebt habe und nicht mit gebildeten Kavalieren, sein Schädel kleiner geworden sein möge. Er fühlte, wie plump ihm der Scherz vom Munde kam, und auch die Frage war damit nicht weggeschafft, denn kann ein Schädel kleiner werden? Die Kraft in den Adern kann nachlassen, das Fett unter der Kopfhaut kann im Fieber etwas zusammenschmelzen: aber was gibt das aus?! Nun tat er zuweilen, als ob er sich das Haar glatt striche, schützte auch vor, sich den Schweiß zu trocknen, oder trachtete, sich unbemerkt in den Schatten zurückzubeugen, und griff schnell, mit zwei Fingerspitzen wie mit einem Maurerzirkel, seinen Schädel ab, ein paarmal, mit verschiedenen Griffen: aber es blieb kein Zweifel, der Kopf war kleiner geworden, und wenn man ihn von innen, mit den Gedanken befühlte, so war er noch viel kleiner und wie zwei dünne aufeinandergeklappte Schälchen.

Man kann ja vieles nicht erklären, aber man trägt es nicht auf den Schultern und fühlt es nicht jedesmal, wenn man den Hals nach zwei Menschen wendet, die sprechen, während man zu schlafen scheint. Er hatte die fremde Sprache schon lang bis auf wenige Worte vergessen; aber einmal verstand er den Satz: „Du tust das nicht, was du willst, und tust das, was du nicht willst." Der Ton schien eher zu drängen als zu scherzen; was mochte er meinen? Ein andermal beugte er sich weit aus dem Fenster hinaus, ins Rauschen des Flusses; er tat das jetzt oft wie ein Spiel: der Lärm, so wirr wie durcheinandergefegtes Heu, schloß das Ohr, und wenn man aus der Taubheit zurückkehrte, tauchte klein darin und fern das Gespräch der Frau mit dem Andern auf; und es war ein lebhaftes Gespräch, ihre Seelen schienen sich wohl miteinander zu fühlen. Das drittemal lief er überhaupt nur den beiden nach, die abends noch in den Hof gingen; wenn sie an der Fackel oben auf der Freitreppe vorbeikamen, mußte ihr Schatten auf die Baumkronen fallen; er beugte sich rasch vor, als dies geschah, aber in den Blättern verschwammen die Schatten von selbst in einen. Zu jeder andren Zeit hätte er versucht, mit Pferd und Knechten sich das Gift aus dem Leib zu jagen oder es im Wein zu verbrennen. Aber der Kaplan und der Schreiber fraßen und tranken so, daß ihnen Wein und Speise bei den Mundwinkeln herausliefen, und der junge Ritter schwang ihnen lachend die Kanne zu, wie man Hunde aufeinanderhetzt. Der Wein ekelte Ketten, den die mit scholastischer Tünche überzogenen Lümmel soffen. Sie sprachen vom tausendjährigen Reich, von Doktorsfragen und Bettstrohgeschichten; deutsch und in Kirchenlatein. Ein durchreisender Humanist übersetzte, wo es fehlte, zwischen diesem Welsch und dem des Portugiesen; er hatte sich den Fuß verstaucht und heilte ihn hier kräftig aus. „Er ist vom Pferd gefallen, als ein Hase vorbeisprang," gab der Schreiber zum besten. „Er hielt ihn für einen Lindwurm," sagte mit unwilligem Spott der Herr von Ketten, der zögernd dabeistand. „Aber das Pferd doch auch!" brüllte der Burgkaplan, „sonst wäre es nicht so gesprungen: Also hat der Magister selbst für einen Roß verstand mehr Einsicht als der Herr!" Die Trunkenen lachten über den Herrn von Ketten. Der sah sie an, trat einen Schritt näher und schlug den Kaplan ins Gesicht. Das war ein runder junger Bauer, er wurde rot über den Kopf, aber dann ganz bleich, und blieb sitzen. Der junge Ritter stand lächelnd auf und ging die Freundin suchen. „Warum habt Ihr ihn nicht erdolcht?!" zischte der Hasen-Humanist auf, als sie allein waren. „Er ist ja stark wie zwei Stiere," antwortete der Kaplan, „und auch ist die christliche Lehre wahrhaft geeignet, um in solchen Lagen Trost zu geben." Aber in Wahrheit war der Herr von Ketten noch sehr schwach, und allzu langsam kehrte das Leben in ihn wieder; er konnte die zweite Stufe der Genesung nicht finden.

Der Fremde reiste nicht weiter, und seine Gespielin verstand schlecht die Andeutungen ihres Herrn. Seit elf Jahren hatte sie auf den Gatten gewartet, elf Jahre lang war er der Geliebte des Ruhms und der Phantasie gewesen, nun ging er in Haus und Hof umher und sah, von Krankheit zerschabt, recht gewöhnlich aus neben Jugend und höfischem Anstand. Sie machte sich nicht viel Gedanken darüber, aber sie war ein wenig müde dieses Lands geworden, das Unsagbares versprochen hatte, und mochte sich nicht überwinden, schon wegen eines schiefen Gesichts den Gespielen ziehen zu lassen, der den Duft der Heimat hatte und Gedanken, bei denen man lachen konnte. Sie hatte sich nichts vorzuwerfen; ein wenig oberflächlicher war sie seit Wochen, aber das tat wohl, und sie fühlte, ihr Antlitz glänzte jetzt manchmal wieder so wie vor Jahren. Eine Wahrsagerin, die er befragte, sagte dem Herrn von Ketten voraus: Ihr werdet nur gesund, wenn Ihr etwas vollbringt –, aber da er in sie drang, was das wäre, schwieg sie, suchte ihm zu entkommen und erklärte schließlich, daß sie es nicht finden könne.

Er hätte es immer verstanden, die Gastfreundschaft mit feinem Schnitt zu lösen, statt sie zu brechen, auch ist die Heiligkeit des Lebens und des Gastrechts für einen, der durch Jahre ungebetner Gast bei seinen Feinden war, kein unübersteigliches Hindernis, aber die Schwäche der Genesung machte ihn diesmal fast stolz darauf, unbeholfen zu sein; solche arglistige Klugheit erschien ihm nicht besser als die kindische Wortklugheit des Jungen. Seltsames widerfuhr ihm. In den Nebeln der Krankheit, die ihn umfangen hielten, erschien ihm die Gestalt seiner Frau weicher, als es hätte sein müssen; sie erschien ihm nicht anders als früher, wenn es ihn gewundert hatte, ihre Liebe zuweilen heftiger wiederzufinden als sonst, während doch in der Abwesenheit keine Ursache lag. Er hätte nicht einmal sagen können, ob er heiter oder traurig war; genau so wie in jenen Tagen der tiefen Todesnähe. Er konnte sich nicht rühren. Wenn er seiner Frau in die Augen sah, waren sie wie frisch geschliffen, sein eignes Bild lag obenauf, und sie ließen seinen Blick nicht ein. Ihm war zu Mut, es müßte ein Wunder geschehn, weil sonst nichts geschah, und man darf das Schicksal nicht reden heißen, wenn es schweigen will, sondern soll horchen, was kommen wird.

Eines Tags, als sie in Gesellschaft den Berg heraufkamen, war oben vor dem Tor die kleine Katze. Sie stand vor dem Tor, als wollte sie nicht nach Katzenart über die Mauer setzen, sondern nach Menschenart Einlaß, machte einen Buckel zum Willkomm und strich den ohne irgend einen Grund über ihre Anwesenheit erstaunten großen Geschöpfen um Rock und Stiefel. Sie wurde eingelassen, aber es war gleich, als ob man einen Gast empfinge, und schon am nächsten Tag zeigte sich, daß man vielleicht ein kleines Kind aufgenommen hatte, aber nicht bloß eine Katze: solche Ansprüche stellte das zierliche Tier, das nicht den Vergnügungen in Kellern und Dachböden nachging, sondern keinen Augenblick aus der Gesellschaft der Menschen wich. Und es hatte die Gabe, ihre Zeit für sich zu beanspruchen, was recht unbegreiflich war, da es doch so viel andre, edlere Tiere am Schloß gab, und die Menschen auch mit sich selbst viel zu tun hatten; es schien geradezu davon zu kommen, daß sie die Augen zu Boden senken mußten, um dem kleinen Wesen zuzusehn, das sich ganz unauffällig benahm und um ein klein wenig stiller, ja man könnte fast sagen trauriger und nachdenklicher war, als einer jungen Katze zukam. Die spielte so, wie sie wissen mußte, daß Menschen es von jungen Katzen erwarten, kletterte auf den Schoß und gab sich sogar ersichtlich Mühe, freundlich mit den Menschen zu sein, aber man konnte fühlen, daß sie nicht ganz dabei war; und gerade dies, was zu einer gewöhnlichen jungen Katze fehlte, war wie ein zweites Wesen, ein Ab-Wesen oder ein stiller Heiligenschein, der sie umgab, ohne daß einer den Mut gefunden hätte, das auszusprechen. Die Portugiesin beugte sich zärtlich über das Geschöpfchen, das in ihrem Schoß am Rücken lag und mit den winzigen Krallen nach ihren tändelnden Fingern schlug wie ein Kind, der junge Freund beugte sich lachend und tief über Katze und Schoß, und Herrn von Ketten erinnerte das zerstreute Spiel an seine halb überwundene Krankheit, als wäre die, samt ihrer Todessanftheit, in das Tierkörperchen verwandelt, nun nicht mehr bloß in ihm, sondern zwischen ihnen. Ein Knecht sagte: Die bekommt die Räude.

Herr von Ketten wunderte sich, weil er das nicht selbst erkannt hatte; der Knecht wiederholte: Die muß man beizeiten erschlagen.

Die kleine Katze hatte inzwischen einen Namen aus einem der Märchenbücher erhalten. Sie war noch sanfter und duldsamer geworden. Jetzt konnte man auch schon bemerken, daß sie krank und fast leuchtend schwach wurde. Sie ruhte immer länger aus im Schoß von den Geschäften der Welt, und ihre kleinen Krallen hielten sich mit zärtlicher Angst fest. Sie begann jetzt auch einen um den andren anzusehn; den beiden Ketten und den jungen Portugiesen, der vorgeneigt saß und den Blick von ihr nicht wendete, oder von dem Atmen des Schoßes, in dem sie lag. Sie sah sie an, als wollte sie um Vergebung dafür bitten, daß es häßlich sein werde, was sie in geheimer Vertretung für alle litt. Und dann begann ihr Martyrium.

Eines Nachts begann das Erbrechen, und sie erbrach bis zum Morgen; sie war ganz matt und wirr im wiederkehrenden Tageslicht, als hätte sie viele Schläge vor den Kopf erhalten. Aber vielleicht hatte man dem verhungerten armen Kätzchen bloß im Übereifer der Liebe zuviel zu fressen gegeben: doch im Schlafzimmer konnte sie danach nicht mehr bleiben und wurde zu den Burschen in die Hofkammer getan. Aber die Burschen klagten nach zwei Tagen, daß es nicht besser geworden sei, und wahrscheinlich hatten sie sie auch in der Nacht hinausgeworfen. Und sie brach jetzt nicht nur, sondern konnte auch den Stuhl nicht halten, und nichts war vor ihr sicher. Das war nun eine schwere Probe, zwischen einem kaum sichtbaren Heiligenschein und dem gräßlichen Schmutz, und es entstand der Beschluß – man hatte inzwischen erfahren, woher sie gekommen war, – sie dorthin zurücktragen zu lassen; es war ein Bauernhaus unten am Fluß, nahe dem Fuß des Berges. Man würde heute sagen, sie stellten sie ihrer Heimatsgemeinde zurück und wollten weder etwas verantworten, noch sich lächerlich machen; aber das Gewissen drückte sie alle, und sie gaben Milch und ein wenig Fleisch mit und sogar Geld, damit die Bauersleute, wo Schmutz nicht soviel ausmachte, gut für sie sorgten. Die Dienstleute schüttelten dennoch die Köpfe über ihre Herrn.

Der Knecht, der die kleine Katze hinuntergetragen hatte, erzählte, daß sie ihm nachgelaufen war, als er zurückging, und daß er noch einmal hatte umkehren müssen: zwei Tage später war sie wieder oben am Schloß. Die Hunde wichen ihr aus, die Dienstleute trauten sich wegen der Herrschaft nicht, sie fortzujagen, und als die sie erblickte, stand schweigend fest, daß jetzt niemand mehr ihr verweigern wollte, hier oben zu sterben. Sie war ganz abgemagert und glanzlos geworden, aber das ekelerregende Leiden schien sie überwunden zu haben und nahm bloß fast zusehends an

Körperlichkeit ab. Es folgten zwei Tage, die verstärkt alles noch einmal enthielten, was bisher gewesen war: langsames, zärtliches Umhergehn in dem Obdach, wo man sie hegte; zerstreutes Lächeln mit den Pfoten, wenn sie nach einem Stückchen Papier schlug, das man vor ihr tanzen ließ; zuweilen ein leichtes Wanken vor Schwäche, obgleich vier Beine sie stützten, und am zweiten Tag fiel sie zuweilen auf die Seite. An einem Menschen würde man dieses Hinschwinden nicht so seltsam empfunden haben, aber an dem Tier war es wie eine Menschwerdung. Fast mit Ehrfurcht sahen sie ihr zu; keiner dieser drei Menschen in seiner besonderen Lage blieb von dem Gedanken verschont, daß es sein eigenes Schicksal sei, das in diese vom Irdischen schon halb gelöste kleine Katze übergegangen war. Aber am dritten Tag begannen wieder das Erbrechen und die Unreinlichkeit. Der Knecht stand da, und wenn er sich auch nicht traute, es zu wiederholen, sagte doch sein Schweigen: man muß sie erschlagen. Der Portugiese senkte den Kopf wie bei einer Versuchung, dann sagte er zur Freundin: es wird nicht anders gehn; ihm kam es selbst vor, als hätte er sich zu seinem eigenen Todesurteil bekannt. Und mit einemmal sahen alle den Herrn von Ketten an. Der war weiß wie die Wand geworden, stand auf und ging. Da sagte die Portugiesin zum Knecht: Nimm sie zu dir.

Der Knecht hatte die Kranke auf seine Kammer genommen, und am nächsten Tag war sie fort. Niemand frug. Alle wußten, daß er sie erschlagen hatte. Alle fühlten sich von einer unaussprechlichen Schuld bedrückt; es war etwas von ihnen gegangen. Nur die Kinder fühlten nichts und fanden es in Ordnung, daß der Knecht eine schmutzige Katze erschlug, mit der man nicht mehr spielen konnte. Aber die Hunde am Hof schnupperten zuweilen an einem Grasfleck, auf den die Sonne schien, steiften die Beine, sträubten das

Fell und blickten schief zur Seite. In einem solchen Augenblick begegneten sich Herr von Ketten und die Portugiesin. Sie blieben beieinander stehn, sahn nach den Hunden hinüber und fanden kein Wort. Das Zeichen war dagewesen, aber wie war es zu deuten, und was sollte geschehn? Eine Kuppel von Stille war um die beiden.

Wenn sie ihn bis zum Abend nicht fortgeschickt hat, muß ich ihn töten, – dachte Herr von Ketten. Aber der Abend kam, und es hatte sich nichts ereignet. Das Vesperbrot war vorbei. Ketten saß ernst, von leichtem Fieber gewärmt. Er ging in den Hof, sich zu kühlen, er blieb lange aus. Er vermochte den Entschluß nicht zu finden, der ihm sein ganzes Dasein lang spielend leicht gewesen war. Pferde satteln, Harnisch anschnallen, ein Schwert ziehn, diese Musik seines Lebens war ihm mißtönend; Kampf erschien ihm wie eine sinnlos fremde Bewegung, selbst der kurze Weg eines Messers war wie eine unendlich lange Straße, auf der man verdorrt. Aber auch Leiden war nicht seine Art; er fühlte, daß er nie wieder ganz genesen würde, wenn er sich dem nicht entriß. Und neben beidem gewann allmählich etwas anderes Raum: als Knabe hatte er immer die unersteigliche Felswand unter dem Schloß hinaufklettern wollen; es war ein unsinniger und selbstmörderischer Gedanke, aber er gewann dunkles Gefühl für sich wie ein Gottesurteil oder ein nahendes Wunder. Nicht er, sondern die kleine Katze aus dem Jenseits würde diesen Weg wiederkommen, schien ihm. Er schüttelte leise lachend den Kopf, um ihn auf den Schultern zu fühlen, aber dabei erkannte er sich schon weit unten auf dem steinigen Weg, der den Berg hinabführte.

Tief beim Fluß bog er ab; über Blöcke, zwischen denen das Wasser trieb, dann an Büschen hinauf in die Wand. Der Mond zeichnete mit Schattenpunkten die kleinen Vertiefungen, in welche Finger und Zehen hineingreifen konnten.

Plötzlich brach ein Stein unter dem Fuß weg; der Ruck schoß in die Sehnen, dann ins Herz. Ketten horchte; es schien ohne Ende zu dauern, bevor der Stein ins Wasser schlug; er mußte mindestens ein Drittel der Wand schon unter sich haben. Da wachte er, so schien es deutlich, auf und wußte, was er getan hatte. Unten ankommen konnte nur ein Toter, und die Wand hinauf der Teufel. Er tastete suchend über sich. Bei jedem Griff hing das Leben in den zehn Riemchen der Fingersehnen; Schweiß trat aus der Stirn, Hitze flog im Körper, die Nerven wurden wie steinerne Fäden: aber, seltsam zu fühlen, begannen bei diesem Kampf mit dem Tod Kraft und Gesundheit in die Glieder zu fließen, als kehrten sie von außen wieder in den Körper zurück. Und das Unwahrscheinliche gelang; noch mußte oben einem Überhang nach der Seite ausgewichen sein, dann schlang sich der Arm in ein Fenster. Es wäre wohl anders, als bei diesem Fenster emporzutauchen, auch gar nicht möglich gewesen; aber er wußte, wo er war; er schwang sich hinein, saß auf der Brüstung und ließ die Beine ins Zimmer hängen. Mit der Kraft war die Wildheit wiedergekehrt. Er atmete sich aus. Seinen Dolch an der Seite hatte er nicht verloren. Es kam ihm vor, daß das Bett leer sei. Aber er wartete, bis sein Herz und seine Lungen völlig ruhig seien. Es kam ihm dabei immer deutlicher vor, daß er in dem Zimmer allein war. Er schlich zum Bett: es hatte in dieser Nacht niemand darin gelegen.

Der Herr von Ketten schlich durch Zimmer, Gänge, Türen, die keiner zum erstenmal findet, der nicht geführt ist, vor das Schlafgemach seiner Frau. Er lauschte und wartete, aber kein Flüstern verriet sich. Er glitt hinein; die Portugiesin atmete sanft im Schlaf; er bückte sich in dunkle Ecken, tastete an Wänden, und als er sich wieder aus dem Zimmer drückte, hätte er beinahe gesungen vor Freude, die an seinem Unglauben rüttelte. Er stöberte durch das Schloß, aber schon krachten die Dielen und Fliesen unter seinem Tritt, als suchte er eine freudige Überraschung. Im Hof rief ihn ein Knecht an, wer er sei. Er fragte nach dem Gast. Fortgeritten, meldete der Knecht, wie der Mond heraufkam. Der Herr von Ketten setzte sich auf einen Stapel halbentrindeter Hölzer, und die Wache wunderte sich, wie lang er saß. Plötzlich packte ihn die Gewißheit an, wenn er jetzt das Zimmer der Portugiesin wieder betrete, werde sie nicht mehr da sein. Er pochte heftig und trat ein; die junge Frau fuhr auf, als hätte sie im Traum darauf gewartet, und sah ihn angekleidet vor sich stehn, so wie er fortgegangen war. Es war nichts bewiesen und nichts weggeschafft, aber sie fragte nicht, und er hätte nichts fragen können. Er zog den schweren Vorhang vom Fenster zurück, und der Vorhang des Brausens stieg auf, hinter dem alle Catene geboren wurden und starben.

„Wenn Gott Mensch werden konnte, kann er auch Katze werden," sagte die Portugiesin, und er hätte ihr die Hand vor den Mund halten müssen, wegen der Gotteslästerung, aber sie wußten, kein Laut davon drang aus diesen Mauern hinaus.

Skizzen zu einer Autobiographie

(Aus dem Tagebuch-Heft 33: 1937–1941)

Die beiden schönsten Augenblicke in meiner Schriftsteller-laufbahn, ich weiß nicht, ob sie das gewesen sind, aber sie sind mir so in Erinnerung geblieben:

Ich hatte den Ingenieurberuf aufgegeben, war von Stuttgart nach Berlin gekommen, hatte mich an der Universität inskribiert, bereitete mich auf die Gymnasialmatura vor oder hatte sie schon bestanden, besuchte jedenfalls wenig die Vorlesungen und hatte die Zeit benutzt, um die in Stuttgart begonnenen Verwirrungen des Zöglings Törleß zu vollenden. Als ich fertig war, wurde mir das Manuskript von mehreren Verlagen mit Dank zurückgestellt und abgelehnt. Darunter von Diederichs-Jena, auch erinnere ich mich an Bruns in Minden und Schuster und Löffler in Berlin. Es waren Verlage, vornehmlich die beiden ersten, die ich mir mit geisteskindlichen Gefühlen ausgesucht hatte, und wie bei Kindern war die Sympathie auch nicht auf guten Kenntnissen aufgebaut. Es bestürzte mich etwas, daß alle drei, und alle drei auch in gleicher Kürze, nachgeprüft und abgelehnt hatten. Ich wollte damals sowohl Dichter werden als auch die Habilitation für Philosophie erreichen und war unsicher in der Beurteilung meiner Begabung. So bin ich zu dem Entschluß gekommen, eine Autorität um ihr Urteil zu bitten.

Meine Wahl fiel auf Alfred Kerr, und daran war immerhin etwas Merkwürdiges. Vielleicht hatte ich einige seiner Kritiken gelesen, die damals im Berliner „Tag" erschienen, und hatte hinter seiner Schreibart, die mir als Süddeutschem besonders maniriert vorkam und mich, gleich einem fremden Fasching, anzog und ausschloß, das gut Begründete der Sprache und der Urteile gespürt; ich glaube aber die wirkliche Ursache lag in meiner Kenntnis seines Büchleins über die Duse, das in der Sammlung *Die Fruchtschale* erschienen war, und nicht einmal darin lag sie, sondern ich erinnere mich, daß bloß eine kleine Gruppe von zwei bis vier Sätzen mein „Zugehörigkeitsgefühl" geweckt hatte. Dieses Büchlein hatte ich noch in Brünn gelesen, und die Erinnerung daran ist mit der „Esplanade" verknüpft, einer mit Bäumen bepflanzten Strecke, wo man Sonntags zu Militärmusik auf einer Seite hin- und auf der anderen her ging. Warum das mit dem Buch über die Duse zusammenhing weiß ich nicht mehr, aber ich glaube mich gut zu erinnern, daß dieses hellgrau mit Goldaufdruck und von Kleinquartformat gewesen sei (Prüfen!), und ebenso hängt es mit der Esplanade zusammen. Es mag so gewesen sein: An den entsetzlich langweiligen Sonntagen machte man dort den Versuch der Lebensberührung und alles war so, wie es in kleineren Städten eben ist, und wahrscheinlich hatte ich das Buch unter dem Arm mitgenommen, um interessanter junger Mann zu sein. Auf diese Weise bin ich zu Alfred Kerr gekommen.

Oft hat mich mein Vater ersucht, ich möge ihm etwas erklären, womit ich mich beschäftigte: ich bin nie dazu imstande gewesen. Ich habe das noch heute; wollte ich jemand die Kapitel über Gefühl [siehe „Der Mann ohne Eigenschaften"] erklären, an denen ich nun schon so lange und beinahe schon mit Erfolg schreibe, ich verwirrte mich alsbald und bliebe stecken. Mit Selbstliebe gesehn, wäre es die Grundeigenschaft eines Mannes ohne Eigenschaften, der Unterschied von den Schriftstellern, die alles klar vor sich haben, das „gestaltende" Denken an Stelle des rein rationalen. Aber es ist auch die große Unklarheit meines Lebens. Ich bin kaum ein unklarer Kopf zu nennen, aber auch kein klarer. Mit Nachsicht: das Klärungsvermögen ist stark, das Verunklärende gibt aber nur im einzelnen nach.

Mein Vater war sehr klar, meine Mutter eigentümlich verwirrt. Wie verschlafenes Haar auf einem hübschen Gesicht.

Selten ein politisches Wort im Elternhaus.

Ich will noch nicht mit mir zu Gericht gehn, ich will bloß erwägen, was war.

Die Angst des Kindes vor den Russen und vor den Arbeitern ist ohne Einfluß geblieben. Erwägenswert aber, wie gute Leute, wie meine Eltern, die streikenden und unruhigen Arbeiter zum voraus als bös empfanden. Welche Freude als Militär nach Steyr dirigiert wurde.

Welches Verhältnis hatten wir im Militärinstitut zur Politik? Revolutionen erschienen uns als Unordnung; ich wenigstens hatte nicht die mindeste Sympathie für die französische. (Obwohl wir kaum beeinflußt wurden.) Ich glaube die Figur Napoleons übte den bestimmenden Einfluß aus; nicht seine Person, von der ich noch heute zu wenig weiß, sondern die in ihm verkörperte Weltverachtung, Kraft und ähnliches. Es ist mir im Nachdenken eingefallen, daß außerdem wohl ästhetische Elemente das Nächstbestimmende sind. Das feierliche Blasen der Hörner, das Wirbeln der Trommeln, die geschlossene Masse. Wir waren weder dynastisch noch auch sehr patriotisch gesinnt; aber gewisse Augenblicke fuhren durch Mark und Bein. Welche Aussicht für das heutige Deutschland?

Später in Brunn war es wohl bloß die Abseitsstellung des jungen Mannes, natürlich doch auch vernünftige Erwägungen, was mich mit dem Sozialismus sympathisieren ließ, so daß beinahe mein erstes literarisches Auftreten das als Theaterkritiker des „Volksfreund" gewesen wäre. Welcher Schicksalswitz, daß der Theaterausschuß in diesem Augenblick dem Blatt den Sitz sperrte! Der Besuch beim Abgeordneten Czech, der Vortrag im Arbeiterheim; muffige Atmosphäre: auch hier waren ästhetische Elemente abstoßend entscheidend.

Ich muß meinen Eltern durch meine Heftigkeit, die allerdings ein Reflex der Heftigkeit meiner Mutter war, aber doch auch mit einem reizbaren Selbstbewußtsein zusammenhing, große Sorgen bereitet haben. So ist es zu erklären, daß sie mich, obwohl sie mich sonst verwöhnten, in die Militärschule eintreten ließen, die wahrhaftig kein Erziehungsinstitut war. Ich bin also ein schwer erziehbares Kind gewesen, und ich weiß heute, wie hilflos man dem gegenübersteht, ohne die seither ziemlich allgemein gewordenen Erkenntnisse, die also wirklich eine große Leistung unsrer Zeit sind. Aber waren sie vor unserer Zeit vielleicht entbehrlich?

Ich behandle das Leben als etwas Unangenehmes, über das man durch Rauchen hinwegkommen kann! (Ich lebe, um zu rauchen.)

Es sieht aus, als hätte mein natürlicher Werdegang so aussehen müssen: Annahme der Dozentur in Graz. Geduldiges Tragen der langweiligen Assistententätigkeit. Geistiges Miterleben der Wendung in der Psychologie und Philosophie. Dann, nach Sättigung, ein natürlicher Abfall und Versuch zur Literatur überzugehen.

Warum ist es so nicht gekommen? Daß wir vor der Heirat nicht nach Graz wollten, wäre zu überwinden gewesen. Entscheidend war, daß ich naive Hoffnungen in den weiteren Verlauf meiner Schriftstellerkarriere gesetzt habe. Daß ich durchaus nicht wußte, wie gefährlich es im Leben ist, nicht seine Chancen auszunützen.

(Provinziell großartig, verträumt großartig, Folge gesicherter Jugend) Anständigerweise, daß ich mich psychologisch nicht versiert genug fühlte und wenig Freude am psychologischen Experiment hatte; schon in Berlin dem Betrieb ferngeblieben war. Dummerweise, daß ich für mich die Vorstellung: man arbeitet sich in die Materie mit Energie ein, die einem das Leben über den Weg legt: nicht im mindesten anerkannte, sondern mit Energie nur machte, was ich mir selbst aussuchte. Wichtig: daß ich mich wohl immer mit Ethik befassen wollte, aber keinen Zugang wußte, der mir gepaßt hätte. Mit anderen Worten daß ich zu wenig studiert hatte! denn Scheler hat den Zugang gefunden! Daß ich mir eingebildet hatte, das Wichtigere wäre, was man will, aus sich selbst zu holen und erst zur Prüfung und Ergänzung Rat zu suchen. Bei der ersten Belastung durch das Leben ist das zusammengebrochen. Es wäre auch zu sagen: Der Phantast hatte dem Denker ein Bein gestellt.

Noch einmal etwas später hätte ich in den natürlichen Weg einlenken können, wenn ich als Bibliothekar nicht mich mit Dichtung ohne nötige Sammlung gequält, sondern mir gesagt hätte, man könne ein Gelehrter auch außerhalb der Universität werden. Zeit und Bibliothek war da. Ich legte aber das Gewicht auf den Dichter, und obwohl ich mit der Psychologie in Fühlung zu bleiben trachtete, trieb ich von ihr ab. Ursache: Interesseteilung, wobei das größere der Dichtung galt. Zweite Ursache, die auch im ersten Fall eine Hauptsache war: Daß ich ohne bestimmtes Ziel nicht expe-

ditiv bin und auch da nicht immer. Melancholische Schwer-
flüssigkeit. Fehlen der Neugierde „kennen zu lernen", was
vorgeht, die ein Gelehrter in großem Maße braucht. Ich habe
mich nie in meiner geistigen Mitwelt „umgesehen", sondern
immer den Kopf in mich selbst gesteckt.

Daß ich langsam lese, hat in vielem mein Schicksal bestimmt.
    Dabei habe ich eine rasche Auffassung oder hatte sie
wenigstens.

Es fällt mir sehr leicht ein, jemand zu töten; ich glaube aber,
daß ich es im Alter weniger denn je täte. Es ist die Revolte
der inneren Ohnmacht. Der Knabe mit den unernsten
Selbstmordideen. Müßte ich diesen Fehler nicht endlich
abstreifen? Was gerinnt, am Licht ausbreiten. Ich will also
auch meiner privaten Unverantwortlichkeit an den Leib
rücken!
    Schriftstellerneid? Von den Menschen verlassen sein, die
Waffen zerbrochen, den Jubel und die Musik hören, die den
triumphalen Einzug von Fortunas Liebling begleiten: gilt es
denn nicht als eine tragische Situation?!

Es ist mir verwehrt, in Österreich ein Dichter zu werden:
    Mein Vater hat seine ganze Kindheit und Jugend in Graz
verlebt, ist dort in die Schule gegangen, von der Kinderschu-
le bis zur Ingenieurprüfung, er hat sich sein Leben lang als
ein Grazer gefühlt, und es ist sein größter Schmerz gewesen,
daß er nie dort an die Technik berufen worden ist. Aber er
ist durch Zufall in Temesvar geboren worden und in Brünn
als unfreiwilliger Angehöriger des tschechoslowakischen
Staats gestorben.

Sein Vater ist in den besten Mannesjahren nach Graz gekommen, hat sich diese Heimat gewählt, ist dort Arzt gewesen und hat sich dann als Landwirt in der Nähe der Stadt auf einem Gut niedergelassen. Aber er ist geboren worden in Rychtařow in Mähren.

Die Großeltern meines Vaters mütterlicherseits haben in Salzburg gelebt und sind dort gestorben, meine Großmutter vaterseits ist dort geboren.

Meine Großmutter mutterseits ist in Salzburg begraben, so daß ich dort auf dem Friedhof drei Ahnen liegen habe.

Meine Mutter ist in Linz geboren.

Ihr Vater ist einer der vier Erbauer der Bahn Linz-Budweis gewesen, später ihr Leiter, und ich erinnere mich selbst noch an das herrschaftliche in einem schönen Garten liegende Geburtshaus meiner Mutter, wo sie ihre Kindheit verlebt hat. Dieser in die Lokalgeschichte von Linz somit nicht ganz unbedeutend verflochtene Großvater ist aber in Böhmen geboren worden.

Ich selbst bin in Klagenfurt geboren worden.

Meine Kindheit habe ich in Steyr verbracht und ihre Mundart ist das gröbste Oberösterreichisch gewesen, das man sich nur wünschen mag.

Sogar Rosegger ist ein angeheirateter Verwandter von mir gewesen.

Aber keines der Bundesländer beansprucht mich für sich.

Weshalb eigentlich nicht? Weil sie zu provinziell sind, um mich zu kennen, und nirgends ein Familienglied ist, das nachhülfe. Aber bin ich denn nicht auch in die Deutsche Dichterakademie nicht aufgenommen worden. Als mich eine Minderheit vorgeschlagen haben soll, soll mich die Mehrheit wirklich mit der komischen Begründung abgelehnt haben, ich sei zu intelligent für einen wahren Dichter.

Es scheint also etwas an mir und in meinem Leben zu sein, das da mitspricht. „Mann mit zugeknöpften Taschen ...!" Aber kann man denn paktieren mit diesen Leuten!

Und doch messe ich solche, die sich mir freundlich nähern, durchaus nicht mit der Strenge wie Fremde. Da kennzeichnet mich eine Inkonsequenz, die zu prüfen bleibt.

Ich bin mit derselben Gleichgültigkeit freundlich wie unfreundlich. Ich bin es nur peripher. Ich kann sehr gutwillig sein; aber unter den richtigen Bedingungen? Ich bin lebenslang unausgeglichen geblieben, usw.

Beginnen wir es mit dem Temperament. Ich bin sehr schweigsam, und plötzlich kann ich übersprudeln.

Ich bin doch ganz naiv überzeugt, daß der Dichter die Aufgabe der Menschheit ist, und außerdem möchte ich ein großer Dichter sein. Welche gut vor mir selbst versteckte Eigenliebe!

Nochmals über Geld: Ich hatte als Junge und Jüngling ganz naiv die Meinung, daß Geld ein Familieneigentum sei, von den Eltern also zwar genossen werden dürfe, aber doch so verwaltet werden müsse, daß es mir dereinst ungeschmälert, wenn schon nicht vermehrt zukomme. Ich stellte also auch meine Ansprüche daran, und daß ich bis zum 30sten Jahr nur meiner Ausbildung lebte, erschien mir ganz natürlich. Ich bin kein angenehmer Sohn gewesen.

Mein Vater und seine Brüder hatten dagegen auf ihr väterliches Erbteil verzichtet, um die Mitgift ihrer Schwester zu vergrößern. Dabei fällt mir ein: mein Vater ist Romantiker, letzter Auslauf, gewesen.

Die Art, in der ich für mich in Anspruch nahm, daß meine Wünsche erfüllt werden, ist die eines triebstarken Menschen gewesen. Ich bin „egoistisch", allerdings auf bestimmte Themen beschränkt.

Verhältnis zur Politik: Nicht einmal die Wissenschaft ist sicher, geschweige denn der Dichter. Irgendwo, zum Beispiel in der Abneigung gegen den militärischen Drill, muß er sich immer auf sein Gefühl verlassen. Richtiger gesagt: die Entscheidung, was ich glaube, fällt beim Schreiben. Ich glaube vorher, manches zu glauben, aber im Augenblick der Darstellung wird es mir unmöglich. Mit Fehlerquellen ist dieses Verhalten gewiß behaftet, aber man muß den Dichter nehmen, wie er ist; diese Toleranz muß der Staat haben, oder er bringt die Dichtung zum Versiegen.

Ich habe 1931 Wien verlassen, weil Rot und Schwarz darin einig gewesen sind, an Wildgans einen großen österreichischen Dichter verloren zu haben.

Ich bin so bekannt wie unbekannt, was aber nicht halb bekannt ergibt, sondern eine merkwürdige Mischung.

Schwert und Feder. – Die Feder wie ein Schwert zu führen, Ideal vieler Schriftsteller. Rührt wohl aus den 48 [er] Jahren her. Aber ich bin beim Schwert aufgewachsen, ich bin mißtrauisch gegen diese Vertauschung. Ich weiß, daß ich mit einer Wachskerze fechten müßte!

Ich habe ein sehr geringes Mitteilungsbedürfnis: Eine Abweichung vom Typus des Schriftstellers.

Ich bin undankbar.

Wenn ich anfange, jemand brieflich lieber Freund zu nennen, bin ich böse auf ihn und versuche es zu überwinden. Oder es schaltet sich eine Gewöhnlichkeitsapparatur ein, wie damals im Krieg, als [Johannes von] All. [esch] und ich uns du zu sagen begannen.

Während der rund 10 Manuskripte zu den ersten 200 Seiten des Mann ohne Eigenschaften: Die bedeutungsvolle Selbsterkenntnis, daß die mir gemäße Schreibweise die der Ironie sei. Gleichbedeutend mit dem Bruch mit dem Ideal der Schilderung überlebensgroßer Beispiele. Gleichbedeutend auch mit der Erkenntnis, daß ein Dichter nicht bis zum philosophischen System vordringen soll (und kann).

Eine Hauptidee oder -illusion meines Lebens ist es gewesen, daß der Geist seine eigene Geschichte habe und sich unbeschadet alles, was praktisch geschehe, schrittweise erhöhe. Ich habe geglaubt, daß die Zeit seiner Katastrophen vorbei sei. Daraus ist mein Verhältnis zur Politik zu verstehen.

Ein junges Wesen, findest du dich eines Tags in einer unbekannten Gegend, von der dir nur das Nächste vertraut ist. Menschen sind bei dir, die dir die nächsten Wege weisen und dich dann verlassen, wenn sie auch gelegentlich wiederkehren. In dieser Gegend, die Verlockendes und Schreck birgt, beginnst du nun vorsichtig, an dich zu nehmen, was dich anzieht, und dich mit dem auseinanderzusetzen, was dich schreckt. So fängst du an, eine so handelnde wie seelische Beziehung zur Welt herzustellen. Ich glaube, das ist die Ausgangslage, worin sich meist der Mensch vorfindet und die für die meisten Dichter einen Beginn ihrer Tätigkeit vorstellt. Die Spuren zum Beispiel bei Thomas Mann.

Anders ich. Habe aggressiv begonnen und mich orientiert, indem ich das Bild der Welt in den höchst unvollkommenen Rahmen meiner Ideen preßte. Das heißt natürlich bloß mehr als andere. Der Wunsch, das Gesetz zu diktieren, unterscheidet sich vom Wunsch, gut zu liegen zu kommen, und von der staunenden Frage: wie liege ich denn überhaupt da?: so ungefähr wäre es auszudrücken.

Die starke Realistik des Denkens kommt erst innerhalb des zuvor geschehenen eigenen Zurechtbildens zum Wort.

Und erst Mitte 40 und 50 hole ich die erstaunte Frage nach: wie bin ich geworden, bin ich recht geworden usw.?

Das Verhältnis des Dichters zu seiner Zeit. Daß man nicht mitgeht, zurückbleibt, den Anschluß versäumt, nicht beiträgt und ähnliches: Ich habe mich spezifisch dichterisch geöffnet: Dostojewski, Flaubert, Hamsun, d'Annunzio und andere: Nicht ein Zeitgenosse ist darunter gewesen! 20-100 Jahre früher haben sie geschrieben!

Das Favorisieren der [Landsmännischen] Lokaldichter (Rosegger usw.) ist auch ein Symptom des Verfalls des allgemeinen Begriffs der Dichtung.

Wenn ich bedenke, welche Erfolge ich mit angesehen habe! Von Dahn und Sudermann bis George und Stefan Zweig! Und da erklären sie es für Snobismus oder Dekadenz, wenn man das Publikum verschmäht! Erklär dir, wie es wirklich ist.

Mein Begriff der Literatur, mein Eintreten für sie als Ganzes, ist wohl das Gegengewicht zu meiner Aggression gegen die einzelnen Dichter. Gewiß anerkenne ich vorbehaltlos, wo ich es tue, aber ich werde viel öfter abgestoßen als angezogen. Mit der Zeit mag sich auch eine Unart daraus gebildet haben. Ich mache mir darum einen utopischen Begriff der Literatur.

Wenn ich doch endlich zum Schreiben darüber komme, muß ich es mir zur Haltung wählen. Immer der Literatur geben, was ich dem Einzelnen abspreche!

Eigentlich müßte doch meine Lebensgeschichte dadurch interessant sein, daß ich ein sehr disziplinierter Schriftsteller, ein strenger, bin, meine Aszendenz aber allerlei Belastendes aufweist. Meine ruhigen Großeltern. Ihre „originellen" Söhne. Der epileptische, früh verstorbene Sohn mit dem inselartigen Zahlengedächtnis. Der geisteskranke Vorfahre, von dem ich augenblicklich nicht weiß, ob er der Erblinie angehört oder einem Seitenzweig.

Psychisch übergegangen auf mich durch die Mutter. Ich will ihren Wunsch erfüllen, nichts Schlechtes von ihr zu reden. – Die heroische, edle Seite ihres Charakters, ihre Kindesliebe zu Vater und Brüdern. Was kann vom übrigen gesagt werden? Große nervöse Reizbarkeit; Heftigkeit und Weiterbohren eines Reizes bis zum Ausbruch. Heftigkeit übergehend in Weinkrampf. Abhängigkeit dieser Vorgänge von inneren. Auf gesteigert glückliche oder verhältnismäßig harmonische Tage folgte unweigerlich ein zum Ausbruch treibender. Der Zusammenhang mit ihrer Ehe unklar. Sie hat meinen Vater geschätzt, aber er hat nicht ihren Neigungen entsprochen, die anscheinend in der Richtung des männlichen Mannes gegangen sind. Späterhin hysteroide Züge. Aber auffallenderweise ohne Lüge, auch ohne Theatermachen. Also wohl eher ein nervöses Nichtzurechtkommen mit etwas, das zur krampfartigen Reaktion geführt hat, wie es bei schwachen Personen auch ohne Hysterie vorkommt. In dieser Art ein Kampf um meine Sohnesliebe und Sohnesbewunderung.

Aber niemals ein Streit der Eltern um die Vormacht über das Kind.

Immer die Form der Heftigkeit. Von mir teils aus gleicher Anlage erwidert; auch ich bin von Natur heftig, auch ich steigere mich nervös, anstelle eines ruhigen Entschlusses. Diesen, die normale Reaktion, habe ich niemals kennen gelernt. Mein Vater hat nur gesucht, mit guten Ermahnungen auf mich einzuwirken. Ich habe immer den Eindruck gehabt, daß er bei diesen Streitigkeiten beiseite trete. Als wollte er nicht entscheiden. Er ist seltsam gewesen. Andernteils hat mir der knabenhaft-männliche Bereich mitgesprochen, der sich von einer Frau nicht auszanken lassen wollte. So war in dem Verhältnis auch etwas Geschlechtlich-Polares, ohne daß wir es spürten. Um mein zehntes Jahr haben sich diese Szenen so gesteigert (es ist bei uns wohl auch ein intellektueller Protest dabei gewesen, ich wollte meine „geistige" Unabhängigkeit haben, und ein wiederkehrender Vorwurf war der, daß ich nicht kindlich-liebevoll sei), daß ich im Einvernehmen aller drei in ein Institut gegeben worden bin.

Bei meinem Vater haben wohl auch die Aussichten auf die Laufbahn mitgesprochen.

Die Schilderung einer „k. u. k. Militär-Erziehungs- und Bildungsanstalt" wäre seltsam genug, auch abgesehen von der Wichtigkeit des Zöglings für die spätere Politik.

Die Umformung im Törleß.

Die Wahrheit. – Gehörte sie zur Franzisco-Josephinischen Ära oder ist der Ursprung älter? Es war noch etwas daran wie der Grundsatz, der Offizier solle aus der Mannschaft hervorgehn. 48? Grenzergeist? Gleiche Grundidee wie die alte Kadettenschule? Ich müßte nachlesen. Sagen wir, spartanisch.

Die Erziehung war, mit Ausnahme der Akademie, fast ganz unteroffiziersmäßig. Die Lehrgehilfen und der Klassenfeldwebel (und meine Opposition gegen ihn). Die Monturen und das Schuhwerk. Die bloß nicht passende Paradeuniform und die aller Beschreibung spottenden Schulmonturen. Ärger als Sträflinge. Die Waschgelegenheiten und „Globusterbeeren". Die Abtritte.

Dabei ein Bild der Schulwiese in Eisenstadt mit den überall turnenden Zöglingen.

Meine Reinlichkeit heute noch eine Überkompensation?

Warum haben meine Eltern nicht protestiert? Heute noch unverständlich. Mensch!

Man hat mir in meiner Kindheit und Jugend oft gesagt: du bist wie dein Großvater (vaterseits)! Das hieß: eigensinnig, energisch, auch erfolgreich, schwer umgänglich, und doch mit einem Unterton der Achtung gesagt. Es wurde nie ins Einzelne verfolgt, erklärt und beurteilt. Ich habe es immer gern gehört. Solche Kindern gemachte Bemerkungen sind wichtig; ungreifbar, werden sie zu Leitsternen, stärken die Eigenliebe auf fruchtbare Art usw. Das Merkwürdige ist das Hereinspielen des Halbausgesprochenen, Phantasieanregenden. Es hat etwas vom Wesen des dichterischen Vergleichs.

Ich erinnere mich, daß Hofmannsthal die Grigia sehr gelobt hat, aber den Einwand machte, daß es nach seiner Meinung bedauerlich sei, daß ich der Konstruktion der Erzählung, dem Rahmen, nicht mehr Aufmerksamkeit geschenkt hätte. Ich erinnere mich, geantwortet zu haben, daß, und wohl auch warum, ich es mit Absicht unterlassen hätte, ohne jedoch tiefer auf diese Frage einzugehen.

Heute ist mir eingefallen: Ich habe dem Einwand eigentlich immer recht gegeben und mir den gleichen Vorwurf gemacht; Eile und teilweis Gleichgültigkeit haben sich im Gedächtnis als Ursachen befestigt.

Vielleicht ließe sich sagen: Die Wissenschaft strebt nach dem Allgemeinen, die Kunst nach dem Exemplarischen.

Mein Großvater ist ein Mann gewesen, der seinen Kreis durchbrochen und dabei Erfolg gehabt hat. Mein Vater hat ganz innerhalb des ihm Gegebenen gestrebt, durchaus in Anpassung an die Möglichkeiten, und nur zuletzt (Wien, Graz) ohne Erfolg. Ich bin wie mein Großvater (meinem Vater eigentlich unverständlich), aber ohne Erfolg. Alois [berühmter Orientalist, Mitglied der Royal Society] hat das Schicksal meines Großvaters, seines Großonkels, wiederholt.

„Er ist der größte heute lebende Dichter!" Sie sollten sagen: den ich noch verstehe!

Wenn es mir geschmeichelt hat, daß Philosophen und Gelehrte meine Gesellschaft gesucht und meine Bücher vor anderen ausgezeichnet haben, welch ein Irrtum! Sie haben nicht meinen philosophischen Gehalt gewürdigt, sondern sie dachten, hier wäre ein Dichter, der den ihren verstünde!

Ich bin nicht redselig (und auch nicht unmittelbar schreibselig): welche Paradoxie für einen Dichter! – Aber aufs völlig Ausgebrannte, wie ein Philosoph, gehe ich auch nicht. Ich gleiche einem Hund, der seinen Knochen beiseite trägt, indem ich das im Lauf der Konzeption oder Aufnahme Überdachte „sich setzen" lasse, oft auf Nimmerwieder, manchmal bis ein neuer Einfall davon Gebrauch macht. Man könnte das zum Teil wohl auch Phantasiemensch nennen. Aber es gibt eine versenkte Phantasie und eine geschäftige. Die versenkte Phantasie des stillen Kindes, durchkreuzt von einer gewissen Anlage zum Geschichtenausdenken, ist meine gewesen.

Ich weiß nicht, wozu man lebt: könnte ich sagen. Was lockt, lockt mich nicht. Schon von Kindheit an. Mit wenigen Ausnahmen. Das ist der unfröhliche und „unappetitive" Mensch. Nach der vorherrschenden Psychologie, wäre da nicht zu erwarten, daß ich mir die Genüsse durch Schreiben verschaffe? Ich schreibe aber auch nicht gern, wiewohl leidenschaftlich. Wahrscheinlich muß man das Leben lieben, um leicht zu schreiben. Es müßte also locken, und dazu eine Umleitung auf die Schreiberfüllung. Der Mensch, dem nichts dafür steht, welche Spezialität ist der?

(Ende September 1939 in Genf) Gestern habe ich, etwas suchend, viele Hefte durchblättert, was mit großer Niedergeschlagenheit endete. Manchmal ein guter Einfall, fast nie ein Fortschritt. Es kommt freilich auch davon, daß sich ganze Hefte mit einer speziellen Situation beschäftigen, z.B. mit den Vereinigungen. Aber ich habe nie etwas über die Anfänge hinausgeführt (allerdings die Bücher, die Narben davon tragen, beendet). Es hätte so nahe gelegen, die Überlegungen ordentlich auszugestalten; das wären Abhandlungen oder Bücher geworden, die ein kleines Lebenswerk ergäben.

Aber ich habe es weder gewollt noch fühle ich mich selbst heute dazu imstande ... Ich hatte gestern den Eindruck einer Person, die nichts taugt und nicht bestimmt war, etwas Bedeutendes zu erreichen.

Dabei ist mir eingefallen: wenn es noch eine Rettung geben sollte, müßte ich wohl nicht aus diesen Heften schreiben, denn zu Ende werde ich diese Gedanken niemals führen können, ja nicht einmal zur Bedeutung; sondern ich müßte über diese Hefte schreiben, mich und ihren Inhalt beurteilen, die Ziele und Hindernisse darstellen. Das ergäbe eine Vereinigung des Biographischen mit dem Gegenständlichen, also der beiden lange miteinander konkurrierenden Pläne.

Titel: Die 40 Hefte.

Haltung: die eines Mannes, der auch mit sich nicht einverstanden ist.

Ein Grundfehler: Fremde Schmerzen, Bemühungen, Leistungen vermag ich selten anzuerkennen, nehme sie als selbstverständlich hin: darum lehne ich als Kritiker auch so leicht ab und sehe nur auf das Defizit statt auf die Addition. Ein Junge, der immer voll Anerkennung für die Güte oder das Können anderer war, könnte einen anderen, aber guten Typus Kritiker, einen wahren Ordner, ergeben.

Meine Bescheidenheit: Ich bin auf das äußerste vielseitig ungebildet ... (Ich bin von sehr vielseitiger Unwissenheit.)

Als einer der stärksten alten Kriegseindrücke fällt mir nach und nach (und mit einemmal) auf, daß ich plötzlich von lauter Menschen umgeben war, die nie ein Buch lasen; daß man Bücher schreibe, außer fachlichen, sich nicht als etwas Anständiges vorstellen konnten; und es für völlig richtig hielten, daß man die Zeitung, und nichts als die Zeitung, lese. Ich glaube, daß sich höchstens in jedem Bataillon ein Mensch fand, der wußte, was lesen ist. Welche unerwartete und breite Berührung mit dem Durchschnittsleben! (Siehe: die Notiz über den Fachbeirat, der nur Blätter großer Parteien las.)

Einen Brennofen (Porzellanbrennerei, Ziegelbrennerei) kann man nicht in jedem Augenblick öffnen: Erklärung, weshalb die Arbeit, auch wenn sie nur schleichend von statten geht oder wenn ich nicht arbeite, nicht gestattet, einen Brief zu schreiben.

Es scheint eine für mein Leben typische Situation zu sein: Ich befinde mich in Genf und kein Mensch kennt mich, zu keiner die Kunst berührenden Veranstaltung werde ich eingeladen, Prof. Bohn.[enblust], der kleine Papst, schneidet mich. Und ähnlich in der ganzen Schweiz. Es erinnert an das Brünn früher Jugend, wo Strobl für eine das Höchste versprechende Erscheinung galt und ich für den ›Paraphrasen‹-macher.

Morgens spontan den Einfall gehabt: Es gehört eigentlich ins 40. oder 50., aber nicht ins 60. Jahr: Wer und wie bist du? Was sind deine Grundsätze? Wie gedenkst du das abzurunden?

Jedenfalls ein Schriftsteller dieser Epoche. Mit viel und wenig Erfolg. Das ist interessant genug.

Oft das starke Bedürfnis, alles abzubrechen. Halte dann mein Leben für verfehlt. Habe kein Vertrauen in mich; schleppe mich aber arbeitend weiter, und aller zwei, drei Tage scheint es mir einen Augenblick wichtig zu sein, was ich schreibe. Ich habe auch nach mir und meinen Erfahrungen und Grundsätzen so zu fragen, wie es diesem Zustand entspricht. Nicht weil es interessant sein könnte, sondern weil es in einer Lebenskrisis geschieht. Davon fiele auch genug Licht auf die Umzeit.

Beschluß: (wie lange hält er vor??): So will ich das Buch zum 60. Jahr schreiben! So könnte ich schon die Anfangslinien ziehen.

Ich kann aus verschiedenen Gründen nicht in dieser Zeit für mich plädieren. Ich erwarte auch keine bessere. Ich kann sie höchstens supponieren. Am Vielleicht.

Je älter man wird, desto mehr findet man sich ab.

Man hängt weniger am Leben (Hat es satt). Einesteils, weil man seine Traurigkeit usw. kennt. Andernteils, weil die Triebe nicht mehr so hungrig und unabgenutzt (scharfe Messer) sind wie in der Jugend. Auch fügt man sich mit der Zeit ins Unentrinnbare. Das ist ein großes Heil.

In welchem Maße tritt auch ein positives, metaphysisch beeinflußtes Verhältnis hinzu? Wende beim Tod meiner Mutter.

(Das meiste gilt für den Menschen der 2 großen Kriege schlechthin.)

Die „Lebensgefährtin" – Neben vielen recht zweifelhaften Lebenseinfällen hat die Sozialdemokratie während der Zeit ihrer Herrschaft dieses Wort und diesen Begriff hervorgebracht. – Gefährtin ohne Sakrament und staatlichen Zwang. Bloß Würde des Menschenlebens. – Gemeinsame Hinnahme von Freud und Leid durch viele Jahre ist keine Leidenschaft, aber eben etwas mehr an die Konstitution Gehendes. – Bestimmtsein, gemeinsam das Leben zu tragen. Seine ungeheure Zweideutigkeit und Unverläßlichkeit. – Man ist von Kind auf bestimmt für eine solche Gemeinschaft. Man will die Lebensgefährtin haben, ehe noch das Geschlechtliche fertig und anwendungsbereit ist. Solche Menschen können füreinander bestimmt sein. – Das Geschlecht ist eine der Naturgewalten, denen sie sich gemeinsam ausgesetzt sehen. – Sie wecken es nicht ineinander, sie empfangen es voneinander. – Es ist gut, wenn sie sich nicht jungfräulich gefunden haben. – Sie wandeln das Heimtückische in Vertrauen. – Keiner nimmt dem andern ein Stück Welt fort – Es gehört dazu, daß einer den andern bewundert, in dem Maße als der es braucht. Oder wenn er es nicht tut (Schönheit, Lyrik), daß der es einsieht. Oder daß sie sich gemeinsam wundern (nicht bewundern), beisammen zu sein. – „Ergänzen" ist angenehm, aber bewundern muß doch auch dabei sein. – Nachgiebigkeit, die den Eigensinn nicht dadurch beleidigt, daß sie zu allgemein ist usw: es gehört viel einzelnes hiezu. – Ich kannte eine glückliche Ehe; er schauspielerisch ehrgeizig und erfolgreich, sie intrigant ehrgeizig, förderte ihn durch Ehebrüche, von denen er nichts wußte, als daß er die mirakulösen Erfolge bewunderte. – Im allgemeinen sind Gemeinschaften besser, denen der Ehebruch u ä. vorangegangen ist.

Ich werde einmal sagen müssen, warum ich für die „flache" Experimentalpsychologie Interesse habe und warum ich keines für Freud, Klages, ja selbst für die Phänomenologie habe.

Zu meinem Verhältnis zur Politik gehört: Ich bin ein Unzufriedener. Die Unzufriedenheit mit dem Vaterland hat sich sanft ironisch niedergeschlagen im Mann ohne Eigenschaften. Ich bin aber auch von der Untauglichkeit des Kapitalismus oder des Bürgertums überzeugt, ohne daß ich mich ja für seine politischen Gegner hätte entschieden. Gewiß darf der Geist unzufrieden mit der Politik sein.

Aber der Geist, der da keine Kompromisse versteht, wird ausgleichenden Männern als zu individualistisch erscheinen.

Von der Realität ausgehend: Das Nebeneinander von Interessen ganz verschiedener Dimension in mir. Die Zukunft und Schuld Deutschlands und der Welt und mein Bedürfnis, mein Werk richtig hinzustellen. So etwas ist störend, zugleich aber auch der reale Ausgangspunkt!

Aufzeichnungen *eines* Schriftstellers nähme es auf unpersönliche Art. Ich müßte aber auch eine Art haben, wenn nicht mein Werk, so doch meine (einstige) Absicht wichtig zu nehmen. Soweit das nun in den jetzigen Problemkreis des Mann ohne Eigenschaften mündet, ginge es verhältnismäßig leicht. Wie aber die älteren Sachen? Unzeitgemäßer, so berühmter wie unbekannter Schriftsteller? Gegenteil in allem eines Großschriftstellers! Oder einfach Rekonstruktion des schier unbegreiflichen Wegs. Ausgehend von der Jugend, die das Genie, das alles anders machende, im Leibe fühlt? Dazu müßte aber auch der Endpunkt, der Zustand bestimmt sein, in dem die Niederschrift erfolgt. Beherrscht mich Hoffnung, und welche, oder Müdigkeit? Die Wahrheit ist wohl: Überdruß. Aber das ist kein Schaffenszustand. Die Wahrheit ist: Ich beanspruche keinen Erfolg. Aber warum denn nicht? Ich habe ihn doch beinahe! Die Antwort führte wohl auf das Utopische oder die utopischen Voraussetzungen meines Werks. Auf: Literatur als Utopie. Auf den nicht appetitiven, kontemplativen Menschen, für den auch biographisch vieles spricht. Die Ergänzung müßte sein: Bestimmung seiner Funktion und Aufgabe in der wirklichen Welt ...

Unentschlossenheit: die Eigenschaft, die mich am meisten gequält hat, die ich am meisten fürchte.

Ich halte es für wichtiger ein Buch zu schreiben als ein Reich zu regieren. Und auch für schwieriger.

Jeder erlebt die Symbole seiner Zeit. Bloß werden sie ihm oft erst spät verständlich.

Einfall: Ich bin der einzige Dichter, der keinen Nachlaß haben wird. Wüßte nicht wie.